दौलत आई
मौत लाई

जेम्स हेडली चेईज़

डायमंड बुक्स

ISBN : 978-93-5278-022-8

प्रकाशक : **डायमंड पॉकेट बुक्स (प्रा.) लि.**
X-30 ओखला इंडस्ट्रियल एरिया, फेज-II
नई दिल्ली-110020

फोन : 011-40712100

ई-मेल : sales@dpb.in

वेबसाइट : www.diamondbook.in

संस्करण : 2017

दौलत आई मौत लाई

लेखक: *जेम्स हेडली चेईज़*

दौलत आई मौत लाई

नोटों से भरा भारी थैला उठाये सैमी घिसट-घिसटकर चल रहा था। वर्षा की हल्की-हल्की बूंदों से उसका काला चेहरा तर हो रहा था। सैमी ऊंचे कद का, लगभग तीस वर्ष की उम्र का एक हृष्ट-पुष्ट नीग्रो था। उसके चौड़े कंधे, भारी-भारी मजबूत हाथ-पैरों को देखकर, कोई कल्पना भी नहीं कर सकता था कि ऊपर से इतना हृष्ट-पुष्ट, मजबूत किस्म का दिखने वाला यह व्यक्ति, अंदर से चूहे के मानिंद डरपोक किस्म का व्यक्ति होगा।

उसके कंधे पर लदे भद्दे थैले में उस समय करीब-करीब साठ हजार डॉलर के नोट रखे हुए थे और इसी भारी रकम के कारण उसका दम खुश्क हुआ जा रहा था। उसकी बड़ी-बड़ी आंखों से डर साफ-साफ परिलक्षित हो रहा था क्योंकि पूरा शहर इस तथ्य से भली-भांति परिचित था। आज शुक्रवार का दिन जो था।

हरेक शुक्रवार को उसे चार घंटे का सफर, निरंतर पैदल ही तय करना पड़ता था। इन चार घंटों में वह विभिन्न बार, न्यूज स्टैंड्स तथा मशीन द्वारा जुआ खिलाने वाले आदमियों से रकम इकट्ठी किया करता था। इस पूरी प्रक्रिया के मध्य उसका चेहरा पसीने से तर रहता, उसे हर क्षण किसी अनिष्ट की आशंका बनी रहती कि कहीं कोई उसे गोली मारकर यह रकम न हथिया ले।

पिछले दस वर्षों से वह निरंतर इस काम को करता आ रहा था, तिस पर भी वह अभी तक भय-मुक्त नहीं हो पाया था। प्रत्येक शुक्रवार को उसकी जान सूली पर टंगी रहती थी। वह इस चिंता से मुक्त नहीं हो पाया था कि ये शुक्रवार गुजर गया, पर अगले शुक्रवार को अवश्य कुछ न कुछ होकर रहेगा।' इस पूरे अरसे के दौरान वह जोये मसीनो की ताकत पर यकीन नहीं कर पाया था कि लगभग पांच लाख की आबादी वाले इस छोटे-से शहर में कोई ऐसा सिरफिरा था, जो सैमी से नोटों का भरा थैला हथियाने का हौसला कर सकता था।

सैमी अक्सर सोचता रहता था कि जौनी वियान्डा के मौजूद रहते उसे इतना डरने

की कोई वजह नहीं है। जौनी वियान्डा से तेज और अचूक निशानेबाज और कोई व्यक्ति मसीनो के गिरोह में नहीं था और जौनी अक्सर उसकी हौसला-अफजाई भी करता रहता था। वह सैमी से कहता रहता कि अगर तुमसे कोई थैला हथियाने की दुश्चेष्टा करे भी तो तुम सिर्फ थैले का ध्यान रखना, उससे कैसे निपटा जाए, यह काम मेरा रहा।

किन्तु जौनी का ये उत्साहवर्द्धन भी सैमी को भयमुक्त करने में पूरी तरह असमर्थ था, स्वयं जौनी भी इस हकीकत से अच्छी तरह वाकिफ था।

पिछले दस वर्षों से वह दोनों जौनी मसीनो के लिए रकमें इकट्ठी करने का काम करते चले आ रहे थे। सैमी की उम्र लगभग बीस वर्ष की थी, तभी से उसने यह काम करना आरंभ कर दिया था। जौनी मसीनो से वह इसके बदले एक अच्छी पगार पाता था और चूंकि उसके अंदर काम करने का उत्साह था अत: इस भय के बावजूद भी इस बात पर गर्व महसूस किया करता था कि मसीनो उसे अपना विश्वासपात्र समझता है, तभी तो उसे इतना महत्त्वपूर्ण कार्य सौंपा गया है, मसीनो के द्वारा।

परन्तु हकीकत यह थी कि सैमी यदि चाहता भी, तो भी वह कोई गड़बड़ नहीं कर सकता था। पहली बात तो यह थी कि जौनी वियान्डा साये की तरह हरदम उसके साथ चिपका रहता था। दूसरे सारा सिलसिला एकदम साफ-सुथरा था।

सैमी को नोटों से भरा सीलबंद लिफाफा दिया जाता था तथा जौनी के सीलबंद लिफाफे में हस्ताक्षर युक्त चिट पर नोटों की संख्या अंकित रहती थी। मसीनो के कार्यालय में पहुंचकर जब एकत्र की गई रकम की गिनती होती उस समय ही उन्हें रकम की सही संख्या का पता चलता था, उससे पहले नहीं।

दस वर्षों के इस लम्बे अरसे में वह रकम निरंतर बढ़ती जा रही थी। बीते शुक्रवार को तो सैमी यह जानकर हैरान हो गया था कि इकट्ठी की गई उस धनराशि की संख्या तिरेसठ हजार डॉलर थी।

हालांकि उसे विश्वास था कि मसीनो जैसे बदमाश का धन और वह भी जौनी वियान्डा जैसे निशानेबाज की मौजूदगी में उससे छीन पाने की हिम्मत कोई नहीं कर सकता था फिर भी इसी पेशोपश में खोए, थके-थके पैरों से कदम उठाते हुए सैमी ने बेचैनी से चारों ओर देखा। सड़क पर चलते राहगीर उसके लिए रास्ता छोड़कर, व्यंग्य से

मुस्कुराते हुए उस पर फब्तियां कसते जा रहे थे।

एक अन्य नीग्रो ने अपने मकान के दरवाजे पर खड़े होकर हांक लगाई - 'ऐ सैमी, इस थैले को मत गिरा देना। इसमें मेरी जीती हुई रकम भी बंद है।'

वहां मौजूद व्यक्ति सुनकर हंस दिए।

सैमी के मसानों ने ढेर सारा पसीना एक बार ही उगल दिया। किसी आशंका से उसके कदम स्वयं ही तेजी से आगे बढ़ने लगे। अब सिर्फ एक ही व्यक्ति शेष बचा था जिससे रकम हासिल करनी थी और वह व्यक्ति था सौली जेकब।

सौली जेकब ने रकम का लिफाफा उसे पकड़ाते हुए कहा - 'इस सप्ताह की भी रकम कम तो नहीं है, किंतु मिस्टर जोये से कहना कि अगली बार वह तुम्हारे साथ नोटों को ले जाने के लिए ट्रक का प्रबन्ध कर दें, क्योंकि अगले शुक्रवार को फरवरी की उनतीस तारीख है और उस दिन शहर का हर आदमी अपनी किस्मत जरूर आजमाना चाहेगा, समझ गए? इस गलतफहमी में मत रहना कि उस दिन भी सारी जगहों की उगाही तुम्हीं दो लोग कर लोगे।

सुनकर सैमी सिहर उठा। लिफाफा बैग में डालते समय उसके हाथ कांप गए। सौली कहता गया - 'और जौनी, मेरे विचार से अगले हफ्ते सैमी की सुरक्षा का प्रबन्ध भी बहुत तगड़ा होना चाहिए। इस बारे में अगर मिस्टर जोये बेहतर समझें तो तुम मेरे विचारों से उन्हें अवगत करा देना।'

सुनकर जौनी के मुंह से सिर्फ गुर्राहट निकली - वह बहुत कम बोलता था, बिना कोई जवाब दिए वह मुड़ गया और गेट से बाहर निकलकर सड़क पर आ गया। सैमी भी उसके साथ-साथ निकल आया।

कुछ ही गज के फासले पर जौनी की फोर्ड कार खड़ी थी। कार में बैठते ही सैमी की जान में जान आई। उसने राहत की सांस ली। उसकी चौड़ी कलाई में कसी हथकड़ी खाल में धंस रही थी। हथकड़ी द्वारा थैला बंधा रहना भी उसके डर का कारण था। उसने किसी अखबार में पढ़ा था कि एक बैंक कर्मचारी इसी प्रकार नोटों के भरे थैले को अपने हाथ में बांधकर रखता था। उसे लूटने के लिए किसी लुटेरे ने बैंक कर्मचारी का वह हाथ ही काट दिया था उसके कंधे से। बेचारा बैंक कर्मचारी, बैंक की रक्षा करते-करते

जिन्दगी भर के लिए अपने एक हाथ से महरूम हो गया था।

जौनी वियान्डा ने ड्राइविंग सीट पर बैठकर इंजन स्टार्ट कर दिया।

सैमी अपनी बेचैन नजरों से उसे देखता रहा। उसे ऐसा लगा मानो जौनी विचारों के चक्र में फंसा किसी निष्कर्ष पर पहुंचने की चेष्टा कर रहा था। स्वयं उसकी भी पिछले हफ्तों से यही मनोदशा थी। वह पहले की उपेक्षा कुछ अधिक ही शान्त नजर आता था जैसे कोई चीज अंदर ही अंदर उसे सालती जा रही थी और सैमी उसकी ऐसी हालत देखकर काफी चिन्तित रहता था क्योंकि उसे जौनी से बेहद लगाव था। सैमी, ठिगने मगर गठीले बदन वाले, भूरी आंखों तथा सख्त चेहरे के मालिक जौनी को बेहद पसन्द करता था। जौनी की शारीरिक शक्ति और फुर्ती का वह प्रशंसक था। उसे आज भी वह दृश्य याद है जब वह जौनी के साथ एक बार में बैठा बीयर का आनंद ले रहा था तो एक शक्तिशाली गुण्डे ने जो शक्ति में जौनी से कहीं ज्यादा ताकतवर था, खामख्वाह जौनी पर व्यंग्य कसते हुए उससे उलझने की चेष्टा की थी। जौनी ने बड़े शांत स्वर में उसे ऐसा करने से मना किया था किन्तु वह मानने की बजाय बदतमीजी और बेहूदी हरकतों पर उतर आया था। सैमी तो लड़ाई-झगड़े की संभावना मात्र से घबरा उठा था परन्तु जौनी शांत और लापरवाह ही बना रहा था। जब वह गुण्डा किसी तरह से न माना, तो जौनी आराम से खड़ा हो गया और अपने दाएं हाथ से एक प्रचंड मुक्का उसके मुंह पर दे मारा।

मुष्ट प्रहार इतनी तीव्रता से किया गया था कि सैमी उसे हाथ चलाते देख भी न सका था, मगर उसका परिणाम फौरन उसके सामने था। एक ही घूंसे के वार में वह गुण्डा जमीन पर धराशायी हो चुका था।

जौनी पत्थर की तरह एक कठोर दिल का व्यक्ति था, परन्तु उसका व्यवहार सैमी के प्रति बहुत अच्छा था। वह कम बोलता था और यद्यपि उन्हें साथ-साथ काम करते दस वर्ष का लम्बा वक्त बीत चुका था, पर सैमी को जौनी के बारे में अभी तक सिर्फ मामूली-सी जानकारी थी। उसके अनुसार जौनी बीस वर्ष से मसीनो का गनमैन था। बयालीस वर्षीय जौनी अभी तक कुंवारा था तथा अकेला ही रहता था। उसका कोई सगा संबंधी नहीं था। दो कमरों के अपार्टमेंट में रहता था, तथा मसीनो उससे विशेष रूप से प्रभावित था। जब कभी सैमी को अपने छोटे भाई अथवा किसी बाजारू औरत की

समस्या का सामना करना पड़ता तो वह हमेशा जौनी की सलाह लिया करता था। हालांकि सैमी को अपनी समस्या का हल तो नहीं मिलता था, फिर भी जौनी द्वारा दी गई सलाह और सांत्वना उसे उत्साह प्रदान करती थी।

जौनी द्वारा दी गई एक सलाह उसे अच्छी तरह याद थी। जौनी ने कहा था - 'सुनो सैमी इस धंधे में तुम्हारी पगार तो काफी है किन्तु यह कोई स्थायी धंधा नहीं है। इस धंधे में कब क्या हो जाए, कुछ पता नहीं है। अत: तुम हर हफ्ते कम से कम दस डॉलर में से एक डॉलर की बचत करते रहो तो तुम्हारे लिए बहुत अच्छा रहेगा। इस अनुपात से की गई बचत कुछ ही वर्षों में एक अच्छी-खासी रकम बन जाएगा, शर्त यही है कि तुम इस जुड़ी हुई रकम को किसी भी कीमत पर खर्च करने की चेष्टा न करो तो। इस तरह से ये जोड़ी हुई रकम उस वक्त तुम्हारे बहुत काम आएगी जब तुम इस धंधे से अलग हो जाओगे, क्योंकि यह निश्चय है कि देर-सवेर तुम स्वयं ही इस धंधे से किनारा करने की इच्छा करने लगोगे।'

सैमी ने इस नसीहत को अपने दिमाग में बिठा लिया था। वह अपनी कमाई का दस परसेंट नियमित रूप से एक लोहे के बक्से में जमा करने लगा और बक्सा अपने बिस्तर में छुपाये रखता था। कई बार उसे मजबूरी में इस बक्से से रकम निकालनी भी पड़ी। अपने छोटे भाई की सहायता के लिए जिसे पांच सौ डॉलरों की सख्त जरूरत थी, वरना उसे जेल जाना पड़ता। अथवा फिर क्लोम के लिए जो एबॉर्शन करना चाहती थी परन्तु दस साल में ऐसे मौके अधिक नहीं आए और जमा राशि बढ़ती ही गई। पिछली बार सैमी ने जब रकम को गिना तो वह चकित रह गया। थोड़ा-थोड़ा करके जमा की गई यह रकम तीन हजार डॉलर की हो गई थी और वह दस डॉलर के नोटों से भरे बक्से को देखकर नया बक्सा खरीदने की जरूरत महसूस करने लगा। वह इस बारे में जौनी से मशविरा लेना चाहता था परन्तु जौनी तो स्वयं ही किसी गहन चिन्ता में खोया हुआ था। अत: न चाहते हुए भी सैमी ने अपनी इस तीव्र इच्छा को दबा लिया।

रास्ते-भर दोनों में कोई बातचीत नहीं हुई और फिर वे मसीनो के दफ्तर जा पहुंचे।

दफ्तर के नाम पर एक लम्बे-चौड़े कमरे में बड़ा-सा डेस्क, कुछ कुर्सियां तथा फाइल रखने की ट्रे के अलावा कुछ नहीं था। वजह यह थी कि इस छोटे-से शहर में,

मसीनो सादगी में यकीन रखता था। हालांकि उसके पास रोल्स रायस कार थी, सोलह बैडरूम का विशाल भवन था।

मगर यहां नहीं, नजदीक के बड़े शहर में था। इसके अलावा उसके पास मियामी में दस बैडरूम का एक और भवन तथा एक बहुत बड़ी याट (मशीन से चलित नौका) भी थी।

जिस समय जौनी तथा सैमी ने उसके दफ्तर में प्रवेश किया, तो वह डेस्क पर मौजूद खड़ा था। उसका एक अंगरक्षक टोनी केपीलो दीवार पर हाथ टिकाए खड़ा था। छरहरे जिस्म तथा कोबरा सांप की तरह गोल आंखों वाला टोनी पिस्तौल के मामले में जौनी जैसा ही फुर्तीला व्यक्ति था। मसीनो का दूसरा अंगरक्षक अर्नी लेसीनी बेवकूफ की तरह कुर्सी पर बैठा अपना दांत कुरेद रहा था। भारी-भरकम विशालकाय अर्नी के बाएं गाल पर चाकू के जख्म का गहरा निशान था। निशानेबाजी के मामले में वह स्वयं भी किसी से कम नहीं था।

सैमी ने आगे बढ़कर बैग मसीनो के सामने रख दिया। उसके होंठों पर धूर्ततापूर्ण मुस्कुराहट तैरने लगी। पचपन वर्षीय जोये मसीनो शारीरिक रूप से खूब हृष्ट-पुष्ट था। कद मध्यम, चौड़े कंधों पर टिका गर्दन रहित सिर, भारी चेहरे पर चपटी नाक तथा छितराई-सी मूंछों वाला मसीनो बिल्कुल ऊबड़-

खाबड़-सा आदमी था। उसकी आंखें भूरी तथा चमकीली थीं, जिन्हें देखकर आदमियों के मन में तो दहशत भर उठती, किन्तु औरतें अक्सर उसके इन्हीं नैनों के जाल में फंस जाया करती थीं। मसीनो स्त्रियों को बेहद पसन्द करता था और खासतौर पर युवतियों को। मोटा होने के बावजूद भी उसमें काफी ताकत थी। कई बार उसने व्यक्तिगत रूप से गड़बड़ करने वाले अपने ही आदमियों का ऐसा हुलिया खराब किया था कि उन्हें महीनों तक चारपाई से उठना तक मुश्किल हो गया था।

'कोई परेशानी तो पेश नहीं आई सैमी?' मसीनो ने पूछा और चमकीली आंखें जौनी की ओर घुमा दीं। जौनी ने भी इंकार में सिर हिला दिया।

'ठीक है, एन्डी को बुलाओ।'

लेकिन मसीनो का एकाउंटेंट एन्डी कुकास उसके बुलावे से पहले ही ऑफिस में

पहुंच चुका था।

एन्डी की आयु पैंसठ वर्ष की थी। उसका शरीर हल्का था किन्तु उसका दिमाग एक कम्प्यूटर की तरह तेज था। पन्द्रह साल पहले जालसाजी के जुर्म में वह सजा काटकर जेल से आया था। तभी मसीनो की नजर उस पर पड़ी और वह उसकी बुद्धिमानी से प्रभावित हो गया। उसने एन्डी को अपनी कारोबार संबंधी आर्थिक समस्याओं को निपटाने का काम सौंप दिया। अन्य कामों के अलावा एन्डी का चुनाव करके भी मसीनो ने अपनी अक्लमंदी का परिचय दिया था। टैक्सों की चोरी, नए व्यापार में धन लगाना तथा धन कमाने की नई-नई स्कीमें बनाना, उन्हें क्रियान्वित कराने में एन्डी के जोड़ का कोई दूसरा व्यक्ति इस समय पूरे अमेरिका-भर में न था।

एन्डी ने सैमी की कलाई से हथकड़ी खोलकर एक कुर्सी घसीट ली और मसीनो के समीप बैठकर थैले से निकली रकम संभालने लगा। मसीनो सिगार मुंह में दबाए उसे देखता रहा।

सैमी तथा जौनी पीछे हटकर खड़े हो गए। नोटों की संख्या तिरेसठ हजार तक पहुंच गई।

एन्डी ने दोबारा से नोट थैले में डाल दिए और मसीनो की ओर देखकर निश्चिन्ततापूर्वक सिर हिला दिया। उसने थैला उठाया और अपने दफ्तर में पुराने ढंग की बनी मजबूत अलमारी में रख दिया।

एन्डी के जाने के पश्चात् मसीनो उन दोनों से संबोधित हुआ -'ओ.के.मैन। अब दोनों छुट्टी मनाओ। अगले शुक्रवार से पहले मुझे तुम लोगों की आवश्यकता नहीं पड़ेगी और अगले शुक्रवार को कौन-सी तारीख पड़ेगी यह तुम जानते हो ना।' - कहकर मसीनो की सांप जैसी कठोर आंखें जौनी पर केन्द्रित हो गईं।

'उनतीस फरवरी।'

'बिल्कुल ठीक!' कुटिलतापूर्वक मुस्करा मसीनो-फिर बोला -'लीप ईयर डे है। मुझे पूरा विश्वास है कि अगले शुक्रवार की रकम डेढ़ लाख डालर से हर्गिज कम नहीं रहेगी।'

'सौली भी यही कह रहा था।'

मसीनो ने बुझा हुआ सिगार रद्दी की टोकरी में फेंक दिया।

लगभग फुंफकारती आवाज में बोला - 'अगले शुक्रवार को अर्नी और टोनी भी तुम्हारे साथ जाएंगे और रकम कार द्वारा एकत्र की जाएगी। तुम लोग ट्रैफिक के नियमों की कोई चिन्ता नहीं करोगे, मैं पुलिस कमिश्नर से बात कर लूंगा। ट्रैफिक पुलिस का कोई आदमी तुम्हारी ओर आंख उठाकर भी नहीं देखेगा। तुम्हारी जहां मर्जी हो, कार पार्क कर सकते हो। हां, सावधान जरूर रहना है। डेढ़ लाख डॉलर की रकम कम नहीं होती, मुमकिन है कोई दुस्साहसी बदमाश तुमसे रकम छीनने की कोशिश कर ही बैठे।'

मसीनो सैमी की ओर घूमा और बोला -'घबराओ मत सैमी - तुम्हारी सुरक्षा का सबसे तगड़ा इंतजाम कर दिया जाएगा। अभी से चिन्ताग्रस्त होने की आवश्यकता नहीं है।'

सैमी को वाकई पसीने छूट रहे थे - उसने मुस्कराने की असफल चेष्टा करते हुए कहा -

'आपके रहते मुझे किस बात की चिन्ता है बॉस। आप तो बस हुक्म कीजिये -मैं हर खतरे में खुशी-खुशी कूदने के लिए तैयार हूं।'

मसीनो आश्वस्त हुआ। फिर दोनों आज्ञा लेकर मसीनो के कार्यालय से बाहर निकल आए।

बाहर बूंदा-बांदी हो रही थी -जौनी ने सैमी का हाथ थामा और बोला - 'आओ सैमी बीयर पीएंगे।'

प्रत्येक शुक्रवार को रकम सौंपने के बाद साथ-साथ बैठकर पीना दोनों की आदत बन चुकी थी।

दोनों फ्रेडी के बार में जा बैठे। बीयर की चुस्कियां भरते हुए सैमी ने सहमते हुए पूछा-

'क्या बात है मिस्टर जौनी, इस बार तुम बहुत परेशान से नजर आ रहे हो? मुझे बताओ, शायद मैं तुम्हारे किसी काम आ सकूं।'

जौनी बहुत कम मुस्कराता था, किन्तु सैमी के कथन पर जब वह

मुस्कराया तो सेमी को बड़ी प्रसन्नता हुई।

'नहीं-नहीं, ऐसी तो कोई बात नहीं है सैमी।' जौनी कंधे उचकाता हुआ बोला - 'मुमकिन है मेरी बुढ़ापे की ओर बढ़ती उम्र को देखकर तुम्हें ऐसा अहसास हुआ हो।' फिर उसने सिगरेट निकाली और सैमी को पेश की। सिगरेट सुलगाते हुए बोला - 'दरअसल कभी-कभी मुझे ऐसा अहसास होने लगता है...।' उसने वाक्य अधूरा छोड़ दिया।

'क्या अहसास होने लगता है मिस्टर जौनी....?' सैमी ने पूछा।

'यही कि हम लोगों की जिन्दगी भी क्या जिन्दगी है। बिल्कुल नीरस...कोई भविष्य नहीं है हम लोगों का। तुम्हारा क्या ख्याल है, ठीक कह रहा हूं न मैं?'

सैमी ने स्टूल पर बैठे-बैठे अपना पहलू बदला। बोला, 'अच्छा-खासा वेतन तो मिलता है हम लोगों को मिस्टर जौनी और दूसरी बात है कि इसके अलावा मैं कर ही क्या सकता हूं।'

'हां ठीक कह रहे हो सैमी-इसके अलावा तुम्हें और आता भी तो क्या है।' जौनी क्षण-भर रुका फिर उसने सैमी से पूछा - 'अच्छा यह बताओ सैमी - क्या तुमने कुछ बचत भी की है अभी तक?'

सैमी प्रसन्नता से मुस्कराया।

'हां। दस प्रतिशत के हिसाब से बचत करने का तुम्हीं ने तो मुझे सुझाव दिया था। अब तक यह बचत की हुई रकम लगभग तीन हजार डालर हो गई है जो मैंने एक लोहे के बक्से में बंद करके रखी हुई है पर...।' सैमी थोड़ा हिचकिचाया - 'मेरी समझ में नहीं आ रहा है कि अब इस रकम का क्या इस्तेमाल करूं।' जौनी के चेहरे पर मुस्कराहट उभरी।

'लोहे के बक्से को तुम कहां रखते हो?'

'अपने बिस्तर के नीचे और कहां रखता।'

'तुम बेवकूफ हो सैमी - भला इतनी बड़ी रकम भी कहीं बिस्तर के नीचे रखी जाया करती है।'

'फिर और क्या करूं मैं?'

'किसी बैंक में जमा करा दी होती।'

सैमी ने घृणा से मुंह बिचकाया -'मुझे बैंकों में धन जमा करने की दिलचस्पी नहीं है मिस्टर जौनी-सच बात तो यह है कि बैंक केवल गोरे लोगों की सहूलियत के लिए बनाए जाते हैं।' मेरे जैसे काले लोगों के लिए बक्से आदि में धन रखना ही ठीक है। ज्यादा से ज्यादा अब ये करूंगा कि एक और बक्सा खरीद लाऊंगा।'

सैमी ने हालांकि इस आशापूर्ण दृष्टि से जौनी से पूछा था कि वह शायद इस रकम के सही इस्तेमाल का कोई कारआमद तरीका सुझा दे, किन्तु जौनी तो स्वयं ही अपनी किसी समस्या में उलझा हुआ दीख रहा था। सैमी को कोई सुझाव देने का उसका मूड ही कहां था।

जौनी ने बियर की अंतिम चुस्की भरी और स्टूल से उठता हुआ बोला -

'रकम तुम्हारी है सैमी - तुम इसका जिस तरह चाहो उपयोग कर सकते हो - अच्छा तो फिर मैं चला। अगले शुक्रवार को फिर मिलेंगे।'

'क्या अगले शुक्रवार को कोई अनहोनी घटना घट सकती है मिस्टर जौनी?'

जोनी के उठते ही सैमी ने डरे हुए स्वर में पूछा।

'तुम बेकार ही परेशान हो रहे हो सैमी ' -जौनी उसका कंधा थपथपाता हुआ बोला - 'कुछ भी नहीं होगा - और फिर मैं, अर्नी तथा टोनी तुम्हारे साथ रहेंगे। तुम्हें चिन्ता करने की क्या आवश्यकता है?'

जौनी चला गया तो सैमी काफी देर तक उसकी दूर होती जा रही कार की ओर देखता रहा। कार के दृष्टि से ओझल होते ही वह उठा और थके-थके कदमों से अपने घर की ओर चल पड़ा। अगले शुक्रवार को घटने वाली किसी अनहोनी आशंका से वह अब भी बेचैन था।

जौनी वियान्डा अपने दो कमरों वाले अपार्टमेंट में पहुंचा। उसने अपनी जैकेट उतारकर एक ओर उछाल दी तथा दीवार के साथ पड़ी कुर्सी को बंद खिड़की के पास घसीटकर बैठ गया। उसकी दृष्टि खिड़की के धुंधले शीशों के बाहर कुछ देखने का प्रयास करने लगी। बाहर से शोरगुल की हल्की-हल्की आवाजें आ रही थीं, किन्तु जौनी को इसकी परवाह नहीं थी। ऐसे शोरगुल को सुनने का वह आदी हो चुका था।

सैमी का यह अंदाजा बिल्कुल सही था कि जौनी किसी गंभीर चिंता में डूबा हुआ

था। पिछले अट्ठाइस महीनों से वह चिन्ता में घुला जा रहा था। चिन्ता की शुरुआत तो उसके चालीसवें जन्मदिन के साथ ही आरंभ हो गई थी। उसने अपनी वर्षगांठ अपनी गर्लफ्रेंड मेलाना कोराली के साथ मनाई थी। रात को जब वह खा-पीकर निवृत हो गए तो कोराली तो निद्रा में निमग्न हो गई, परन्तु उसे नींद न आ सकी। वह अपनी विगत जिन्दगी के विचार में डूब गया -आज उसे पहली बार अहसास हुआ था कि उसका भविष्य कुछ भी नहीं था। उसके जीवन का आधा हिस्सा यूं ही गुजर गया था। चालीस वर्ष का अरसा बहुत होता है और अब वह ज्यादा से ज्यादा चालीस ही वर्ष तक और जी सकता है बशर्ते कि वह किसी खतरनाक बीमारी का शिकार अथवा किसी की गोली का निशाना बनने से बच जाए तो!

अनायास ही उसे अपने माता-पिता की याद हो आई। उसकी मां जो बहुत ममता भरी थी सदैव ही जौनी पर अपनी स्नेह की छाया रखा करती थी और पिता जो एक फल विक्रेता था अनपढ़ जैसा ही था। मतलब यह कि वह पढ़ तो सकता था किन्तु लिख नहीं पाता था पर जैसा भी था जौनी के लिए हमेशा एक आदर्श पिता की भूमिका निभाता रहा। दोनों इटैलियन थे और ईश्वर में आस्था रखते थे। अब दोनों खुदा के प्यारे हो चुके थे। मरते दम तक दोनों के दिलों में जौनी की खुशहाली और बहबूदी का जज्बा कायम रहा था।

उसकी मां ने मरने से पहले उसे एक लॉकेट दिया था। चांदी की चेन में लिपटी सैट क्रिस्टोफर की प्रतिमा वाला यह लॉकेट पिछले सौ वर्षों से उसके परिवार में धरोहर के रूप में चला आ रहा था।

मां ने मरते वक्त उसे लॉकेट सौंपते हुए कहा था - 'ये लॉकेट रख लो जौनी - तुम्हें देने के लिए मेरे पास इससे बढ़कर और कोई वस्तु नहीं है। यह हमारे परिवार का एक पवित्र लॉकेट है, जब तक यह लॉकेट तुम्हारे गले में पड़ा रहेगा, दुनिया की कोई भी विपत्ति तुम्हारा कुछ न बिगाड़ सकेगी। इसे हमेशा अपने गले में पहने रहना।'

मां तो गुजर गई किन्तु तब से अब तक वह उस लॉकेट को अपने गले में पहने रहता था। अंधविश्वास के कारण वह मां के दिए हुए उस लॉकेट को उस वक्त भी छुए बिना न रह सका। आराम से सोती हुई अपनी गर्लफ्रेंड के बराबर में लेटा हुआ जौनी

अपने विगत जीवन का लेखा-जोखा टटोलने में चिन्ताग्रस्त रहा। मां की मृत्यु के पश्चात उसके जीवन में कहीं भी स्थिरता नहीं आ सकी थी। पिता के कुछ कटु व्यवहार के कारण उसे घर छोड़ना पड़ा। तब उसकी उम्र सत्रह वर्ष की थी। वह घर छोड़कर जैक्शन विले पहुंचा और एक बॉरटेंडर की नौकरी कर ली। इस नौकरी के दौरान उसका तरह-तरह के लोगों से - जिनमें अधिकांशत: जरायमपेशा अथवा कानून के डर से भागे हुए मुजरिम अथवा गैर-कानूनी काम करने वाले व्यक्ति थे, परिचय होने लगा। इन्हीं लोगों में एक व्यक्ति था फर्डी सायनो। जौनी का उससे परिचय हुआ और उसके बाद उन दोनों में खूब घनिष्ठता बढ़ने लगी।

दोनों मिलकर काम करने लगे। उनका मुख्य काम था पेट्रोल पम्पों को लूटना, पेट्रोल पम्पों से नकद पैसा आसानी से मिल जाता। पर आखिर एक दिन पुलिस के हत्थे चढ़ गए, दो साल की कैद के बाद जब जौनी जेल से बाहर निकला तो वह भविष्य के लिए अपना कार्यक्रम निश्चित कर चुका था। जेल में रहकर जुर्म करने की जो शिक्षा उसने हासिल की थी, उसकी वजह से उसे विश्वास था कि वह अगली बार पुलिस के चंगुल में नहीं फंसेगा। कुछ सालों तक वह अकेला ही बटमारी करता रहा, पर इससे उसे बहुत कम रकम प्राप्त होती थी। उसने हिम्मत नहीं हारी, किसी मोटी आसामी को झटकने की आशा में वह अपना धंधा जारी रखे रहा। तभी पुन: उसकी भेंट सायनो से हो गई।

वह तब तक मसीनो के गिरोह में शामिल हो चुका था। सायनो ने से मसीनो से मिलवा दिया।

मसीनो उसे देखकर बेहद प्रभावित हुआ। मसीनो को अपने अंगरक्षक के रूप में किसी जवान, विश्वस्त और अचूक निशानेबाज की तलाश थी। जौनी को देखकर वह आश्वस्त हो गया कि उसे जैसे व्यक्ति की आवश्यकता थी, मिल गया है परन्तु जौनी पिस्तौल आदि के बारे में कुछ जानकारी नहीं रखता था। बटमारी, राहजनी करते समय वह नकली पिस्तौल का ही इस्तेमाल किया करता था, मगर मसीनो को इससे कोई फर्क नहीं पड़ा। उसने जौनी को बाकायदा ट्रेनिंग दिलवाई। तीन महीने बाद ही जौनी एक कुशल निशानेबाज बन गया। मसीनो के शक्तिशाली और सम्पन्न होने के दौर में जौनी ने तीन व्यक्तियों को अपनी फुर्ती और अचूक निशानेबाजी के कारण मौत की नींद सुलाया।

इस तरह उसने तीन बार मसीनो की प्राण-रक्षा की, जबकि निश्चित था कि तीनों ही बार मसीनो का मौत से बचना असंभव था। अब वह पिछले बीस सालों से मसीनो के साथ था किन्तु उन घटनाओं के बाद और कोई खून-खराबे का नया वाकया पेश नहीं आया था। उसकी वजह थी - मसीनो अपने धंधे में पूरी तरह से जम चुका था। वह इस शहर में गैर कानूनी ढंग से होने वाले धन्धों का एकछत्र सम्राट था। किसी की मजाल नहीं थी कि उसे चैलेंज कर सके। जौनी को भी अब बॉडीगार्ड के काम से हटकार सैमी के साथ रकम वसूली के काम पर लगा दिया था, क्योंकि मसीनो के विचार से नवयुवक ही बॉडीगार्ड के काम के लिए ज्यादा उपयुक्त थे। जौनी की अब उम्र भी अधिक हो चली थी और यूं भी तीस साल के बाद आदमी में चुस्ती-फुर्ती की कमी हो ही जाती है। अत: वह बॉडीगार्ड जैसे महत्त्वपूर्ण कार्य के लिए अयोग्य साबित हो जाता है।

मैलानी के साथ लेटे जौनी ने अपनी बीती जिन्दगी और भविष्य की ओर झांककर देखना चाहा। वह चालीस वर्ष का हो चुका था, अत: कुछ न कुछ शीघ्र ही करना आवश्यक था, अन्यथा बहुत देर हो चुकी होगी। अगर कुछ दिनों बाद उसे सैमी की सुरक्षा के काम से भी हटा दिया गया, तब क्या होगा। जौनी को रिटायर करते वक्त मसीनो उसे कोई भारी रकम तो देने से रहा, इसका मतलब गरीबी में एड़ियां रगड़-रगड़कर उसे मौत का इंतजार करना पड़ेगा। इस कल्पना मात्र से ही वह सिहर उठा। उसका मुंह कड़वाहट से कसैला होने लगा। साथ ही उसे अपने द्वारा सैमी को दी गई नसीहत भी याद हो आई, जिस पर वह स्वयं ही कोई अमल नहीं कर सका था।

उसका पैसा उसकी जेबों से निकलकर या तो उन मक्कार और फरेबी औरतों के पास पहुंच गया था जो अपनी दुखपूर्ण कथाएं सुनाकर उसके दिल में हमदर्दी के भाव जगाकर उसे ठग लिया करती थीं, या फिर वह रेस के घोड़ों पर दांव लगाने में अपना धन बर्बाद करता रहा था। स्त्रियां उसकी कमजोरी थीं और रेस का वह शौकीन था। इसी तरह से वह अपना सब - कुछ बर्बाद करता रहा और जब बुढ़ापे की भयानक तस्वीर उसे नजर आने लगी तो वह एकदम कड़का हो चुका था। अमीर बनने के जिस सपने को वह बचपन से संजोये आ रहा था, उसके पूरे होने के कोई लक्षण उसे नजर नहीं आ रहे थे।

उसका एकमात्र सपना था कि किसी तरह से नौका हासिल की जाए। अपने बचपन

में वह अपना अधिकांश समय बंदरगाह पर गुजारता था, जहां अमीर लोग अपनी विलासपूर्ण सामग्री से सजी नौका में ऐशो-आराम करते रहते थे और मछेरे छोटी नावों से मछलियां पकड़ने में व्यस्त नजर आते थे। आरंभ से ही समुद्र उसे अपनी ओर चुम्बक के मानिंद आकर्षित करता रहा था। जो उम्र उसकी पढ़ने के काबिल थी वह उसने समुद्र में दौड़ने वाली नावों पर गुजार दी थी डेस्क की सफाई आदि के काम वह साधारण तनख्वाह पर भी बड़ी लगन और मनोयोग से किया करता था। बचपन के वे दिन आज उसे अपने जीवन के सबसे सुनहरे दिन प्रतीत हो रहे थे।

समुद्र में लौटने की उसकी इच्छा फिर से सिर उठाने लगी, किन्तु इस बार वह किसी मजदूर के रूप में नहीं, अपितु एक तीस फुट लम्बी नौका का मालिक के रूप में लौटना चाहता था जिससे कि वह एक कप्तान की तरह अपने नाविकों पर हुक्मरानी करते हुए मछली पकड़ने के धंधे को अपना सके।

परन्तु इस स्वप्न को साकार करने की सबसे आवश्यक वस्तु थी पैसा - जो इस समय उसके पास नहीं था। उसने अनुमान लगाया, कम से कम साठ हजार डॉलर की रकम होनी चाहिए थी इस धंधे को चलाने के लिए।

यदि कहीं से उसके हाथ इतनी रकम आ जाए तो उसका सपना,

वास्तविकता में तब्दील हो सकता था। मगर इतना धन कैसे हासिल होगा - कहां से हासिल होगा - यही मुख्य प्रश्न था जिस पर वह माथापच्ची कर रहा था।

लगभग छः माह पहले धन हासिल करने का एक विचार उसके दिमाग में पनपा था किन्तु उसने जान-बूझकर उसे अपने दिमाग से निकाल फेंका। मगर यादों और सोचों पर तो किसी का वश नहीं होता। यही विचार उसके दिमाग में पनपता रहा।

आज उस विचार को न जाने क्यों, उसने दबाने का कोई प्रयास नहीं किया। किसी विश्वसनीय आदमी के सम्मुख अपने उस विचार को प्रस्तुत करके वह उसमें कमियां निकालने के लिए इच्छुक था परन्तु अफसोस की उसके पास कोई नहीं था, वह अकेला ही खिड़की के सामने बैठा था। अपने अकेलेपन से आज उसे परेशानी महसूस हुई, क्योंकि आज तक तक वह किसी विश्वसनीय व्यक्ति के संसर्ग में नहीं आया था। उसका एक मात्र मित्र नीग्रो सैमी हो सकता था, पर उससे इस विषय पर बातें करना बेकार था।

मैलानी से इस विषय में विचार-विमर्श करना फिजूल था, क्योंकि वह समुद्र, नावों आदि से घृणा करती थी और उसका विचार जानकर वह उसे पागल की संज्ञा से संबोधित करने में नहीं चूक सकती थी।

अत: वह स्वयं ही अपनी योजना पर विचार-विमर्श करने को विवश हो गया।

योजना इस विचार पर आधारित थी कि नम्बर मेन क्लैक्शन की अधिक से अधिक धन राशि पर हाथ साफ किया जाये और इस अवसर की वह बड़े धैर्य से प्रतीक्षा करता रहा था।

और अब मौका आ गया था कि उनतीस फरवरी को कैलक्शन की रकम का अनुमान डेढ़ लाख डालर लगाया जा रहा था।

डेढ़ लाख डॉलर की रकम से उसका वर्षों से संजोया सपना साकार हो सकता था। यह सोचकर जौनी ने गुदगुदी अनुभव की तथा मन ही मन प्रण करने लगा कि भविष्य में न तो किसी औरत की बेबसी का रोना ही सुनेगा और न ही किसी रेसकोर्स में कदम रखेगा।

उसने कुर्सी पर बैठे-बैठे पहलू बदला और पुन: सोचने लगा - उनतीस तारीख को उसे मसीनो से यह धन हथियाना ही होगा। अपनी योजना पर कई -कई बार विचार कर चुका था। किसी सीमा तक उसे कार्य रूप में परिणित करने का भी उसने प्रबंध कर लिया था। एन्डी की तिजोरी के ताले से चाबी की छाप उतारकर वह डुप्लीकेट चाभी भी बनवा चुका था। उसके दो वर्ष के जेल जीवन का अनुभव इस कार्य में बहुत सहायक सिद्ध हुआ था। चाबी की छाप हासिल करके उससे डुप्लीकेट चाबी बनाना उसने जेल में ही सीखा था।

चाबी की छाप लेने का स्मरण करते ही उसके माथे पर पसीने की बूंदें उभर आईं। वास्तव में यह बेहद जोखिम भरा कारनामा ही था।

जिस सेफ के ताले की चाबी की छाप उसने एन्डी के छोटे-से दफ्तर से उतारी थी वह बेहद पुराने ढंग की थी। मसीनो के कहे अनुसार सेफ उसके दादा की निशानी थी जो अब एन्डी के दफ्तर में दरवाजे के ठीक सामने रखी हुई थी। एन्डी उस सेफ के बारे में अक्सर मसीनो से शिकायतें करता रहता था, जिसे कई बार जौनी ने स्वयं अपने कानों

से सुना था।

'इस पुराने ढंग की तिजोरी को बदलिए बॉस।' एन्डी ने कहा था - 'इसे तो कोई बच्चा भी आसानी से खोल सकता है - कोई नई आधुनिक किस्म की मजबूत-सी सेफ होनी चाहिए इसके बदले।'

जौनी को मसीनो द्वारा दिया गया उत्तर भी अच्छी तरह से याद था।

मसीनो ने कहा था - 'यह तिजोरी मेरे दादा की निशानी है और मेरी शक्ति की सूचक है। तुम्हारे तथा मेरे अलावा किसी में इतनी हिम्मत नहीं है जो इसे छूने की कोशिश करे। सारा शहर इस तथ्य से बखूबी परिचित है, तुम हर शुक्रवार को इसमें मोटी रकम रखते हो तथा शनिवार को सुबह तक जब तक कि तुम लोगों की तनख्वाह नहीं बंट जाती, वह रकम उसी में बंद रहती है। तुम जानना चाहते हो कि इसकी क्या वजह है? इसकी वजह यही है कि सभी को यह अच्छी तरह पता है कि मेरी किसी भी चीज को हाथ लगाना अपनी मौत को न्यौता देना है। यह तिजोरी उतनी ही मजबूत है जितना कि मैं शक्तिशाली हूं और मैं कितना शक्तिशाली हूं इसे इस शहर का बच्चा-बच्चा जानता है।'

'लेकिन-' एन्डी ने एक बार फिर कोशिश करते हुए कहा -'यह सब तो मैं भी अच्छी तरह से जानता हूं मिस्टर मसीनो, मगर हो सकता है कि कोई ऐसा बाहरी व्यक्ति जो इस शहर का न हो और जिस पर आपके नाम का रौब न पड़ा हो, ऐसा दुस्साहस कर सकता है। अत: हमें मौका नहीं देना चाहिए।'

प्रत्युत्तर में मसीनो ने ठंडी निगाहों से एन्डी को घूरा।

'तुम्हारा ख्याल है कि ऐसी मूर्खता करने वाला व्यक्ति मुझसे बचकर निकल पाएगा। याद रखो एन्डी, मुझसे गद्दारी करने वाला या मेरे माल पर हाथ साफ करने वाला कोई भी व्यक्ति दुनिया के किसी भी कोने में क्यों न छुप जाए, उसे खोजकर दोजख पहुंचाना मेरे लिये बिल्कुल मुश्किल नहीं है-समझ गये।'

लेकिन मसीनो ने शुक्रवार की रात को तिजोरी अकेली न छोड़ने का भी प्रबंध कर रखा था। उस रात को एन्डी के साथ उसके दफ्तर में बैन्नो बियांका भी तिजोरी के साथ अंदर ही बंद रहता था और डरावनी आकति वाले बैन्नो से पूरा शहर दहशत मानता था।

जौनी को इस सबकी जानकारी थी - मसीनो के शब्द भी उसे बखूबी याद थे -

किसी में इतनी जुर्रत नहीं है कि वह तिजोरी को छू लेने की भी कोशिश कर सके।

और जौनी, मसीनो की तिजोरी को न सिर्फ छू लेने की बल्कि उसमें रखी रकम को हथिया लेने का भी निश्चय कर चुका था। हिम्मत तो शायद उसमें भी नहीं है किन्तु वह बेहद जरूरतमंद है। उसे बचपन से देखते आये सपने को साकार रूप देना है। हिम्मत से ज्यादा महत्त्वाकांक्षा की पूर्ति का प्रश्न है दोजख की आग - जौनी ने सोचा - अगर उसकी योजना सफल हो जाती है इसकी नौबत ही नहीं आने पायेगी।

लोहे की उस विशाल तिजोरी का प्रयोग केवल शुक्रवार को ही किया जाता था। हफ्ते के शेष दिनों में वह खाली ही रहती थी। उसको खोलने और बंद करने के लिए किसी कॉम्बीनेशन को मिलाना नहीं पड़ता था अपितु एक ऐसी लम्बी-सी चाबी को प्रयोग में लाया जाता था, जो बाबा आदम के जमाने की लगती थी। कई महीनों की जासूसी के बाद जौनी इस बात का पता लगा चुका था कि ताली प्राय: यों ही ताले में छोड़ दी जाती थी। शुक्रवार को रकम जमा करने के बाद एन्डी ताली को अपने साथ अपने घर ले जाया करता था। जौनी ने तीन बार कोशिश की। आधी रात के बाद वह उस इमारत में दाखिल हुआ। एन्डी ने दफ्तर में पहुंचकर बड़ी सफाई से ताला खोला।

तीसरी बार की कोशिश में उसे कामयाबी मिली। बुधवार की रात को उसने देखा कि ताली सेफ में फंसी हुई थी। चाबी की छाप उतारने के लिए वह मोम लेकर गया ही था। बस कुछ ही सैकड़ों में उसने ताली की छाप उतार ली, मगर ये कुछ सैकेंड ही उसे युगों के समान लगे थे। इस मामूली-से लगने वाले काम को करते समय उसके पसीने छूट निकले थे, क्योंकि एन्डी के दफ्तर में किसी के लिए भी प्रवेश करने पर सख्त पाबंदी थी। यदि किसी को एन्डी से बात भी करनी होती थी तो वह दरवाजे के अंदर पैर रखकर भी बात नहीं कर सकता था। बात बेहद जरूरी भी होती तो भी आगन्तुक दरवाजे से बाहर खड़ा रहकर ही एन्डी से बातचीत कर सकता था। सिर्फ बैन्नो ही ऐसा व्यक्ति था जो सिर्फ शुक्रवार के दिन अंदर ताले में बंद रह सकता था और एन्डी उस दिन अपने डेस्क की दराजों आदि के तालों के प्रति पूरी तरह जागरूक और चौकन्ना रहता था।

तीन रातों की मेहनत के बाद जौनी चाबी तैयार कर सका। चौथी रात उसने चाबी को ताले में डालकर आजमाया। चाबी कुछ कम फिट थी अत: उसने रेती से उसे रेतकर

और तेल की बूंद से नर्म करके उसे बिल्कुल फिट कर लिया। ताली अब एकदम फिट थी।

अब रकम हथियाना कठिन नहीं था। बैन्नो को मौत के घाट उतारने में कोई दिक्कत नहीं थी। दिक्कत तो उस समय पैदा होनी थी जब मसीनो को ये पता चलता कि उसकी रकम लूटी जा चुकी थी।

मेरी चीज हथियाने वाला या मुझसे गद्दारी करने वाला कोई भी व्यक्ति दुनिया के किसी भी कोने में सुरक्षित नहीं है। मेरे हाथ बहुत लम्बे हैं। उसे खोजकर दोजख में पहुंचाना मेरे लिये कोई कठिन काम नहीं है।

किन्तु जौनी को मसीनो द्वारा कहे गये इन शब्दों की कोई परवाह नहीं थी।

वह इतनी फुलप्रूफ योजना तैयार कर चुका था कि मसीनो को रकम लूटने वाले का पता नहीं लगना था किन्तु यदि योजना में ही कोई कमी आ गई तो मसीनो अपने कथन को अक्षरशः सत्य करके दिखा सकता था, क्योंकि मसीनो का माफिया से गठजोड़ था। वह नियमित रूप से एक निश्चित धन राशि माफिया को दिया करता था। अतः इस शहर में उसका अपना गिरोह ही लुटेरे की तलाश में कोई कसर नहीं छोड़ेगा। इसके अलावा माफिया को सिर्फ सूचना देने भर की देर थी कि उनकी पूरी ऑर्गनाइजेशन फौरन सक्रिय हो उठेगी और लुटेरे को खोजने में जमीन आसमान एक कर देगी।

माफिया का एक सिद्धान्त था - माफिया अथवा उसके किसी मित्र की कोई चीज लूटने या चुराने वाले को उसकी कीमत अवश्य चुकानी पड़ती थी। पूरे मुल्क में कोई ऐसी जगह नहीं थी जहां माफिया गिरोह के एजेन्ट न फैले हुए हों। जौनी को इन सब बातों की जानकारी थी अतः योजना बनाते समय उसने सबसे ज्यादा इस बात को ध्यान में रखा था कि चोर का किसी भी हालत में पता नहीं पड़ना चाहिये।

बहुत बारीकी से सोच-विचार के बाद ही वह इस योजना को बना पाया था, क्योंकि यह एक जिन्दगी और मौत के जुए जैसी बात थी।

उसकी योजना थी कि 'रकम हाथ में आते ही वह उसको सड़क की दूसरी ओर स्थित ग्रेहाउंड बस स्टेशन के खोये हुए सामान के लाकरों में ले जाकर रख देगा और उसे तब तक वहीं पड़े रहने देगा जब तक मामला ठंडा नहीं पड़ जाता। जब मसीनो यह

विश्वास कर लेगा कि अब रकम मिलनी मुश्किल है और चोर रकम लेकर किसी ऐसी जगह जा छुपा है जहां से उसे खोज निकालना मुश्किल है, उसके बाद वह लॉकर में से रकम को निकालकर किसी सेफ डिपॉजिट बैंक में जमा करवा देगा। उसकी इच्छा थी कि रकम हाथ में आते ही उसे बैंक में जमा करवा दिया जाये। मगर इस तरह से उनकी शिनाख्त (ऐलीबी) पर शक किया जा सकता था। ग्रेहाउंड बस स्टेशन और मसीनो के कार्यालय में ज्यादा दूर जाना पड़ता था और वैसे भी बैंक रात के समय बंद ही रहता था।

योजना को क्रियान्वित करने और उसे सफल बनाने के लिए बड़े धैर्य की आवश्यकता थी। बैंक में धन जमा करने के बाद भी उसे दो-तीन वर्ष की लम्बी अवधि की प्रतीक्षा करनी थी किन्तु वह इसके लिए तैयार था। उसके बाद वह रकम समेत फ्लेरिडा पहुंच जाएगा और अपना चिर-प्रतीक्षित सपना साकार कर लेगा।

इतनी बड़ी रकम की प्राप्ति के लिए दो-तीन साल का अरसा तो कुछ भी नहीं था, जबकि नौकरी करके वह जीवन भर इतना धन प्राप्त नहीं कर सकता था।

पुलिस विभाग मसीनो के कहने के अनुसार चलता था - जौनी को पता था कि चोरी की सूचना पाते ही सारा पुलिस डिपार्टमेंट सक्रिय हो उठेगा। एन्डी के दफ्तर की सेफ पर से उंगलियों के निशान उठाये जाएंगे, किन्तु जौनी को इसकी परवाह नहीं थी। वह दस्तानों का प्रयोग करेगा और उसकी ऐलीबी (जुर्म के समय घटना-स्थल से दूर रहने का प्रमाण) बिल्कुल ठोस होगी। चोरी के समय वह मैलानी के साथ उसके बिस्तर में होगा। उसकी कार मैलानी के घर के सामने खड़ी होगी। चोरी में मुश्किल से आधे घंटे का समय लगना था और इतने समय के लिये वह मैलानी पर यकीन कर सकता था।

क्योंकि तिजोरी चाबी द्वारा खोली जानी थी, अत: मसीनो का सबसे पहला संदेह एन्डी पर ही होना था। पुलिस भी सबसे पहले एन्डी को ही गिरफ्तार करेगी, क्योंकि चाबी उसी के पास होगी। साथ ही उसके अपराधी जीवन का भी पुलिस के पास रिकार्ड मौजूद था और यदि एन्डी सफाई दे भी देगा और मसीनो उसकी सफाई से आश्वस्त हो भी गया तो मसीनो दूसरे कर्मचारियों को टटोलेगा। चोरी के लिए चाबी के इस्तेमाल को वह किसी कर्मचारी द्वारा की गई करतूत ही समझेगा और कर्मचारियों की तादाद दो सौ से कम नहीं थी। जौनी स्वयं तो वह अंतिम आदमी होगा जिस पर शक किया जा सकता था, क्योंकि

मसीनो का सबसे ज्यादा वफादार साथी था जिसने तीन-तीन बार मसीनो के जीवन की रक्षा की थी और हमेशा उसके आदेशानुसार कार्य किया था, वह अपने मालिक को धोखा नहीं दे सकता था।

खिड़की के समीप अपनी योजना में बार-बार कमी खोजने की असफल चेष्टा करता हुआ जौनी चिन्ताग्रस्त भाव में बेचैनी से पहलू बदलता रहा।

मसीनो के कहे हुए शब्द बार-बार उसके जेहन में हथौड़े की तरह से बज उठते थे। मेरी किसी चीज को हथियाने की चेष्टा करना अपनी मौत को दावत देना है।

जौनी ने बेचैनी के भाव में अपने गले में पड़े हुए सैंट क्रिस्टोफर के लॉकेट को छुआ और धीमे-से बुदबुदाया - 'कभी-कभी तो चोर के घर भी चोरी हो जाती है।'

✦ ✦ ✦

जौनी की गर्लफ्रेंड मैलानी कारेली नेपल्स की गंदी बस्ती में पैदा हुई थी। वह चार वर्ष की थी तभी से उसने बस्ती के अन्य बच्चों की तरह टूरिस्टों से भीख मांगने का धंधा आरंभ कर दिया था। उसके माता-पिता बहुत ही निर्धन थे और उन्हें तथा स्वयं मैलानी को भी जीवनयापन के लिए कठोर परिश्रम करना पड़ता था। उसका पिता, तो अपाहिज था, मध्यम श्रेणी के होटलों के सामने पोस्टकार्डों की दलाली और नकली पार्कर पैन बेचने का काम किया करता था और उसकी माता लोगों के घर जाकर कपड़े धोया करती थी।

पन्द्रह वर्ष की उम्र में उसके दादा ने उसे अपने पास ब्रुकलिन में बुला लिया। वहां वह दर्जी के काम की एक छोटी-सी दुकान चला रहा था। मैलानी के वहां से चले जाने पर उसके माता-पिता बहुत खुश थे, क्योंकि मैलानी पन्द्रह वर्ष की आयु में ही अपने हमउम्र लड़कों में बहुत दिलचस्पी ले रही थी। माता-पिता को यह डर था कि कहीं मैलानी किसी अनचाही औलाद को जन्म देकर उसका भी बोझ उन पर न लाद दे।

मैलानी कुल तीन साल तक ही अपने दादा के पास टिक सकी, क्योंकि दादा का कड़ा अनुशासन उसे सख्त नापसंद था। वह स्वच्छंद जीवन की आदी हो चुकी थी और अपने ऊपर कोई अंकुश नहीं चाहती थी। अत: उसने एक रात दादा की जेब से पचास डॉलर चुराए और ब्रुकलिन को छोड़ दिया।

न्यूयार्क से काफी फासले पर स्थित ईस्ट सिटी में जहां जौनी भी रहता था, रहना उसे ज्यादा सुरक्षित लगा।

उसे एक मामूली-से स्नैकबार में वेटर की नौकरी मिल गई किन्तु काम मेहनत का था अत: वह ज्यादा दिन न टिक सकी। इसके बाद तो वह एक के बाद एक नई नौकरियां करती और छोड़ती रही। साल-भर तक सिलसिला कायम रहा। अंत में उसे एक घटिया से स्टोर में काम मिला।

वहां उसकी तनख्वाह तो बेशक कम थी किन्तु उसे आजादी से काम करने की पूरी छूट थी। उसके ऊपर कोई अंकुश नहीं था। रहने के लिए एक छोटा-सा कमरा उसके पास था।

मैलानी यद्यपि खूबसूरत नहीं थी किन्तु उसमें गजब की सैक्स अपील थी। यही कारण था कि लोग उसकी ओर आकर्षित हो उठते थे। उसके काले-काले बाल, कजरारी आंखें, उठे हुए उन्नत वक्ष और पुष्ट नितम्ब, लोगों को अनचाहे ही आमंत्रित करते स्पष्ट प्रतीत होते थे। स्टोर का मालिक एक मोटा-सा चुगद सा लगने वाला व्यक्ति था, जो सहज ही मैलानी के आकर्षण का शिकार बन गया था। एक बात और भी थी - वह अपनी बीवी से बेहद खौफ खाता था। मैलानी कभी-कभी उसे स्कर्ट के ऊपर ही ऊपर अपना शरीर सहलाने की इजाजत दे देती थी - वह चुगद इसी में खुश था - इतना ही नहीं बल्कि उसने मैलानी की तनख्वाह भी बढ़ा दी थी तथा उसे पुरुषों की कमीज वाले डिपार्टमेंट का इंचार्ज भी बना दिया था।

जौनी वियान्डा भी कमीज खरीदते समय उसे नजरअंदाज नहीं कर सका।

उन दिनों उसकी कोई गर्लफ्रेंड नहीं थी, अत: वह किसी गर्लफ्रेंड की तलाश में था और मैलानी को तो उसके स्वभाव के मुताबिक कोई पुरुष चाहिए ही था। इसलिए उससे शीघ्र ही परिचय हो गया। उसके बाद परिचय घनिष्ठता में तब्दील हो गया। अब पिछले तीन वर्षों से उनके संबंध बराबर चले आ रहे थे।

जौनी से परिचय होने के दो ही महीने बाद मैलानी ने अपना कमरा छोड़ दिया और एक-दो कमरे वाले अपार्टमेंट में रहने लगी जो उसे जौनी ने दिया था। अपार्टमेंट के किराए आदि समस्त बिलों का भुगतान जौनी के जिम्मे था।

मैलानी उसे पसन्द तो जरूर करती थी किन्तु जौनी की ज्यादा उम्र और उसके भारी शरीर के कारण उसे उसमें आकर्षण कम नजर आता था परन्तु जौनी का उसके साथ व्यवहार बहुत अच्छा था। वह खुले हाथों उसकी हर इच्छा की पूर्ति के लिए कभी हिचकता नहीं था। सप्ताह में तीन बार उनकी मुलाकातें होती थीं और इन तीन दिनों में वह कभी तो मौलानी को डिनर तथा सिनेमा दिखाने ले जाता था और कभी मैलानी अपने हाथ के बनाए हुए उन स्वादिष्ट व्यंजनों से घर पर ही उसका स्वागत करती थी जो इटैलियन ढंग के होते थे। प्रोग्राम चाहे जो भी रहता हो किन्तु उसकी समाप्ति एक ही चीज पर आकर होती थी। आखिर में वे दोनों एक-दूसरे की बांहों में बांह डाले यौन-तृप्ति में मग्न हो जाते थे। अपने खिलन्दड़े हमउम्र साथियों के साथ काम-कला में खेली-खाई मैलानी को जौनी के साथ हम-बिस्तर होने में अतीव आनन्द प्राप्त होता था। मैलानी की दृष्टि में सिर्फ वही एक पूर्ण पुरुष था जो उसकी कामेच्छा को पूरी तरह से संतुष्ट करने में समर्थ था।

जौनी से उम्र में कम होने के बावजूद भी मैलानी उसके लिए विश्वसनीय थी। उसकी जिंदगी में बहुत-सी लड़कियां आई थीं किन्तु उन लालची और झूठी लड़कियों की अपेक्षा मैलानी इन दुर्गुणों से मुक्त थी। आकर्षण-विहीन होने पर भी जौनी को उसके साथ हम-बिस्तर होने में पूर्ण तृप्ति प्राप्त होती थी। मैलानी की एक और भी बात जो जौनी को सबसे ज्यादा पसन्द थी, वह यह थी कि शारीरिक सुख देने के बाद भी उसने कभी जौनी को अपने से शादी कर लेने को मजबूर नहीं किया था और तो और उसने कभी शादी के बाबत इशारा तक नहीं किया था।

जौनी शादी के नाम पर चिढ़ता था। उसकी निगाह में शादी एक बंधन था जो किसी पुरुष को हमेशा के लिए औरत के बंधन में बांध देता और वह किसी बंधन का सख्त विरोधी था। औरत उसके लिए शारीरिक भूख शांत करने का साधन थी। वह यह बात भी अच्छी तरह से जानता था कि मैलानी भी ज्यादा दिनों तक साथ न दे पायेगी, क्योंकि किसी भी वक्त वह स्वयं से ज्यादा पैसे वाले हैंडसम व्यक्ति के साथ नाता जोड़कर उससे किनारा कर सकती थी, यही वजह थी कि जौनी ने उससे अपनी महत्त्वाकांक्षा का आज तक कोई जिक्र नहीं किया था। यह भी उसे अपनी योजना का एक अनुकूल अंग लगा

था। उसे पता था कि मसीनो अपने तरीकों से सच उगलवाना जानता था। यदि स्कीम में जरा बराबर भी गड़बड़ रह गई और उसे जौनी पर शक भी हुआ तो भी वह यह न समझ पायेगा कि किस जरूरत के हाथों मजबूर होकर जौनी को यह चोरी का काम करना पड़ा।

जौनी मैलानी से खुलेआम मिलता रहता था - अत: मसीनो के गैंग के हर व्यक्ति को इस बात की जानकारी थी। यद्यपि उसे अपनी फुलप्रूफ योजना की कामयाबी पर पूरा विश्वास था, किन्तु वह यह नहीं चाहता था कि योजना के असफल होने पर मैलानी पर कोई आंच आए। वह मैलानी से लगाव रखता था किन्तु प्यार नाम की चीज से उसे चिढ़ थी। उसके विचारानुसार प्यार इंसान को बंधनों में जकड़कर रख देता है और जैसा कि पहले लिखा जा चुका है जौनी को किसी भी प्रकार के बंधन से सख्त चिढ़ थी।

प्रत्येक शुक्रवार को मैलानी को डिनर खिलवाना, उसे सिनेमा आदि दिखाना उसकी नियमित चर्या थी। अगले शुक्रवार को भी वह ऐसा ही करेगा। डिनर के लिए तो वह उसे आज भी ले जाने वाला था परन्तु अगले शुक्रवार का कार्यक्रम कुछ भिन्न होगा और आज रात मैलानी से उसकी चर्चा करना उचित भी नहीं, वरना हो सकता है, वह बिदक उठे। भले ही इस बारे में वह किसी से जिक्र न करे, परन्तु उसे शक तो हो सकता था।

जौनी लगभग दो घंटे तक अपनी योजना पर चिन्तन और मनन करता रहा और फिर कपड़े उतारे और गुसलखाने में घुस गया।

एक घंटे बाद वह मैलानी के साथ ल्यूगीज रेस्तरां में उपस्थित था। उन्होंने डटकर इटैलियन व्यंजनों का आहार किया। डिनर की समाप्ति तक दोनों खामोश बैठे रहे। अपनी आदत के अनुसार मैलानी तो डिनर सर्व होते ही भोजन पर पिल पड़ी, किन्तु उनतीस फरवरी की कल्पना में डूबा जौनी कुछ अधिक न खा सका। अरुचि से प्लेटें एक ओर सरकाकर वह मैलानी की ओर देखने लगा। जौनी की नजरें उसके जिस्म के ऊपर पहने कपड़ों को भेदकर मन ही मन उसके नग्न और पुष्ट शरीर की कल्पना से रोमांचित होती रही। सिनेमा के भीड़ भरे माहौल में तीन घंटे का समय नष्ट करने की बजाय जौनी, मैलानी को बांहों में समेटकर डबलबैड के ऊपर सोने के बात सोचने लगा।

'किस सोच में डूबे हो जौनी?' अचानक मैलानी ने उसे टोका।

जौनी की सोचो को तत्काल ब्रेक लग गया। उसने फीकी-सी मुस्कराहट से मैलानी की ओर देखा।

'तुम्हें ही देख रहा हूं डार्लिंग - तुम्हारे शरीर की गर्मी से मेरे जिस्म की आग-सी भड़क उठी है और मैं उसे ठंडा करना चाहता हूं।'

मैलानी को अपने शरीर में कसक-सी महसूस हुई -'मेरी भी यही इच्छा है कि पिक्चर का प्रोग्राम कैंसिल करते हैं, घर चलकर जिन्दगी का वास्तविक आनंद लूटेंगे।'

जौनी ने खुश होकर उसके हाथ को अपनी उंगलियों में कस लिया।

तभी उनकी मेज के पास कोई आकर खड़ा हो गया - जौनी ने ऊपर की ओर देखा। काले सूट तथा पीली सफेद पट्टीदार कमीज पहने सजा-संवरा टोनी केपिलो खड़ा हुआ था। सजा-संवरा रहने के बावजूद उसकी सर्प जैसी चपटी आंखों में जहरीली मुस्कराहट थी।

'जौनी!' केपिलो मैलानी की ओर घूरता हुआ बोला - 'बॉस ने तुम्हें फौरन बुलाया है।'

जौनी के चेहरे पर सख्त नागवारी के भाव उभरे। जोनी और टोनी केपिलो में से कोई भी एक-दूसरे को पसन्द नहीं करते थे।

उसने देखा कि मैलानी के चेहरे पर घबराहट साफ परिलक्षित होने लगी थी। उसकी सहमी-सहमी-सी निगाहें टोनी पर जमी थी।

'तुम्हारे कहने का मतलब?' जौनी ने क्रोधित स्वर में पूछा।

'मतलब वही है जो मैंने तुम्हें अभी बताया है - 'बॉस ने तुम्हें फौरन बुलाया है।'

जौनी के मुंह से गहरी सांस निकली।

'ओ.के.! कहां है बॉस?'

'अपने घर पर - तुम फौरन वहां पहुंचो। इस खूबसूरत सुन्दरी को मैं इसके घर पहुंचा दूंगा।'

'फौरन यहां से दफा हो जाओ सूअर की औलाद।' जौनी ने ठंडे मगर ब्लेड की धार जैसे पैने स्वर में कहा -'बॉस के पास मैं अपनी सुविधानुसार पहुंच जाऊंगा।'

'ठीक है - मैं जाकर कहे देता हूं बॉस से।' टोनी ने कटु स्वर में कहा और वह

रेस्तरां से बाहर निकल गया।

मैलानी ने चिन्तित स्वर में पूछा - 'क्या बात है जौनी - क्या एमरजेन्सी आ गई है?'

पर जौनी स्वयं असमंजस में था - आज से पहले इस तरह से उसे कभी मसीनो ने अपने निवास स्थान पर नहीं बुलवाया था। किसी अज्ञात आशंका के डर से उसके चेहरे पर पसीने की बूंदें फूट निकलीं।

'माफ करना डार्लिंग - मुझे जाना ही पड़ेगा।' जौनी ने मरी-सी आवाज में कहा - 'तुम डिनर समाप्त करके टैक्सी द्वारा घर पहुंचो - मैं शीघ्र ही लौट आऊंगा।'

'ओह नो - जौनी डियर मैं अकेली...।'

जौनी उठकर खड़ा हो गया - 'प्लीज डार्लिंग - मेरी खातिर तुम ऐसा ही करोगी।'

प्लीज कहने की बावजूद भी उसके लहजे में कठोरता का आभास पाकर मैलानी ने सहमी हुई दृष्टि से उसे देखा। जौनी के चेहरे पर बेचैनी थी। उसका समूचा चेहरा पसीने से भीगा हुआ था।

मैलानी ने मुस्कराने की असफल चेष्टा की -'ओ.के. जौनी डियर - मैं तुम्हारी प्रतीक्षा करूंगी। शीघ्र आना।'

जौनी ने खाने का बिल चुकाया और रेस्तरां से बाहर निकलकर सड़क पर आ गया।

बीस मिनट के बाद वह मसीनो के सजे-सजाये विशाल आवास में मौजूद था। बंदर जैसी शक्ल वाले एक बैरे ने उसे मसीनो के पास पहुंचा दिया। भारी फर्नीचर और किताबों से सजे लम्बे-चौड़े कमरे में प्रवेश करके जौनी ने देखा - जोये मसीनो एक गद्देदार कुर्सी में धंसा सिगार पी रहा था। सामने मेज पर व्हिस्की से भरा हुआ गिलास रखा था। बईं और अर्नी लासीनो बैठा दांत कुरेद रहा था।

'आओ जौनी! बैठो' - सामने की कुर्सी की ओर संकेत करता हुआ मसीनो बोला - 'बोलो क्या पीओगे?'

'धन्यवाद।' जौनी बैठते हुए बोला - 'व्हिस्की ही ठीक रहेगी।'

'अर्नी! जौनी के लिए व्हिस्की पेश करो - और बाहर जाकर बैठो।'

व्हिस्की का गिलास जौनी को पकड़ाकर अर्नी फौरन बाहर निकल गया।

'सिगार'। मसीनो ने पूछा।

'नो थैंक्स - मिस्टर मसीनो।'

मसीनो मुस्कराया - 'इस आकस्मिक बुलावे से तुम्हें कोई परेशानी तो नहीं हुई?' उसने पूछा।

'जरूर हुई है मिस्टर मसीनो।'

मसीनो के मुंह से एक जोरदार कहकहा फूटा - उसने जौनी के घुटने थपथपाए और हंसता हुआ बोला -'वह तुम्हारा इंतजार करेगी और जब तुम घर पहुंचोगे तो पहले की अपेक्षा और जोरदार ढंग से तुम्हारा स्वागत करेगी।'

जौनी ने कोई उत्तर नहीं दिया। व्हिस्की का गिलास हाथ में पकड़े हुए वह अपने आकस्मिक बुलाये जाने का कारण जानने की चेष्टा कर रहा था।

मसीनो ने अपनी दोनों टांगें फैलाकर सीधी कीं - उसने सिगार का एक जोरदार कश लिया और ढेर सारा धुआं मुंह से उगल दिया। देखने में वह बिल्कुल सामान्य नजर आता था, मगर जौनी अच्छी तरह से जानता था कि उसके मिजाज का कोई भरोसा नहीं है। किसी भी क्षण वह ज्वालामुखी जैसा खौलने लगता था।

'यह मकान बहुत अच्छा है।' कमरे में चहुं ओर दृष्टि घुमाकर उसने कहा।

'इसकी सजावट में मेरी पत्नी का बहुत बड़ा हाथ है। ये सब सजावट उसी के दिमाग की उपज है। उसके विचारानुसार किताबें करीने से लगी हुई हैं। तुम कभी किताब पढ़ते हो जौनी?'

'नहीं।'

'मैं भी नहीं पढ़ता। बकवास भरी होती है किताबों में।' मसीनो ने अपनी छोटी आंखें घुमाकर ठंडी निगाहों से उसे देखा - 'खैर छोड़ो इसे। मैं तुम्हारे ही बारे में सोच रहा था जौनी। करीब-करीब बीस वर्ष से तुम मेरे पास काम कर रहे हो। ठीक है ना?'

'तो यह बात थी।' जौनी ने सोचा। रिटायर होने का समय तो न था। उसे ऐसी उम्मीद तो थी, मगर इतनी जल्दी रिटायर हो जाएगा, यह उसने कल्पना भी नहीं की थी।

'आप ठीक कह रहे हैं मिस्टर मसीनो - मेरे विचार से भी बीस वर्ष तो हो ही गये

होंगे।'

'तुम्हें तनख्वाह कितनी मिलती है जौनी?'

'दो सौ डॉलर प्रति सप्ताह।'

'एन्डी ने भी मुझे यही बताया था। दो सौ डॉलर प्रति सप्ताह। मुझे आश्चर्य है जौनी, तुमने आज तक अपने इतने कम वेतन मिलने की शिकायत मुझसे क्यों नहीं की?'

'शिकायत करना मेरी आदत में शुमार नहीं है मिस्टर मसीनो।' जौनी

गंभीरतापूर्वक बोला -'इसके अलावा हर आदमी को उतनी ही तनख्वाह मिलती है जितनी के वह काबिल होता है।'

मसीनो ने कनखियों से उसकी ओर देखा - 'लेकिन तुम्हारे और साथी तो हमेशा कम तनख्वाह का रोना रोते रहते हैं।' व्हिस्की का घूंट गले से नीचे उतारता हुआ मसीनो बोला - 'तुम मेरे सबसे ज्यादा विश्वासी व्यक्ति हो। अगर तुमने तीन बार मेरे जीवन की रक्षा न की होती तो मैं अब तक कब का दूसरे लोक का टिकट कटा चुका होता।'

जौनी चुप रहा।

'अगर अब से तीन साल पहले तुम मेरे पास आकर वेतन-वृद्धि की बात करते तो मैं उसे बेहिचक स्वीकार कर लेता।' सिगार के जलते हुए सिरे को उसकी ओर लाते हुए मसीनो ने कहा - 'लेकिन तुमने ऐसा नहीं किया। क्यों नहीं किया जौनी?'

'मैं पहले ही अर्ज कर चुका हूं मिस्टर मसीनो कि हर आदमी अपनी योग्यता के मुताबिक वेतन पाता है। दूसरे मैं अधिक काम भी नहीं करता - सिर्फ कभी-कभी देखो मेरी जरूरत होती है इसलिए...।' जौनी ने जान-बूझकर वाक्य अधूरा छोड़ दिया।

मसीनो ने विषय बदला - 'तुम और सैमी यहां पर सहयोग से काम कर रहे हो?'

'हां।'

'सैमी डरपोक स्वभाव का व्यक्ति है और शायद इस काम से बचना भी चाहता है।'

'उसे धन की आवश्यकता है।'

'मैं भी कुछ परिवर्तन करने की सोच रहा हूं। क्या विचार है तुम्हारा इस बारे में?'

जौनी ने अपने दिमाग पर जोर डाला। यह किसी की सिफारिश करने का समय नहीं था। यदि सब-कुछ उसकी योजनानुसार हुआ तो सिर्फ छः दिन में डेढ़ लाख डॉलर

की भारी रकम उसके हाथ में पहुंच चुकी होगी।

'मुझे कोई फर्क नहीं पड़ेगा मिस्टर जोये।' जौनी ने सामान्य स्वर में कहा - 'दस साल से मैं सैमी के साथ काम करता आ रहा हूं। आपकी इच्छानुसार उस काम को मैं किसी और के भी साथ कर सकता हूं।'

'मैं सम्पूर्ण परिवर्तन की बात कर रहा हूं जौनी। तुम और सैमी दस साल के लम्बे अरसे तक साथ-साथ काम करते चले आ रहे हो। दस साल काफी लम्बा अरसा होता है। सैमी को कार चलानी आती है क्या?'

'यस मिस्टर मसीनो। उसका प्रारंभिक जीवन एक गैरेज में ही बीता था।'

'तुम्हारे विचार में, क्या वह मेरा शोफर बनना पसन्द करेगा। मेरी पत्नी अक्सर शिकायत करती रहती है कि रोल्स रायस के लिए एक वर्दीधारी शोफर का होना जरूरी है। उसके अनुसार वर्दी में रोल्स रायस की सीट पर बैठकर ड्राइविंग करता हुआ सैमी बहुत जंचेगा।

'आप उससे बातें कर लेना मिस्टर मसीनो। मेरे ख्याल में उसे मान जाना चाहिए।'

'नहीं, कोई जोर-जबर्दस्ती नहीं है। पहले तुम उससे पूछकर विचार जान लेना उसके। वैसे उसकी तनख्वाह कितनी है?'

'दो सौ डॉलर प्रति सप्ताह।'

ड्राइवर का काम तो बहुत आसान है। तुम उससे पूछ लेना जौनी। उसे डेढ़ सौ डॉलर प्रति सप्ताह मिला करेंगे।'

'ठीक है मिस्टर मसीनो, मैं पता कर लूंगा।'

कुछ देर तक खामोशी छाई रही। जौनी अपने भाग्य के फैसले का इंतजार करता रहा 'और तुम जौनी'

मसीनो ने खामोशी तोड़ते हुए कहा - 'इस शहर के एक नामवर आदमी हो। सभी तुम्हें प्रशंसा की नजरों से देखते हैं। अच्छी-खासी प्रसिद्धि तुम्हें प्राप्त है। क्या तुम जुआ खिलाने वाली मशीनों का इंचार्ज बनना पसन्द करोगे?'

जौनी का शरीर तन-सा गया। ऐसे किसी प्रस्ताव की तो उसने कल्पना तक नहीं की थी। एक मोटा बूढ़ा-सा आदमी, जिसका नाम बर्नी शुल्ज था, इन मशीनों की

देख-रेख किया करता था। उसे इस काम को करते पांच वर्ष का अरसा हो चुका था। वह हमेशा जौनी के सम्मुख रोना रोता रहता था कि एन्डी बार-बार अधिक से अधिक रकम उन मशीनों से प्राप्त करने के लिए उसे परेशान करता रहता था, जबकि वह बहुत भाग-दौड़ करता था। मगर एन्डी द्वारा बताई गई राशि कभी भी प्राप्त नहीं कर पाया था। बर्नी के अनुसार उन मशीनों द्वारा इतनी बड़ी राशि एक हफ्ते में कमाना नामुमकिन था।

उसकी आंखों के सामने बर्नी का चेहरा घूम गया। साथ ही उसे उसके द्वारा कहे गए शब्द याद आने लगे - 'ये एक बेहद बकवास किस्म का काम है जौनी। वह हरामजादा एन्डी हमेशा नई-नई मशीनें फिट कराने के बारे में बड़बड़ाता रहता है। तुम्हीं बताओ - मैं किस-किसके दरवाजे पर फेंकता रहूं, रोज-रोज ये मशीनें। मैं तो तंग आ चुका हूं इस नौकरी से।'

जौनी ने टालने के विचार से पूछा - 'बर्नी का क्या होगा मिस्टर मसीनो?'

'उसकी छुट्टी कर दी जाएगी।' ऐसा कहते वक्त मसीनो के चेहरे पर मौजूद सामान्य भावों का स्थान कठोरता और निर्दयता ने ले लिया था। - 'तुम इस काम को बखूबी अंजाम दे सकते हो जौनी। नई मशीनों के लिए जगह तलाश करने में भी तुम्हें कोई दिक्कत नहीं होगी क्योंकि शहर के सब लोगों पर तुम्हारा रौब गालिब है। तुम्हारी तनख्वाह चार सौ डॉलर प्रति हफ्ता होगी और इसके अतिरिक्त एक प्रतिशत का कमीशन भी तुम्हें दिया जाएगा। मेहनत से काम करोगे तो तनख्वाह दूनी भी हो सकती है। अब बोलो क्या विचार है तुम्हारा?'

जौनी इस प्रस्ताव का विरोध करने की हालत में नहीं था। उसे भली भांति ज्ञात था कि इंकार करने का मतलब होगा - हमेशा के लिए छुट्टी और वह इसके लिए हर्गिज तैयार नहीं था।

वह संभला। मसीनो की आंखों में झांकते हुए उसने पूछा - 'मुझे कब से काम आरंभ करना होगा?'

मसीनो के चेहरे पर मुस्कराहट उभरी। उसने जौनी का घुटना थपथपाते हुए कहा - 'तुम्हारी यही आदत तो मुझे बेहद पसन्द है जौनी! तुम अगले महीने की पहली तारीख से अपना काम आरंभ कर दो। तब तक मैं बर्नी का भी इंतजाम कर दूंगा। तुम एन्डी से मिल

लेना। वह तुम्हें सब बातें समझा देगा। थके हुए मसीनो ने अपनी रिस्टवॉच पर नजरें डालीं और उठ खड़ा हुआ।

'अच्छा अब मैं चलता हूं जौनी - मुझे अपनी पत्नी के साथ कहीं जाना है। तो फिर तय रहा ना? अपना भारी हाथ उसके कंधे पर रखकर दरवाजे की ओर बढ़ता मसीनो बोला -'तुमने सैमी से भी पूछना है, अगर उसे काम पसन्द है तो एन्डी से मिलकर यूनिफॉर्म का इंतजाम करवा लेगा। अगली कलैक्शन के बाद तुम दोनों अपनी-अपनी नई नौकरियों पर काम कर सकते हो। ठीक है ना?'

'ठीक है मिस्टर जोये!' जौनी ने सहमति जताई और वह बाहर निकल आया।

✦ ✦ ✦

अपनी कार के नजदीक पहुंचकर जौनी थोड़ा हिचकिचाया। उसने अपनी कलाई घड़ी पर दृष्टिपात किया - नौ बजकर पांच मिनट हो चुके थे। मैलानी की आदत से परिचित होने के कारण वह जानता था कि उसे डिनर समाप्त करने में अभी और आधा घंटे का समय लगेगा। उसने सोचा, इस बीच क्यों न बर्नी शुल्ज से ही मुलाकात कर ली जाए।

वह बर्नी के पास पहुंचा। बर्नी उस समय टेलीविजन पर कोई कार्यक्रम देखने में व्यस्त है। जौनी को आया देखकर उसने टेलीविजन का स्विच ऑफ कर दिया तथा उसे बीयर पेश करने का प्रयत्न किया।

परन्तु जोनी ने इंकार कर दिया और उससे सीधे-सीधे बात करना आरंभ कर दिया।

'मैं अभी-अभी मिस्टर जोये से बातचीत करके लाया हूं मिस्टर बर्नी-तुम्हारी छुट्टी होने वाली है इस नौकरी से और तुम्हारा काम मुझे सौंप दिया गया है।'

बर्नी ने अजीब से भाव से उसकी ओर घूरा।

'क्या कह रहे हो तुम - जरा दोहराना तो।'

जौनी ने दोबारा उसे बताया और फिर पूछा - 'नौकरी से छुट्टी हो जाने के बाद तुम क्या करोगे मिस्टर बर्नी?'

बर्नी का चेहरा खुशी से उल्लसित हो उठा - 'ईश्वर का धन्यवाद है जौनी कि इस नामुराद नौकरी से छुटकारा तो मिला।'

'तुम्हें खुशी हो रही है?'

'बेहद!'

'क्यों? नौकरी छूटने का मलाल नहीं है तुम्हें?'

'कतई नहीं जौनी! मैं तो कब का इस जंजाल से मुक्त होना चाहता था, परन्तु मैं स्वयं की तरफ से कोई पहल नहीं करना चाहता था - मिस्टर मसीनो की नाराजगी का भी डर था। अब वह जब स्वयं ही मुझे इस नौकरी से मुक्त कर रहे हैं तो...।'

'अब तुम क्या करोगे?'

'मैंने कुछ धन जमा किया हुआ है जौनी। मैं कैलीफोर्निया चला जाऊंगा। वहां मेरा साला रहता है, जिसके फलों के बगीचे हैं। मैं उसकी साझेदारी में फलों का काम आरंभ कर दूंगा। कहने को तो मुझे यहां आठ सौ डॉलर प्रति सप्ताह और एक प्रतिशत कमीशन मिलता था, किन्तु सिवा आठ सौ डॉलर के मैं कमीशन के नाम पर आज तक एक फूटी कौड़ी भी प्राप्त नहीं कर सका, क्योंकि इस हरामजादे एन्डी ने जो टारगेट रखा था वह मैं आज तक पूरा न कर सका। हां, आठ सौ डॉलर प्रति सप्ताह जरूर मिलते रहे मेरी कमरतोड़ मेहनत के एवज में।'

'आठ सौ डॉलर प्रति सप्ताह!'

'हां।'

क्रोध से जौनी की आंखें जल उठीं और मसीनो ने तो उसे सिर्फ चार सौ डॉलर प्रति सप्ताह नियुक्त किया है, यानि बर्नी से चार सौ डॉलर कम पर और कमीशन की बात तो बकौल बर्नी के एक सपना मात्र थी, क्योंकि जब बर्नी जैसा तजुर्बेकार व्यक्ति भी कमीशन के नाम पर एक फूटी कौड़ी तक न ले सका था तो वह...

गुस्से की एक जबरदस्त लहर जौनी के मस्तिष्क में उठी, किन्तु उसने किसी तरह से उसे दबा दिया। उसके मस्तिष्क में मसीनो द्वारा कहे गए वाक्य गूंजने लगे-

तुम मेरे सर्वाधिक विश्वस्त व्यक्ति हो -तुमने तीन-तीन बार मेरे प्राणों की रक्षा की है। अतः तुम्हारी सेवाओं का पुरस्कार मिलना ही चाहिए। तो यह पुरस्कार दिया है उस

सूअर की औलाद ने।

कोई बात नहीं, अगर मेरे एहसानों का वह इस प्रकार बदला दे सकता है तो मैं भी उसे ऐसा सबक सिखाऊंगा कि वह वर्षों याद रखेगा।

'किस सोच में डूब गए जौनी ?'

'आं ...कुछ नहीं मिस्टर बर्नी - मैं सोच रहा था कि बकौल तुम्हारे अब तुम स्वच्छंद जीवन व्यतीत करोगे - किसी का भी बन्धन नहीं होगा तुम्हारे ऊपर।'

'हां।'

'गुडलक मिस्टर बर्नी! ईश्वर तुम्हारे अरमान पूरे करे। जाने से पहले मुझे मशीनों आदि का काम समझाते जाना।'

'श्योरे जौनी।'

'बाई द वे मैं चलता हूं।'

ऊपर से मुस्कराहट का प्रदर्शन करता और मन ही मन जलता-भुनता जौनी बर्नी के घर से बाहर निकल आया।

बाहर आकर उसने अपनी कार स्टार्ट की और उसे सड़क पर दौड़ा दिया।

अब उसका रुख मैलानी के अपार्टमेंट की ओर था।

✦ ✦ ✦

दूसरे दिन को सुबह मैलानी तो अपने काम पर चली गई और वह अपने अपार्टमेंट में चला गया। घर आकर उसने नाश्ता तैयार किया और अभी वह नाश्ता आरंभ करना ही चाहता था कि टेलीफोन की घंटी बज उठी।

मन ही मन कुढ़ते हुए उसने टेलीफोन उठाया। दूसरी ओर से बोलने वाला एन्डी लुकास था।

मुझे मिस्टर मसीनो से अभी-अभी मालूम हुआ है कि तुम बर्नी की जगह लेने वाले हो। तुम बर्नी के पास आज ही चले जाओ और उससे आवश्यक जानकारी हासिल कर लो, आपस में विचार-विमर्श के बाद जरूरी बातों के अलावा तुम सम्बन्धित व्यक्तियों की

भी जानकारी कर लो।'

ठीक है - 'मैं चला जाऊंगा।'

'और सुनो, सुनो।' एन्डी के स्वर में कटुता थी - 'बर्नी हमेशा मुझसे झूठ बोलता रहा कि वह नई मशीने लगाने का भरसक प्रयत्न करता रहा। लेकिन मुझे उम्मीद है कि तुम बिजनेस बढ़ाने की भरसक चेष्टा करोगे। कम से कम दो सौ मशीनें और नई लगानी चाहिए। समझ गए?'

'हां।'

'तो ठीक है। कारोबार को अच्छी तरह से समझने के लिए बर्नी से मिल लेना।' कहकर एन्डी ने सम्बंध विच्छेद कर दिया।

जौनी ने नाश्ता करना आरंभ कर दिया परन्तु जब उसकी भूख गायब हो चुकी थी, उसे हर चीज बेजायका लग रही थी।

ग्यारह बजे के कुछ देर बाद वह बर्नी के ऑफिस जाने को तैयार हो गया। ठीक उस वक्त वह ट्रैफिक के हरे सिग्नल होने का इंतजार कर रहा था, उसकी दृष्टि सैमी पर जा पड़ी। सैमी भी विपरीत दिशा से सड़क पार करने की प्रतीक्षा कर रहा था।

सैमी ने उसे देखते ही दूर ही से उसकी ओर हाथ हिलाया। जब ट्रैफिक रुक गया तो वह जौनी के समीप पहुंच गया।

'हैलो सैमी - कैसे हो? क्या कर रहे हो आजकल?'

'ठीक हूं मिस्टर जौनी - मुझे और क्या करना है - शनिवार का दिन है, थोड़ी - बहुत आवारागर्दी कर लूंगा बस।' सैमी ने लापरवाही से उत्तर दिया।

जौनी भूल ही गया था कि आज शनिवार है। कल इतवार होगा और इतवार से उसे सख्त नफरत थी। दुकानें बंद रहती थीं और लोग शहर से बाहर जाने में व्यस्त रहते थे। इतवार की सुबह का वक्त वह आमतौर से अखबार पढ़ने में ही गुजार देता था और दोपहर बाद मैलानी के पास जा पहुंचता। सुबह के समय वह भी अपने आवास की सफाई इत्यादि में व्यस्त रहती थी।

'कॉफी पीयोगे?' जौनी ने पूछा।

'श्योर मिस्टर जौनी-कॉफी के लिए तो मैं हमेशा तैयार हूं।' सहसा सैमी ने

बेचैनी-सी अनुभव की। जौनी के चेहरे पर छाई कठोरता के भावों ने उसे विचलित कर दिया था।

'क्या बात है मिस्टर जौनी-कुछ परेशान से लगते हो?'

'आओ रेस्तरां में चलकर बात करेंगे।' जौनी उसे लेकर रेस्तरां में पहुंच गया। कॉफी के आर्डर के बाद उसने मसीनो द्वारा कही गई बातें उसे सुना दीं और आखिर में पूछा - 'क्या तुम कार ड्राइव करना जानते हो?'

सैमी के चेहरे पर प्रसन्नता उभरी - 'क्या यह सच है मिस्टर जौनी?'

'हां, कहा तो उसने यही है।'

'फिर तो मैं ड्राइवर बनना ज्यादा पसंद करूंगा।' प्रसन्नता से ताली बजाता हुआ सैमी बोला -'तुम्हारा मतलब है अब मुझे कलैक्शन के लिए नहीं जाना पड़ेगा।'

जौनी को अपना मुंह कड़वा-सा होता लगा। बर्नी और सैमी दोनों इस परिवर्तन से बेहद खुश प्रतीत हो रहे थे जबकि वह स्वयं दिल ही दिल में कुढ़ा जा रहा था।

'तुम्हें यूनिफॉर्म पहनकर राल्स ड्राइव करनी होगी। समझे।'

'समझ गया।' कुछ पल रुककर सैमी ने पूछा - 'काम कब से आरंभ करना होगा?'

'अगले हफ्ते के बाद।'

सैमी का दिल बुझ-सा गया - 'इसका मतलब आगामी शुक्रवार को भी मुझे कलैक्शन के लिए जाना पड़ेगा?'

'हां।'

सैमी के चेहरे पर पसीने की बूंदें उभरने लगीं।

'क्या नया आदमी इसी शुक्रवार से कलैक्शन का काम नहीं कर सकता मिस्टर जौनी - वैसे नया आदमी कौन?'

'अभी पता नहीं है - वैसे उनतीस तारीख को कलैक्शन हमीं दोनों ने साथ करनी है। अत: अभी से इस बारे में सोचना बिल्कुल बेकार है सैमी।' कहते हुए जौनी ने कॉफी समाप्त की और उठ खड़ा हुआ।

'आपका क्या विचार है मिस्टर जौनी? उस दिन कोई गड़बड़ तो नहीं होगी? माथे

पर आए पसीने को पोंछते हुए सैमी ने पूछा।

'घबराओ मत - कुछ नहीं होगा -' जौनी ने उसे टालने के विचार से कहा - 'तुम एन्डी से मिल लो - उससे कहना तुम्हें शोफर का काम करना पसन्द है। एन्डी सभी जरूरी इंतजाम कर देगा। तुम्हारा वेतन डेढ़ सौ डालर प्रति सप्ताह होगा।'

'डेढ़ सौ डॉलर प्रति सप्ताह।' जौनी आश्चर्य भरे विस्फारित नेत्रों से देखकर बोला।

'हां।' जौनी ने प्रश्नवाचक नजरों से उसे देखते हुए पूछा - 'क्या अपनी बचत की रकम तुम अब भी अपने बिस्तर के नीचे रखते हो?'

'हां मिस्टर जौनी - और रख भी कहां सकता हूं।'

'यू फूल - मैंने तुम्हें सलाह दी थी कि बैंक में जमा कर दो।'

'मैं ऐसा नहीं कर सकता मिस्टर जौनी-सैमी ने सिर हिलाकर कहा - 'बैंक सिर्फ गोरे व्यक्तियों के इस्तेमाल के लिए है।'

जौनी ने अनिच्छापूर्वक अपने कंधे झटकाए। 'अच्छा सैमी - फिर मिलेंगे।'

उसने कॉफी के दाम चुकाए और रेस्तरां से बाहर निकल गया।

ठीक दस मिनट के बाद वह बर्नी के ऑफिस में उपस्थित था।

बर्नी एक पुराने से डेस्क के पीछे कुर्सी की पुश्त से सिर टिकाए बैठा था। उसने अपने दोनों हाथ कूल्हों पर जमाए हुए थे। जौनी को देखकर वह सीधा होकर बैठ गया।

'मुझे एन्डी ने भेजा है।' जौनी बोला, 'उसने कहा था कि तुम मुझे आवश्यक जानकारी देने के अलावा धंधे से परिचित व्यक्तियों से भी परिचित करवाओ।'

'अवश्य! लेकिन आज नहीं।' बर्नी ने उत्तर दिया, 'क्योंकि वीकएन्ड डे है और आज कोई बिजनेस नहीं होगा। इसके लिए सोमवार का दिन ठीक रहेगा। तुम सुबह दस बजे आ जाना। मैं तुम्हें सब व्यक्तियों से मिलवा दूंगा। ठीक है ना?'

'तुम कह रहे हो तो ठीक ही होगा।' जौनी ने कहा और वह मुड़कर दरवाजे की ओर चल दिया।

'सुनो जौनी।' पीछे बर्नी का स्वर सुनकर जौनी ने पलटकर बर्नी की ओर देखा।

उसने प्रश्नवाचक नजरों से बर्नी की ओर देखा।

'मुझे लगता है कि मैं जरूरत से ज्यादा तुम्हारे सामने मुंह फाड़ बैठा हूं।' बेचैनी से

कुर्सी पर पहलू बदलते हुए बर्नी बोला - 'एन्डी ने कहा है कि मैं तुमसे अपने वेतन के मुतल्लिक कोई बात न बताऊं। क्या तुम रात की बात भूल सकते हो?'

क्रोध से जौनी की मुट्ठियां भिंच गई, किन्तु प्रगट में संयम रखकर वह बोला - 'मैं उन्हें भूल चुका हूं बर्नी। अच्छा तो अब सोमवार को मिलेंगे।'

बर्नी का दफ्तर ग्रेहाउंड बस स्टेशन के एकदम करीब ही था। अत: जौनी बस स्टेशन में पहुंच गया। सड़क के दूसरी ओर स्थित मसीनो के दफ्तर की ओर देखते हुए उसने सोचा-मसीनो तो शायद सप्ताहान्त मनाने के लिए मियामी रवाना हो चुका होगा, मगर जौनी को यकीन था कि एन्डी अपने छोटे-से दफ्तर में अभी तक भी डटा बैठा होगा।

वह खोये हुए सामान के लिए बने लॉकरों की ओर चल दिया। एक लॉकर के सामने खड़े होकर वह उस पर लिखे निर्देशों को पढ़ने लगा। उसमें लिखा था कि चाबी अटेंडेंट के पास मिलेगी। जौनी ने तीक्ष्ण निगाहों से चारों ओर दृष्टिपात किया किन्तु अपना परिचित कोई भी व्यक्ति उसे दिखाई न पड़ा। वह बेहद सर्तकता बरत रहा था। वह अटेंडेंट के कमरे में घुस गया। जाहिरा तौर पर वह ऐसा जाहिर कर रहा था जैसे अनायास ही वह वहां जा पहुंचा हो।

कुर्सी पर बैठा एक नीग्रो ऊंघ रहा था। जौनी को आया देखकर वह सतर्क होकर बैठ गया।

'मुझे एक लॉकर की चाबी चाहिए।' जौनी ने नीग्रो से कहा - 'कितने डॉलर देने होंगे।'

'लॉकर कितने दिन के लिए लेना चाहते हैं आप?' नीग्रो ने पूछा।

'तीन हफ्ते के लिए - लेकिन हो सकता है अधिक समय भी लग जाए।'

नीग्रो ने एक चाबी उसे थमा दी। बोला - 'आधा डॉलर प्रति सप्ताह के हिसाब से डेढ़ डॉलर बनता है।'

जौनी ने कीमत चुकाकर चाभी जेब में डाल ली। इसके बाद वह लॉकर की ओर बढ़ गया। लॉकर बड़ी सुविधापूर्ण जगह स्थित था। दरवाजे से सिर्फ थोड़ा ही अंदर की ओर।

जौनी संतुष्ट होकर बाहर निकला और अपने अपार्टमेंट की ओर चल पड़ा।

घर पहुंचकर उसने करीब आधा घंटा खिड़की के पास बैठकर मसीनो के चिन्तन में गुजार दिया। दो बजे वह लंच के लिए उठने वाला था तो यकायक ही टेलीफोन का बजर बज उठा। उसने बुरा-सा मुंह बनाया और रिसीवर क्रेडिल से उठा लिया।

'जौनी स्पीकिंग।'

'हाय जौनी डार्लिंग' - दूसरी ओर से आते स्वर को सुनकर वह हैरान रह गया, मैलानी बोल रही थी। उसका इतवार की दोपहर का दिन मैलानी के साथ घूमने और फिर उसी के साथ रात व्यतीत करने का कार्यक्रम तय हो चुका था।

'जौनी डार्लिंग।' मैलानी कह रही थी -'क्या हम कल का प्रोग्राम कैंसिल नहीं कर सकते?'

'क्यों?'

'बात यह है कि मुझे माहवारी शुरू हो गई है, तुम समझ गए न - स्त्रियों के प्रतिमाह होने वाली माहवारी - मैं बहुत तकलीफ महसूस कर रही हूं।'

जौनी ने झल्लाते हुए सोचा - ये औरतें भी अजीब चीज हैं। हमेशा किसी न किसी से परेशान, लेकिन मैलानी के बारे में उसे अच्छी तरह से पता था कि उसके माहवारी के वे विशेष दिन अक्सर कष्टमय ही गुजरते थे। इसका मतलब था कि सप्ताहान्त का सारा दिन अब अकेले ही ऊबकर काटना पड़ेगा।

'ये तो बड़ी बुरी खबर सुनाई तुमने।' उसने शांतिपूर्वक कहा - 'तब तो कल का प्रोग्राम सचमुच ही कैंसिल करना पड़ेगा परन्तु कोई बात नहीं। और बहुत से इतवार आएंगे। मेरे लिए कोई सेवा हो तो बताओ।'

'नहीं कुछ नहीं - घर पहुंचते ही मैं आराम से बिस्तर में पड़ जाऊंगी। धीरे-धीरे स्वयं ही सब ठीक हो जाएगा।'

'खाने-पीने की किसी चीज की तो आवश्यकता नहीं है।'

'किसी चीज की जरूरत होगी भी तो मैं स्वयं रास्ते में से लेती जाऊंगी। तुम फिक्र मत करो। जैसे ही यह माहवारी खत्म हो जाएगी, मैं तुम्हें सूचित कर दूंगी। फिर हम जी भरके मौज मजे लूटेंगे।'

'ठीक है।' कहकर उसने संबंध विच्छेद कर दिया।

रिसीवर क्रेडिल पर टिकाने के बाद वह कमरे में चहलकदमी करने लगा। उसकी समझ में नहीं आ रहा था कि ये छुट्टी का समय कैसे व्यतीत किया जाए। उसने अपना बटुआ निकालकर रकम चैक की। वेतन के सिर्फ एक सौ अस्सी रुपये बचे थे। सप्ताहांत गुजारने के हर प्रोग्राम में धन की जरूरत थी और धन ही की उसके पास कमी थी। मसीनो जैसे आदमियों के मजे हैं - उसने सोचा। ऐसे लोगों को दुनिया-भर के ऐशो-आराम लूटने की साधन सामर्थ्य थी धन ही के कारण। अगर सामर्थ्य नहीं थी तो सिर्फ जौनी वियांडा के पास धन की कमी के कारण, कड़का जो था। सोचता हुआ वह टी.वी. के समीप पहुंचा और उसका स्विच ऑन कर दिया। फुटबाल के खेल की फिल्म दिखाई जा रही थी। सामने बैठे जौनी की आंखें तो स्क्रीन पर टिकी थीं, मगर दिमाग कहीं और विचरण कर रहा था। वह कल्पना कर रहा था उस समय की जब वह अपनी शानदार नौका में बैठा हुआ खुले समुद्र में विचरण कर रहा होगा।

'धीरज रखो जौनी।' उसने स्वयं को दिलासा दी। धीरज रखकर ही वह अपना चिर-प्रतीक्षित सपना साकार कर सकता था।

✦ ✦ ✦

जौनी सोते-सोते अचानक ही जाग उठा। उसने कलाई घड़ी की ओर देखा - अभी सिर्फ साढ़े छ: बजे का समय हुआ था। काफी वक्त है उसने सोचा और बराबर में सोई पड़ी मैलानी की ओर देखा। खर्राटों से मैलानी की नाक बज रही थी और उसके काले बाल उसके आधे चेहरे पर फैल गए थे।

जौनी ने निकट रखी मेज से हाथ बढ़ाकर सिगरेट का पैकेट उठा लिया और सिगरेट निकालकर उसे जलाकर हल्के-हल्के कश लेने लगा। वह

सावधानी बरत रहा था और नहीं चाहता था कि मैलानी की नींद में कोई बाधा पड़े।

वह सोच रहा था - आज शुक्रवार था तथा उनतीस फरवरी की अंतिम तारीख।

ठीक दस बजे से कलैक्शन आरंभ हो जाएगी। तीन बजे तक वह तथा सैमी डेढ़ लाख डॉलर के नोट इकट्ठे कर लेंगे और ठीक अट्ठारह घंटे के बाद, यदि किस्मत ने साथ

दिया तो सारी रकम उसके हाथ में होगी तथा वह ग्रेहाउंड लगेज लॉकर में उसे सुरक्षित रख चुका होगा।

हां, यदि किस्मत ने साथ दिया तो।

अपनी नंगी छाती पर पड़े सैंट क्रिस्टोफर के लॉकेट को छूते ही उसे अपनी मां के कहे हुए शब्द याद हो आये। मां ने कहा था - 'जब तक यह लॉकेट तुम्हारे गले में पड़ा रहेगा संसार की कोई भी मुसीबत तुम्हारा कुछ न बिगाड़ सकेगी।'

शांत लेटा हुआ वह पिछले चंद गुजरे दिनों के बारे में सोच रहा था - सोमवार को वह बर्नी के साथ राउंड पर गया था। विभिन्न व्यक्तियों से मिला था। नई मशीनों के लिए जगह की तलाश थी, जौनी ने अपने प्रभाव से पहले ही दिन जब पांच मशीनें लगवा दीं तो बर्नी आश्चर्यचकित रह गया था - जौनी को नई जिम्मेदारी सौंपकर। शहर में रहने वाले ज्यादातर आदमी जौनी को सिर्फ उसकी शौहरत के कारण ही जानते थे। उन्हें यह मालूम था कि जौनी एक अदम्य साहसी तथा अचूक निशानेबाज है। जब वह किसी कैफे में घुसकर मालिक की आंखों में सीधा झांकता और मसीनो की जुए की मशीन के बारे में शांत स्वर में बताता, तो बगैर किसी ना-नुकुर के मालिक तुरंत ही उसे स्वीकार कर लिया करते थे। चार दिन के छोटे-से समय में ही जब उसने अट्ठारह नई मशीनें विभिन्न स्थानों में फिट करा दीं तो एन्डी भी बहुत खुश हुआ था।

और अब शुक्रवार का दिन, उनतीस फरवरी आ पहुंची थी। सिर्फ एक कलैक्शन के बाद वह पूर्ण रूप से मशीनों के बिजनेस में आ जाएगा। बर्नी उसका शुक्रिया अदा करते हुए खुशी से सेवामुक्त हो सकेगा।

पिछले चार दिनों के काम के अनुभव के अनुसार जौनी निस्संकोच कह सकता था कि उस काम में कोई बुराई नहीं थी। अपनी प्रसिद्धि के कारण इस धंधे में भी उसकी सफलता निश्चित थी। उसे यह देखकर आश्चर्य हुआ था कि बर्नी को कोई इज्जत की अथवा आदर-भाव वाली निगाह से नहीं देखता था। जबकि बर्नी को भी उस शहर में आये उतना ही अरसा हो चुका था जितना कि उसे स्वयं को आये हुए हो चुका था।

जौनी ने सिगरेट की राख को झाड़ा और छत की ओर घूरने लगा। डेढ़ लाख डॉलरों की बात सोचते हुए उसने स्वयं को चेतावनी दी। मशीनों के धंधे में ज्यादा

कामयाब होना ठीक नहीं रहेगा, क्योंकि दो साल बाद वह इस किस्म के सभी कामों से रिटायर होना चाहता था। दो वर्ष का इंतजार तो वह कर सकता था, किन्तु इससे ज्यादा अर्से का इंतजार करना उसके वश से बाहर की बात थी। पहला साल तो वह सफलतापूर्वक गुजार देता। हो सकता है कि एक प्रतिशत कमीशन भी हासिल कर ले, क्योंकि एन्डी के बताये गये लक्ष्य तक पहुंचना उसके लिए कोई बड़ी बात नहीं होगी, मगर दूसरे साल काम की रफ्तार कम करनी होगी जिससे कि मसीनो तथा एन्डी उसे इस काम के अयोग्य समझकर किसी अन्य व्यक्ति की तलाश करना आरंभ कर दें और फिर बर्नी की तरह से उसे भी सेवा-मुक्त किया जा सके। उसकी विचार श्रृंखला टूट गई, क्योंकि तभी मैलानी सहसा जाग उठी। आंखें मलते हुए उनींदी-सी आवाज में उसने पूछा-

'कॉफी पियोगे डियर ?'

जौनी ने सिगरेट ऐश ट्रे में मसल दी और मैलानी के ऊपर झुक गया।

बाद में जब वे दोनों नाश्ता कर रहे थे तो मैलानी ने लापरवाही से कहा -'आज रात को ल्यूगीज में चलेंगे।'

जौनी ने सहमति में गर्दन हिला दी। कुछ देर मौन रहकर उसने निश्चय किया कि मैलानी को यकीन दिलाने के लिए सच और झूठ का मिश्रण देना ठीक रहेगा।

'आज मुझे कुछ काम है डार्लिंग।' केक कुतरते हुए वह बोला - 'सुन रही हो ना।'

'हां।' सीरप का स्वाद लेते हुए मैलानी ने कहा।

'यह मेरा व्यक्तिगत काम है। बॉस के काम से इसका कोई संबंध नहीं है किन्तु वह नहीं चाहता कि मैं इस काम को करूं। इस काम से मुझे कुछ आर्थिक लाभ होने की आशा है पर मैं चाहता हूं कि किसी को भी इसका पता न चले।' वह कुछ क्षण रुका और मैलानी के चेहरे की ओर देखा। वह बड़े ध्यान से उसकी बात सुन रही थी। उसकी आंखें चिन्तापूर्ण मुद्रा में सिकुड़नी आरंभ हो गई थीं। वह मसीनो के जिक्रमात्र से ही सहम जाती थी और उसे जौनी का उसके (मसीनो) लिए काम करना भी कतई पसन्द नहीं था।

'इसमें चिन्ता करने जैसी कोई बात नहीं है बेबी।' वह मीठे स्वर में बोला - 'तुम जानती हो कि एलीबी किसको कहते हैं ?'

मैलानी ने अपने हाथ में थमा चम्मच नीचे रखकर सिर हिला दिया।

'मुझे एलीबी की जरूरत है नहीं और इसमें तुम्हें मेरी इमदाद करनी होगी। सुनो-आज रात के बाद मैं अपना काम समाप्त करके आधा घंटे में ही वापस लौट आऊंगा। अगर कोई तुमसे पूछे तो तुम्हें यह कहना होगा कि मैं डिनर के बाद से ही तुम्हारे साथ था। कहीं नहीं गया था।'

मैलानी ने अपना चेहरा हाथों से ढक लिया तथा कोहनियां मेज से टिका दीं - सहमे से स्वर में उसने पूछा - 'काम क्या है?'

जौनी को सहसा ही अपनी भूख कम होती महसूस हुई। उसने प्लेटें एक और खिसका दीं और एक सिगरेट सुलगा लिया।

'यह मेरा व्यक्तिगत मामला है। इससे तुम्हें कोई मतलब नहीं होना चाहिए। तुम्हें तो अगर कोई पूछे तो सिर्फ यही कहना है कि मैं डिनर के बाद हर क्षण तुम्हारे पास था। थोड़ी-सी भी देर के लिए मैं तुमसे अलहदा नहीं हुआ था। बोलो-कर सकोगी यह काम?'

मैलानी ने सहमी-सी दृष्टि से उसकी ओर घूरा-'मुझसे पूछेगा कौन?'

'उम्मीद तो यही है कि कोई नहीं पूछेगा, परन्तु हो सकता है कोई पूछ बैठे, मसलन मसीनो ही पूछ सकता है अथवा पुलिस भी।'

वह सिहर उठी-'नहीं, मैं किसी मसले में नहीं पड़ना चाहती जौनी। मुझे ऐसा करने के लिए मत कहो।'

जौनी उठ खड़ा हुआ। मैलानी के स्वभाव से परिचित होने के कारण वह जानता था कि मैलानी पर उसकी बात की ऐसी ही प्रतिक्रिया होगी। वह खिड़की के निकट पहुंचा और बाहर की ओर झांकने लगा। उसे यकीन था कि वह अवश्य मान जाएगी, बस सिर्फ उसे उकसाने की जरूरत थी।

वह काफी समय तक यूं ही खिड़की के पास खड़ा रहा और फिन पुनः मेज पर आकर बैठ गया।

'मैलानी।' वह ठंडे स्वर में बोला -'मैंने आज तक अपने किसी काम को भी तुमसे करने के लिए नहीं कहा है, बोलो कहा है क्या और मैंने तुम्हारे किसी काम को भी करने में कभी ना नहीं की है-तुम्हारी हर जरूरत का मैं अधिक से अधिक ध्यान रखता रहा हूं। ये अपार्टमेंट, ये सोफे, सब-कुछ मेरा ही दिया हुआ है और बदले में मैंने आज तक तुमसे

कुछ नहीं मांगा है। आज पहली बार तुमसे कुछ मांग रहा हूं, क्योंकि ये अत्यावश्यक है। बोलो दोगी ना?'

मैलानी की नजरें जौनी पर स्थिर हो गईं -'मुझे सिर्फ इतना ही कहना होगा कि तुम कहीं नहीं गये, प्रतिक्षण मेरे पास थे' उसने पूछा।

'हां बिल्कुल यही कहना है कि ल्यूगीज में डिनर लेने के पश्चात हम कहीं नहीं गए। यहीं आ गए थे और सुबह आठ बजे तक मैं यहीं रहा। अच्छी तरह से समझ लो -'रात आठ बजे के बाद सुबह दस बजे तक मैं कहीं भी नहीं गया था।'

मैलानी केक खाना भूलकर, अविश्वास भरी दृष्टि से उसे घूरकर बोली -'अगर ये कहना बेहद जरूरी है तो मैं कह दूंगी।'

'ठीक है मुझे यकीन हो गया कि तुम ये काम कर दोगी।'

जौनी खुश होता हुआ बोला।

'करना तो नहीं चाहती, मगर तुम्हारी खातिर कर दूंगी।'

जौनी अपने मनोभावों पर काबू रखने के लिए सिर के बालों में उंगलियां फिराने लगा।

'तुम इस प्रकार मेरे अहसानों का बदला चुका सकती हो बेबी। बताओ क्या तुम अब भी मेरे काम के लिए इंकार कर सकती हो?'

वह काफी देर तक सहमी-सहमी-सी निगाहों से उसे देखती रही, फिर उसका दूसरा हाथ उठा और उसने जौनी का हाथ मजबूती से थाम लिया।

'ओ.के. डियर, मैं तुम्हारे लिए ऐसा ही करूंगी।'

उसके स्वर की दृढ़ता का आभास पाकर जौनी आश्वस्त हो गया।

दोनों उठकर खड़े हो गए। मैलानी उससे सटकर खड़ी हो गई।

'मैं जा रहा हूं बेबी-तुम घबराना नहीं। रात को मिलूंगा।

यह एक मामूली से झूठ से ज्यादा कुछ नहीं हैं।

मैलानी से विदा लेकर जौनी अपने अर्पाटमेंट में पहुंचा। शावर के नीचे अपने बदन को ठंडा करते वह सोचता रहा। अगर प्लन में कोई गड़बड़ी हो गई तो क्या मसीनो की कहर-भरी नजरों का सामना कर पाएगी मैलानी? शायद कर भी सके। उसका हाथ

अपने लॉकेट पर चला गया। चोरी करने की जो नुक्सरहित योजना उसने तैयार की थी उसमें चोर का पता लगना नामुमकिन था। ऐसा उसे प्रतीत हुआ।

ठीक पौने दस बजे वह दफ्तर में दाखिल हो गया। अर्नी लुसीनो तथा टोनी केपिलो वहां पहले से ही मौजूद थे। सीढ़ियों पर उसकी मुलाकात सैमी से हो गई।

'सैमी।' जौनी थोड़ा ठिठकते हुए बोला - 'क्या तुम्हें यूनिफॉर्म मिल गई है?'

सैमी का चेहरा पसीने से भीग रहा था। उसकी आंखों में दहशत के भाव थे। जौनी जानता था कि ज्यों-ज्यों कलैक्शन का समय नजदीक आता जाएगा, उसके दिल में डर के भाव बढ़ते ही जाएंगे।

'मिस्टर एन्डी आपका इंतजार कर रहे हैं।' यूनिफॉर्म के बारे में बताने की बजाय जौनी को यह कहता हुआ सैमी दफ्तर में घुस गया। वह हांफ रहा था।

टोनी और अर्नी ने उसका अभिवादन किया। वे चारों खामोश खड़े रहे। कुछ ही मिनटों बाद एन्डी नोट भरने के दो खाली थैले लेकर आ पहुंचा। उसने दोनों थैलों को आपस में बांधकर एक अन्य हथकड़ी द्वारा सैमी की कलाई में कस दिया।

'मैं तुम्हारे इस काम को हजार डॉलर की तनख्वाह पर कर सकता हूं।' टोनी भयभीत सैमी को देखकर हंसा। 'कोई भी बदमाश तुम्हारे थैले को हथियाने के लिए तुम्हारा हाथ जरूर काट डालेगा।'

'ओ! शटअप।' जौनी गुर्राया - 'हाथ काट डालना इतना आसान काम नहीं है।'

तभी वे चारों मौन हो गए। मसीनो दफ्तर में प्रवेश कर चुका था।

'इज ऑल ओ.के.?' एन्डी की ओर मुखातिब होकर मसीनो ने पूछा।

'यस बॉस। ये सब लोग जाने ही वाले हैं।'

'वैरी गुड।' मसीनो जौनी की ओर देखता हुआ कुटिलतापूर्वक मुस्कराया।

जौनी ने अपने चेहरे पर कोई भाव न आने दिया। वह शांत खड़ा रहा।

'आज आखिरी चक्कर है।' मसीनो ने कहा - 'तुम तो मसीनो के बारे में काफी सफल सिद्ध हो रहे हो।' फिर सैमी की ओर दृष्टिपात करता हुआ कहने लगा - 'तुम शोफर का काम भी भली-भांति कर सकते हो। ठीक है अब तुम लोग जा सकते हो।'

मसीनो अपने डेस्क पर जाकर बैठ गया। चारों आदमियों का समूह जब दरवाजे

की ओर बढ़ा तो उसने फिर रोक दिया - 'जौनी।'

जौनी रुक गया।

'तुमने अपना लॉकेट पहन रखा है ना।'

'हां मिस्टर मसीनो, मैं उसे अपने गले से कभी नहीं उतारता।'

मसीनो ने सहमति में अपनी गर्दन हिलाई। वह पुनः बोला - 'ध्यान रखना, आज तुम्हें इसकी आवश्यकता हो सकती है। कोई सिरफिरा बदमाश तुम्हें लूटने की कुचेष्टा कर सकता है, क्योंकि आज की कलैक्शन रिकार्ड तोड़ रकम होगी।'

'यदि ऐसा हुआ तो पहले उसे जौनी की लाश पर से ही गुजरना होगा मिस्टर जोये। मेरे जीते जी तो कोई कलैक्शन की राशि को छूने का साहस नहीं कर सकता। फिर भी हम सब सतर्क रहेंगे।'

'दैट्स दी स्प्रिट।' मसीनो संतुष्ट होता हुआ बोला। फिर वे चारों दरवाजे से बाहर निकल आये और जौनी की कार की ओर बढ़ चले।

पांच घंटों के बाद कलैक्शन काम पूरा हो गया। कोई मुश्किल पेश नहीं आई। ट्रैफिक पुलिस के किसी व्यक्ति द्वारा भी कोई व्यवधान पेश नहीं हुआ। किसी ने उन्हें गलत पार्किंग अथवा ओवरटेकिंग के लिए नहीं टोका। पुलिस वाले जान-बूझकर उन्हें एवॉइड करते रहे। दोनों थैले नोटों से ठसाठस भर चुके थे पर सैमी बहुत सहमा हुआ था। उसे किसी भी क्षण कहीं से फायर होने का अंदेशा लग रहा था परन्तु ऐसा कुछ नहीं हुआ। वे आराम से मसीनो के ऑफिस के सम्मुख पहुंच गये। जौनी ने उसके कंधे पर हाथ रख दिया और शांत स्वर में बोला - 'यह काम तो निपट गया सैमी। अब तुम आराम से राल्स को संभालो।'

लेकिन सैमी अभी तक भी अपने आपको सुरक्षित नहीं समझ रहा था। अभी थैले को घसीटते हुए सड़क पार करके मसीनो के ऑफिस तक पहुंचना शेष था।

जौनी और टोनी के बीच घिरा सैमी कार से उतरा। पिस्तौलों पर उन तीनों की उंगलियां जम गईं। सैमी ने ऑफिस के सम्मुख प्रवेश द्वार के नजदीक खड़ी उस भीड़ की ओर देखा जो उनके स्वागत के लिए खड़ी थी।

लॉबी में मद्धिम रोशनी थी। वे चारों लॉबी से गुजरकर ऐलीवेटर में प्रवेश कर गये।

'इतने सारे नोटों का बोझा लादकर चलने में कैसा महसूस होता है सैमी ?' टोनी ने पूछा।

सैमी ने कोई उत्तर न दिया। वह सिर्फ उसे घूरकर रह गया। वह आने वाले कल के विषय में सोच रहा था। कल वह ग्रे रंग की वर्दी पहने, पीक कैप लगाये राल्स ड्राइव करता होगा। कल से वह स्वयं को पूर्णत: सुरक्षित समझेगा। दस साल से लगातार डरते रहने का समय हवा में विलीन हो जाएगा। आज तक वह सुरक्षित रह पाया था, यह एक करिश्मा ही तो था।

जौनी के साथ-साथ वह मसीनो के दफ्तर में पहुंचा। उसने दोनों बैग डेस्क पर पटक दिये।

एन्डी इंतजार ही बैठा था। मसीनो के दांतों में बुझा हुआ सिगार लटक रहा था। जैसे ही एन्डी ने सैमी की हथकड़ी का ताला खोला, मसीनो ने प्रश्नात्मक दृष्टि से जौनी की ओर देखा।

जौनी ने सिर हिलाकर कहा - 'कोई परेशानी नहीं हुई।'

नोट गिनने के बाद एन्डी ने घोषणा की - 'एक लाख बयासी हजार डॉलर। आज तक कलैक्शन की गई सब धन राशियों से ज्यादा।'

जौनी का रक्त प्रवाह एकदम से तेज हो गया। कुछ ही घंटों बाद ये विशाल धनराशि उसकी हो जाएगी - क्योंकि ये धनराशि उसकी अनुमानित

धनराशि से अधिक थी अत: वह तीस फुट लम्बी नौका के स्थान पर पैंतालीस फुट लम्बी नौका की कल्पना करने लगा था।

एन्डी दोनों थैलों समेत अपने दफ्तर में घुसा। कुछ ही क्षणों के बाद जौनी को उस पुराने ढंग की बनी तिजोरी के बंद होने का स्वर सुनाई पड़ा। मसीनो ने अपने डेस्क की ड्राअर से जानीवाकर की बोतल निकाल ली। अर्नी ने गिलास मेज पर रख दिये। अपने लिए एक बड़ा-सा पैग भरकर मसीनो ने बोतल जौनी को पकड़ा दी।

'पियो जौनी।' मसीनो बोला -'तुम बहुत ही बेहतरीन व्यक्ति हो। बीस साल तक जो काम तुमने किया, उसमें सर्वोच्च सफलता का सेहरा तुम्हारे सिर पर बंध गया है और अब एक सुनहरा भविष्य तुम्हारी प्रतीक्षा कर रहा है।'

अर्नी ने सबके गिलासों में व्हिस्की सर्व कर दी। सैमी इंकार कर चुका था। ड्रिंक समाप्त होने तक सब खामोश ही रहे। अचानक फोन का बजर बज उठा। मसीनो ने हाथ के इशारे से सभी को जाने का संकेत कर दिया।

जौनी के साथ-साथ सीढ़ियां उतरते हुए सैमी बोला - 'मुझे इस बात का बहुत अफसोस है मिस्टर जौनी कि अब हमारा साथ खत्म हो जाएगा। आपने हमेशा मेरे साथ बहुत अच्छा बर्ताव किया है। मेरी मदद करते रहे हो। आपका शुक्रिया अदा करने के लिए तो मेरे पास शब्द भी नहीं हैं।'

'आओ बीयर पिएंगे।' जौनी ने कहा और वर्षा में भीगते हुए फ्रेडी के बॉर में जा पहुंचे।

दोनों ने बीयर मंगवाई और पीने बैठ गये। बीयर पीते समय जौनी बोला - 'मेरे विचार में आज हम अहलदा हो रहे हैं सैमी। तुम आज तक व्यर्थ ही डरते रहे, देख लो तुम्हारे साथ कोई दुर्घटना नहीं हुई।'

'बहुत से व्यक्तियों को जीवन-भर कोई चिन्ता नहीं सताती। सौभाग्य से आप भी उन्हीं व्यक्तियों में से हैं मिस्टर जौनी। हमेशा बेफिक्र रहते हो।'

उत्तर में जौनी खामोश ही रहा। अपनी चिन्ता के विषय में वह बता भी तो नहीं सकता था।

बीयर समाप्त करके दोनों कैफे से बाहर निकल आये। वर्षा में खड़े होकर वे एक-दूसरे की ओर देखने लगे। अनायास ही जौनी ने अपना गोरा हाथ आगे बढ़ा दिया। सैमी ने बड़ी गर्मजोशी से अपने काले हाथ से उसका हाथ थाम लिया।

'अच्छा सैमी-मिलते रहना और हां, धन की बचत करते रहना मत भूलना और अगर कभी मेरी आवश्यकता पड़े तो निस्संकोच मेरे पास चले आना।'

सैमी भाव-विभोर सा हो गया - 'मुझे पता है आप भी मुझे मित्र के रूप में सदा याद रखना।' भरे गले से वह बोला।

उसके बाद वे दोनों विदा लेकर अलग हो गये।

शाम के छः बजे जौनी ने अपना सबसे शानदार सूट पहना और पहले तय किये कार्यक्रम के अनुसार आवश्यक चीजों को चैक करने लगा। रबड़ का भारी हंटर, तह

किया हुआ अखबार, दस्तानों का जोड़ा, सिगरेट लाइटर, तिजोरी की ताली तथा लगेज लॉकर की चाबी, सारी वस्तुएं उसने मेज पर रख दीं। इन चीजों के अलावा उसे एक और वस्तु की आवश्यकता थी और वह था उसका भाग्य। उसने लॉकेट को अपनी उंगलियों से छुआ और सोचने लगा - दो साल बाद वह खुले समुद्र में अपनी पैंतालीस फुट लम्बी नौका दौड़ा रहा होगा। उसकी जोरदार आवाज डैक पर गूंजा करेगी।

साढ़े सात बजे उसने तैयारी आरंभ कर दी। रबड़ का हंटर जेब में डाला। पिस्तौल बेल्ट के साथ कस लिया। बाथरूम में जाकर अखबार को थोड़ा गीला किया और उसे अपनी जाकेट में रख लिया। दोनों तालियां एक अन्य जेब के हवाले कर लीं। दस्ताने कोट की जेब में डालकर वह अपने अपार्टमेंट से बाहर निकल आया। ठीक आठ बजे उसकी कार मैलानी के अपार्टमेंट के सामने जाकर रुकी। मैलानी दरवाजे में खड़ी उसी का इंतजार कर रही थी। वह तुरंत कार में आ बैठी।

'हाय हनी। ठीक हो न-।' अपने स्वर को सामान्य बनाये रखते हुए जौनी ने कहा।

'हां।' मैलानी बोली - किन्तु उसके चेहरे से बेचैनी साफ परिलक्षित हो रही थी। जौनी ईश्वर से मन ही मन दुआ करने लगा कि कहीं यह अपना इरादा न बदल दे।

खाना बेहद स्वादिष्ट था, लेकिन दोनों ने ही अरुचिपूर्वक खाया।

जौनी उस वक्त की कल्पना कर रहा था जब वह बैन्नो को निश्चेष्ट करने वाला था और दोनों भारी थैलों को घसीटकर ग्रेहाउंड बस स्टेशन में ले जाकर पहुंचेगा। उसने आपरेशन के लिए दो और तीन बजे के बीच का समय निश्चित किया था। वह मन ही मन ईश्वर से कामना करता रहा कि आपरेशन बिल्कुल कामयाब रहे। बेध्यानी में ही फिर उसका हाथ गले में पड़े लॉकेट को स्पर्श करने लगा।

'तुम अपने काम के बारे में मुझे जरा-सी भी हिन्ट नहीं दे सकते जौनी।' अचानक मैलानी ने पूछ लिया -'न मालूम क्यों अजीब-अजीब-सी दुश्चिंताएं मुझे घेरे ले रही हैं। क्या तुम कोई खतरनाक काम करने जा रहे हो?'

'तुम इस बारे में सोचना बिल्कुल ही बंद कर दो।' जौनी ने उसके प्रश्न का उत्तर देने की जगह उससे पूछ लिया - 'बोलो - कॉफी पियोगी?'

'नहीं।' मैलानी ने कहा।

'तो आओ फिर पिक्चर देखने चलते हैं, वरना तुम व्यर्थ ही बेकार की बातें सोच-सोचकर अपना दिमाग खराब करती रहोगी। चिन्ता मत करो - सब ठीक हो जाएगा।'

फिल्म देखने का विचार जौनी को ठीक जंचा। इसकी सहायता से वह कुछ ही घंटों बाद होने वाली घटना के अहसास को भुलाने में सफल हो गया था। पिक्चर समाप्त होने पर जब वे मैलानी के अपार्टमेंट पर वापिस पहुंचे तो आधी से ज्यादा रात समाप्त हो चुकी थी।

जब वे दोनों सीढ़ियां चढ़ रहे थे तो एक अन्य लड़की उनसे टकरा गई जो मैलानी के ठीक सामने रहती थी। कुछ क्षण रुककर उन्होंने हैलो-हैलो किया। वह लड़की जौनी से भी परिचित थी और मैलानी से तो उसके बहुत ही अच्छे संबंध थे, पड़ोसी जो थी।

'मेरी सिगरेट खत्म हो गई थी। वही लेने जा रही थी।'

लड़की ने कहा।

इस आकस्मिक संयोग से जौनी को बहुत खुशी हुई। जौनी अपनी कार भी प्रवेश द्वार के ठीक सामने खड़ी कर आया था। अब उसकी कार भी लड़की की नजरों में आये बिना न रह सकती थी।

'कॉफी पियोगे?' मैलानी ने अपना कोट बैंच की ओर उछालते हुए पूछा।

'अवश्य।' जौनी बैठते हुए बोला -'दो घंटे बाद मुझे बाहर जाना हैं अत: तब तक मैं जागना चाहता हूं।'

मैलानी किचन में घुस गई। कुछ समय बाद वह कॉफी से भरा पॉट और कप-प्लेटें लिए हुए वापस लौटी और उन्हें मेज पर रख दिया।

'धन्यवाद बेबी। अब तुम आराम से सो जाओ' - जौनी बोला।

मैलानी कुछ देर तक यूं ही खड़ी जौनी को घूरती रही - खामोशी से अपने बैडरूम में चली गई और दरवाजा बंद कर लिया। जौनी मुंह बिचकाते हुए कॉफी प्याले में उड़ेलने लगा।

कुछ समय तक वह सोचपर्ण मुद्रा में बैठा कॉफी सिप करता रहा। सवा दो बजे के करीब वह उठा और दबे पांव मैलानी के बैडरूम के निकट पहुंचा। उसने धीरे-से दरवाजा

खोला और अंदर अंधकार में झांकने लगा।

'जा रहे हो तुम।' अंधकार में मैलानी की कांपती-सी आवाज उभरी।

'तुम अभी तक जाग रही हो बेबी।' जौनी ने कहा - 'अब सोचना बंद करो और ईश्वर के लिए सो जाओ।'

'मैं नहीं सो सकती जौनी डियर -मानसिक दुश्चिन्ताओं की वजह से मुझे नींद नहीं आ रही।'

जौनी ने निराश भाव से सिर हिलाया - 'मैं आधा घंटे में ही वापस आ जाऊंगा।' वह बोला - 'तब तक तुम सोने की चेष्टा करो।'

बैडरूम का दरवाजा भेड़कर वह अपार्टमेंट के बाहर निकल आया। सड़क वीरान थी। अपने-आपको यथासंभव साये में रखते हुए वह तेज-तेज कदमों से मसीनो के ऑफिस की ओर चल दिया। मुश्किल से दस मिनट के बाद ही वह मसीनो के ऑफिस ब्लॉक के गेट पर था। उसने देखा कि एन्डी के दफ्तर में रोशनी थी। वह एकदम ठिठक गया। इसका मतलब स्पष्ट था कि बैन्नो अंदर मौजूद था। मगर जौनी को इससे कोई परेशानी महसूस नहीं हुई। बैन्नो की उपस्थिति का तो उसे पहले ही पता था।

उसने अपने दाएं-बाएं नजरें दौड़ाईं। दूर-दूर तक कोई नहीं था। सड़क पूरी तरह सुनसान थी। सड़क पार करके लॉबी के मद्धिम उजाले से गुजरता हुआ वह ऐलीवेटर में जा घुसा। चौथे फ्लोर पर पहुंचकर वह ऐलीवेटर से निकला तथा शेष मंजिलें सीढ़ियों द्वारा तय करके उस हिस्से में पहुंच गया, जहां मसीनो का दफ्तर था।

वह जल्दी से जल्दी काम से फारिग होना चाहता था, जिससे कि उसकी शहादत पर कोई आंच न आने पाये। मसीनो तथा एन्डी के दफ्तर के बाहर वाले कॉरिडोर से गुजरते वक्त उसने रुमाल निकाला और बिजली के दोनों बल्बों को उससे पकड़कर बाहर निकाल लिया। नतीजे के तौर पर वहां अंधेरा हो गया। अब सिवाय एन्डी के कमरे के बंद द्वार से बाहर झांकती रोशनी के अलावा कोई प्रकाश नहीं था वहां, परन्तु रोशनी की वह लकीर उसके काम के लिए काफी थी। उसने जेब से तह किया हुआ अखबार निकाला। अखबार अभी भी हल्का-हल्का गीला था। कुछ क्षण आहट लेने के पश्चात उसने अखबार को कुचल-सा दिया और उसे बंद दरवाजे के नीचे ठूंसकर लाइटर

जलाया। आग का स्पर्श पाते ही अखबार सुलग उठी। मामूली लपटों ने धुएं का रूप धारण कर लिया। जौनी हटकर पीछे खड़ा हो गया और हाथ में रबड़ का हंटर थामे वह प्रतीक्षा करने लगा। उसे ज्यादा इंतजार नहीं करना पड़ा। बड़बड़ाने की आवाज के साथ ही दरवाजा खुला और बैन्नो प्रगट हो गया। वह हैरानी से खड़ा सुलगते कागज को देख रहा था।

जौनी दीवार के साथ चिपका सांस रोके प्रतीक्षा करता रहा।

आशा के अनुकूल बैन्नो बाहर आया और उसने सुलगते कागज को पैर से दबाकर बुझाना चाहा, उसी क्षण जौनी का हाथ बड़ी तेजी से उठा और उसके हाथ में दबा हंटर बैन्नो के सिर के पृष्ठ भाग से जा टकराया।

बैन्नो हंटर की मार का ताव न सहन कर सका। वह लहराकर नीचे जा गिरा। उसके मुंह से आह तक न निकल सकी।

जौनी बगैर एक पल भी नष्ट किए सेफ की ओर लपका। जेब से चाबी निकालकर उसने आनन-फानन में सेफ खोल डाली और दोनों थैले बाहर खींचे लिये। उसका चेहरा पसीने से भीग चला था। थैले उसकी आशा के विपरीत बहुत भारी थे। उसने तिजोरी से चाबी निकाल ली। थैलों सहित बैन्नो के निश्चेष्ट पड़े शरीर के ऊपर से गुजरते हुए वह थोड़ा ठिठका। अखबार अभी भी सुलग रहा था। उसने अपने बूट से दबाकर अखबार की आग को बुझा दिया। फिर वह तेजी से एलीवेटर के नजदीक पहुंचा और उसका बटन पुश कर दिया। वह ग्रांउड फ्लोर पर पहुंचा और एलीवेटर से निकलकर सफलतापूर्वक इधर-उधर देखा। सम्पूर्ण लॉबी सुनसान थी। दस्तानों से ढके अपने दोनों हाथों से थैला उठाकर वह बाहर सड़क पर आ गया। बाहर आकर उसने फिर सर्तकतापूर्वक इधर-उधर देखा, फिर दोनों थैलों को उठाये हुए ग्रेहाउंड बस स्टेशन की ओर दबे पांव लपक लिया।

एक भारी डील-डौल वाला नीग्रो ऊंघ रहा था, मगर नींद से बोझिल आंखों के कारण लॉकर खोलते हुए जौनी को वह नहीं देख सका। जैसे ही जौनी ने थैले लॉकर में ठूंसे, रात्रि सेवा की देर से आने वाली बस के हॉर्न की आवाज उसके कानों में पड़ी, साथ ही हैडलाइट की रोशनी भी दिखाई दे गई। लॉकर में कम जगह होने के कारण उसे बंद

करने में जौनी को काफी ताकत लगानी पड़ी। चाबी घुमाकर उसने लॉकर बंद कर दिया, फिर चाबी निकाली और बस स्टेशन से बाहर निकल आया।

आधी योजना सफलतापूर्वक सम्पन्न हो चुकी थी। मेन रोड छोड़कर वह गलियों में मुड़ गया और विजय की खुशी में तेजी से दौड़ने लगा। एक लाख बयासी हजार डॉलर की रकम उसके कब्जे में आ चुकी थी और मसीनो उस पर संदेह करने की स्थिति में नहीं था। दौड़ते समय सहसा उसे शारीरिक भूख जोरों से सताने लगी।

विभिन्न गलियों में दौड़ता, आखिर वह मैलानी के अपार्टमेंट वाली इमारत के निकट पहुंच गया। कुछ क्षण रुककर उसने सतर्कतापूर्वक चारों ओर दृष्टि दौड़ाई कि कहीं कोई था तो नहीं, फिर वह संतुष्ट होकर इमारत में घुस गया और एलीवेटर द्वारा मैलानी के अपार्टमेंट वाले फ्लोर पर पहुंच गया।

एलीवेटर से बाहर आकर सावधानीपूर्वक दरवाजे के हैंडिल को घुमाकर वह अंदर प्रवेश कर गया।

उसका दिल जोर से उछल रहा था मानो अभी उछलकर बाहर आ गिरेगा। उसने कलाई घड़ी पर दृष्टिपात किया। सारे काम में सिर्फ पच्चीस मिनट का समय लगा था।

'जौनी!'

मैलानी नाइट ड्रैस पहने लिविंग रूम में आ पहुंची।

जौनी ने जबरन मुस्कराने की चेष्टा की।

'हां, मैं ही हूं - चिन्ता करने की कोई बात नहीं। लेटो, तुम आराम करो।'

पर मैलानी वहां से नहीं हटी-वह सहमी-सी नजरों से उसे घूर रही थी।

'क्या हुआ?'

'कुछ नहीं।' जौनी उसे अपनी बाजुओं में भरता हुआ बोला- 'अभी तक तो कुछ नहीं हुआ, मगर अब जरूर कुछ होके रहेगा। बता सकती हो क्या होने वाला है?'

उसे बांहों में उठाकर वह बैडरूम में पहुंचा और धीरे-से उसे बैड पर लिटा दिया। नाइट बल्ब के मद्धिम प्रकाश में व्याकुल मैलानी की ओर देखते हुए जौनी एक-एक करके अपने कपड़े उतारने लगा। मैलानी खामोशी से लेटी उसे घूर रही थी। जैसे ही वह मैलानी की ओर बढ़ा, मैलानी बोल उठी - 'तुम्हारा लॉकेट कहां है?'

जौनी मानो आसमान से गिरा - उसने फौरन अपने बालों से भरे सीने पर निगाह डाली, गले में चेन तो मौजूद थी, किन्तु उसमें लटकी रहने वाली सैंट क्रिस्टोफर की छोटी-सी प्रतिमा गायब थी। उसने कांपते हाथों से चेन ऊपर उठाई और हुक को देखा, हुक मुड़कर खुल चुका था।

जीवन में पहली बार भय की एक बेहद सर्द लहर उसके समूचे जिस्म में दौड़ गई।

'उसे तलाश करो!'

जौनी के लहजे और आंखों में मौजूद भावों ने मैलानी को फौरन बिस्तर से उतर आने को मजबूर कर दिया। दोनों ने मिलकर अपार्टमेंट का कोना-कोना छाना मारा, मगर चेन में पड़ा रहने वाला मैडल हाथ न आ सका।

जौनी दौड़कर अपने बैडरूम में आया और तुरंत-फुरंत अपने कपड़े पहन लिये।

मैलानी ने व्याकुल स्वर में पूछा- 'क्या बात है जौनी-मुझे बताओ न'

'आराम से लेटो और मेरी प्रतीक्षा करो।' जौनी ने उसे झिड़कते हुए कहा और अपार्टमेंट से बाहर निकल गया। कॉरिडोर, एलीवेटर तथा लॉबी तक जौनी तलाश करता रहा - मगर मैडल नहीं मिला। अंत में वह सड़क पर आ गया। उसका शरीर जूड़ी का बुखार आये रोगी के मानिंद कांप रहा था। स्वयं पर काबू पाने का यत्न करते हुए उसने कार की अच्छी तरह तलाशी ली - परन्तु मैडल वहां भी न मिला। कार को लॉक करके जौनी सोचने लगा। मैडल कहीं भी गिर सकता था - परन्तु अगर वह एन्डी के दफ्तर में रह गया होगा तो क्या होगा? हे भगवान! उसका तो सपना ही मिट्टी में मिल जाएगा, जान के लाले पड़ जाएंगे सो अलग। मैडल का एन्डी के दफ्तर में पाया जाना उसके चोर होने का अकाट्य प्रमाण साबित होगा।

संभव है वह उसे खोज सकें। उसके कदम कार की ओर बढ़े, फिर वह ठिठक गया। उसने स्वयं से कहा - बेवकूफ आदमी - कार को मत छुओ - यह हर हालत में तुम्हारी एलीबी का प्रमाण है।

जौनी फिर उन्हीं गलियों से भागता हुआ उस मैडल को तलाश करने लगा - जिन-जिन गलियों में से होकर वह पहले गुजरा था। हालांकि उसके कदम लड़खड़ा रहे थे - मगर दिमाग तेजी से काम कर रहा था। उसकी सारी मेहनत बेकार गई - मैडल उसे

कहीं भी नहीं मिला।

वह आश्वस्त होना चाहता था कि मैडल एन्डी के ऑफिस में था या नहीं - एलीवेटर या मसीनो के दफ्तर में पाये जाने पर तो कोई बात नहीं थी, परन्तु एन्डी के दफ्तर में मैडल का पाया जाना उसकी मौत का पैगाम बन सकता था - क्योंकि एन्डी के दफ्तर में स्वयं एन्डी या फिर बैन्नो के अलावा किसी अन्य को जाने की हर्गिज इजाजत नहीं थी।

बुरी तरह से हांफता हुआ जौनी उस सड़क पर पहुंच गया जो मसीनो की दफ्तर वाली इमारत की ओर जाती थी। सहसा उसकी चाल को स्वयं ही ब्रेक लग गया। उसके पैर जमीन पर चिपककर रह गये -इमारत के बाहर पुलिस की कार खड़ी थी।

इसका अर्थ था कि बहुत देर हो चुकी थी।

बैन्नो ने होश में आते ही पुलिस को सूचित कर दिया होगा। जौनी के देखते-देखते ही एक लिंकन वहां आकर रुकी। उससे उतरकर टोनी तथा अर्नी इमारत में प्रवेश कर गये।

मैडल कहां गिरा था।

'जब तक तुम यह लॉकेट गले में पहने रहोगे-दुनिया की कोई विपत्ति तुम्हारा कुछ नहीं बिगाड़ सकती'। मां के कहे हुए वाक्य उसके दिमाग में कौंधने लगे।

क्योंकि इस समय लॉकेट में पड़ा मैडल चीख-चीख कर उसके चोर होने का ऐलान कर रहा होगा।

उसने ग्रेहाउंड स्टेशन की ओर देखा मगर अब उसमें इतना साहस नहीं था कि वह उस लॉकर में से दोनों बैगों को निकालकर अपनी कार तक ले आता। इस विचार को त्यागकर उसने सोचा-धन का वहीं पड़े रहना ज्यादा उचित था। वह सरगर्मी शांत होने की प्रतीक्षा करेगा। फिर चुपके से वापस आकर धन निकाल लेगा तथा पुन: खिसक जायेगा। वह जानता था कि उसका यह विचार भी मूर्खतापूर्ण था - परन्तु आकस्मिक डर उस पर काबू पा चुका था।

पुलिस की गाड़ियों के सायरन पर सायरन बज रहे थे। दीवार से सटा खड़ा हुआ जौनी धड़कते दिल से उन्हें देख रहा था। मसीनो की राल्स भी आ पहुंची। मसीनो बाहर

निकला-तेजी से सड़क पार की और इमारत में घुस गया।

बिजली की तरह जौनी के मस्तिष्क में विचार कौंधा - उसे तुरंत शहर छोड़कर भाग जाना चाहिए। मगर पैसा, पैसा कहां था उसके पास! जबकि मसीनो की नजरों से बचने के लिए इस चीज की बेहद आवश्यकता थी और उसकी मनोकामना की पूर्ति सहित धन लॉकर में बंद पड़ा था, जो फिलहाल उसके लिए व्यर्थ था। फिर पैसा कहां से प्राप्त किया जाये?

क्या मैलानी से?

पर उस जैसी औरत के पास पैसा मिलने की कोई उम्मीद नहीं थी - जबकि मसीनो की कहर भरी दृष्टि से बचने के लिए पैसा होना बेहद आवश्यक था।

उसका दिमाग तेजी से काम कर रहा था। अचानक उसे याद आ गया - सैमी अपनी बचत की रकम अपने बिस्तर के नीचे ट्रंक में दबाकर रखता था। रकम की संख्या उसने तीन हजार डॉलर बताई थी।

जौनी वापिस भागा। सैमी वहां से काफी दूर के फासले पर रहता था। जिस समय गिरता-पड़ता वह सैमी के घर की इमारत में पहुंचा, उस वक्त साढ़े चार का समय हो चुका था। बुरी तरह हांफता हुआ वह उसके चौथे खण्ड पर स्थित मकान की सीढ़ियां चढ़ने लगा। जिस समय वह सैमी के दरवाजे पर पहुंचा पसीने से भीग उठा था। उसने दरवाजे पर खड़े होकर कॉलबैल दबाई। कोई उत्तर नहीं मिला-फिर उसने दरवाजा खटखटाया। जवाब फिर भी नदारद रहा था। अंत में कुछ क्षण खामोश रहकर उसने फिर से दरवाजा खटखटाया। इस बार भी कोई उत्तर नहीं मिला तो उसने दरवाजे का हैंडिल घुमा दिया। दरवाजा खुल गया।

'सैमी' उसने हल्के से आवाज लगाई।

उंगलियों से टटोलकर उसने स्विच ऑन कर दिया। कमरा रोशनी से भर उठा। उसने देखा कि उस छोटे से कमरे में आवश्यकता की समस्त चीजें मौजूद थीं - किन्तु सैमी का कहीं नामोनिशान तक नहीं था। सहसा उसे याद हो गया । सैमी शुक्रवार की रात अपनी गर्लफ्रेंड क्लोय के साथ गुजारता था।

जौनी ने दरवाजा बंद कर दिया और सैमी का बिस्तर उलट दिया। बिस्तर के नीचे

रखे ट्रंक को उसने खींच लिया। ट्रंक में ताला नहीं लगा हुआ था। उसने ट्रंक खोला। ट्रंक दस-दस डॉलर के नोटों से भरा हुआ था। सोच-विचार में समय नष्ट किए बगैर उसने तमाम नोट उठाकर अपनी जेब में ठूंस लिये और खाली बक्स छोड़ दिया।

पल-भर के लिए उसने सोचा - सैमी पर इसकी क्या प्रतिक्रिया होगी ?

परन्तु अब उसको सोचने का समय नहीं था। वह यह सोचकर निश्चिन्त हो गया कि ये रकम सैमी की उसके ऊपर उधार रही, मौका मिलते ही ब्याज समेत इसे चुका देगा।

सीढ़ियां उतरते समय उसे याद आया कि अब शहर से कैसे निकला जाएगा। पुलिस ने तो तमाम रास्तों की नाकेबंदी कर दी होगी। खतरे की आशंका से उसका हाथ अनायास ही अपनी 39 बोर की पिस्तौल पर चला गया। उसने निश्चय कर लिया कि यदि रास्ता साफ करने के लिए उसे गोलियां भी चलानी पड़ीं तो वह हिचकेगा नहीं।

सड़क पर पहुंचते ही उसका मस्तिष्क फिर क्रियाशील हो उठा। उसे छुपने के लिए जगह की आवश्यकता थी - कोई भी ऐसी सुरक्षित जगह, जहां वह एक महीने का अरसा सुरक्षित रूप से गुजार सके। ऐसी जगह कौन-सी हो सकती थी ? सहसा उसे याद आया कि उसके पिता का एक बहुत अच्छा दोस्त हुआ करता था जिसका नाम वियोआनी फुजैली था। इस समय वह सत्तर वर्ष से अधिक का हो चुका होगा। हो सकता है मर भी गया हो। वह एक छोटे-से कस्बे में रह रहा था। कस्बे का नाम जैक्शन या फैक्शन कुछ इसी तरह का था। उसे याद आया - जैक्शन ही था। यह कस्बा मियामी जाने वाली सड़क पर स्थित था। यदि किसी भांति वह जैक्शन पहुंचने में सफल हो गया तो उसे उम्मीद थी कि फुजैली के यहां उसे अवश्य छुपने को जगह मिल जाएगी।

इसके लिये उसे कोई कार चुरानी पड़ेगी, जिससे वह रेडी के कैफे तक पहुंच सके। वहां से वह साउथ की ओर जाने वाले किसी वाहन से जैक्शन पहुंच सकता था। रेडी के कैफे के सामने अक्सर ट्रकों का आवागमन चलता रहता था। वहां से किसी ट्रक द्वारा लिफ्ट मिल जाना आसान था, क्योंकि ड्राइवर वगैरह वहीं नाश्ता, डिनर आदि करके साउथ की ओर रवाना होते थे।

असमंजस में पड़ा वह सड़क पर नजरें दौड़ाने लगा। नजदीक ही पार्किंग में

बहुत-सी गाड़ियां खड़ी थीं। अभी वह एक कार की ओर बढ़ने की सोच ही रहा था कि उसे एक अन्य कार अपनी ओर आती दिखाई दी। वह कार मोड़ पर आकर रुक गई। स्ट्रीट लाइट की रोशनी में उसने देखा, एक दुबला-पतला-सा युवक, मैली-सी कमीज पहने कार से नीचे उतरा और उसे लॉक करने लगा।

जौनी लपकता हुआ उसके पास पहुंचा। वह शांत स्वर में युवक से बोला-

'क्या तुम बीस डॉलर कमाना चाहते हो?'

युवक ने घूमकर उसकी तरफ देखा। पूछा- 'क्या करना होगा?'

'मुझे रेडी के कैफे तक पहुंचाना होगा।'

'वह तो शहर से बीस मील दूर है जैंटिलमैन।'

'इसीलिये तो बीस डॉलर कहा है। एक डॉलर प्रति मील के हिसाब से किराया कम तो नहीं है।'

'मंजूर है।' युवक मुस्कराते हुए बोला-'मुझे जोये कहते हैं, तुम्हारा नाम क्या है?'

'चार्ली!' जौनी ने एक कल्पित-सा नाम बता दिया।

कार में बैठकर जौनी बोला-'देखो जोये, रफ्तार तेज जरूर रहे, किन्तु इतनी अधिक नहीं कि कोई एक्सीडेंट ही हो जाये और हां-बजाय मेन रोड के पिछली सड़क से निकलना है।'

जोये हंसा-पूछा, 'क्या चक्कर है दोस्त, पुलिस पीछे पड़ी है क्या?'

'तुम्हें इस बात से कोई मतलब नहीं।' जौनी ठंडे स्वर में बोला-'तुम बस खामोशी से कार ड्राइव करते रहो।'

रास्ते में किसी ने उन्हें नहीं टोका। जौनी का भाग्य उसका साथ दे रहा था, क्योंकि उसके शहर से निकलने के भी तीस मिनट बाद ही सड़कों की नाकेबंदी की गई थी।

यह जौनी का भाग्य ही था कि पुलिस कमिश्नर उस समय शहर में मौजूद नहीं था और असिस्टेंट पुलिस कमिश्नर मसीनो की बात सुनने को तैयार नहीं था। उसने जान-बूझकर सड़कों की नाकेबंदी कराने में देर कर दी थी। मसीनो पर अपना महत्व जताने के लिए उसने नम्बरों के जुए को गैरकानूनी कर दिया था।

मसीनो गुस्से से पागल हो रहा था। अब वह पछताने लगा कि क्यों उसने असिस्टेंट

कमिश्नर की ओर ध्यान नहीं दिया था, जबकि उसके बॉस पर वह मोटी-मोटी रकमें खर्च करता रहा था।

जौनी अपनी मंजिल पर पहुंच चुका था। जोये को कार किराया चुकाकर वह उस समय तक सड़क पर ही खड़ा रहा, जब तक कि जोये कार सहित उसकी नजरों से ओझल न हो गया।

रेडी के कैफे में घुसकर जौनी दक्षिण की ओर जाने वाले किसी ट्रक ड्राइवर को तलाश करने लगा।

उस पर छाई दहशत धीरे-धीरे कम हो रही थी। अब तो वह सिर्फ इस बात से चिन्तित था कि किसी तरह से सुरक्षित रूप में जैक्शन कस्बे तक पहुंच सके।

✦ ✦ ✦

टेलीफोन की घंटी के तीव्र स्वर से मसीनो जाग उठा। उसने नाइट लैम्प जलाया और दीवार घड़ी पर नजर डाली-सवा तीन बजे थे। उसे समझने में समय नहीं लगा कि कोई गड़बड़ हो चुकी थी। उसकी नींद में तब तक व्यवधान डालने की किसी में हिम्मत नहीं थी, बशर्ते कि कोई अति आवश्यक कार्य न हो।

वह तुरंत उठ खड़ा हुआ और झटके के साथ खड़ा होने के कारण बराबर में लेटी उसकी पत्नी के ऊपर का कम्बल भी उतर गया था।

उसने रिसीवर उठाया और भारी स्वर में बोला - 'यस!'

दूसरी ओर उसे बैन्नो का सहमा-सा स्वर सुनाई दिया-

'बॉस-मैं बैन्नो बोल रहा हूं। मुझ पर हमला करके कोई धन ले उड़ा है। अब मुझे बताइये, मेरे लिये क्या हुक्म है?'

क्रोध से मसीनो की आंखों से चिंगारियां निकलने लगीं। गुर्राते हुए वह बोला- 'पुलिस को खबर कर दो, मैं भी फौरन पहुंच रहा हूं।'

रिसीवर क्रेडिल पर पटककर वह कपड़े पहनने लगा। बैड पर लेटी उसकी पत्नी भी जाग चुकी थी - भारी डील-डौल वाली उसकी पत्नी डीना ने पूछा-

'क्या बात है - शोर क्यों मचा रहे हो?'

'ओह, शटअप।' मसीनो उस पर गरजा।

डीना कम्बल को अपने जिस्म पर लपेटती हुई मौन हो गई।

मसीनो ने बैडरूम से निकलकर दरवाजा फटाक से बंद कर दिया। फिर स्टडी रूम में जाकर वह एन्डी लुकास को फोन करने लगा।

जैसे ही संबंध स्थापित हुआ - वह तेजी के साथ बताने लगा - 'एन्ड, तुम तुरंत अपने आदमियों के साथ अपने दफ्तर पहुंचो, किसी ने तिजोरी में रखा धन उड़ा दिया है।'

उसने रिसीवर रख दिया और तेजी से गैरेज में पहुंचा। कार निकाली और तूफानी गति से अपने दफ्तर की ओर दौड़ा दी।

कुछ समय बाद ही वह अपने दफ्तर की इमारत के सामने मौजूद था। कार से उतरते समय उसने देखा कि पुलिस की गाड़ी के अलावा-टोनी की लिंकन भी वहीं मौजूद थी।

लगभग दौड़ता हुआ वह एन्डी के ऑफिस में घुस गया।

बैन्नो एक कुर्सी पर बैठा हुआ था। उसका चेहरा रक्तरंजित था। आंखें चमक रही थीं। टोनी खिड़की के पास खड़ा था और अर्नी सेफ के निकट खड़ा हुआ था।

'क्या हुआ?' मसीनो ने गरजकर पूछा।

बैन्नो ने उठने का उपक्रम किया, किन्तु उठ न सका, कराहकर रह गया। कांपते स्वर में उसने बताया -'दरवाजे के निकट आग और धुएं का अहसास पाकर मैंने दरवाजा खोला - मैंने उसे बुझाने की कोशिश की, तभी किसी ने मेरे सिर पर वार कर दिया।'

'कौन था वह हरामजादा?' मसीनो ने दहाड़ते हुए पूछा।

'पता नहीं। मैं उसे देख नहीं सका था।'

मसीनो ने सेफ तथा ताले का निरीक्षण किया, फिर टेलीफोन के निकट पहुंचकर कोई नम्बर मिलाया।

बैन्नो, टोनी और अर्नी के अलावा दो पुलिस वाले भी खामोश खड़े उसे फोन करते देखते रहे।

'मैं मसीनो बोल रहा हूं।' वह फोन पर बोला-'मुझे क्लेन से बात करनी है।'

'ओह, मिस्टर मसीनो!' किसी स्त्री का नींद में डूबा हुआ स्वर उसे सुनाई पड़ा- 'जैक तो न्यूयार्क गए हैं, वहां उन्हें किसी समारोह में शामिल होना है।'

मसीनो के चेहरे पर झल्लाहट के लक्षण पैदा हो गए। उसने रिसीवर क्रेडिल पर पटक दिया, फिर अपनी जेब से डायरी निकालकर कोई अन्य नम्बर देखा तथा दोबारा रिसीवर उठा लिया।

उसने दूसरा नम्बर मिलाया।

दूसरी ओर से गुस्से भरा स्वर सुनाई दिया - 'कौन बेवकूफ है जो इस समय फोन कर रहा है?'

असिस्टेंट पुलिस कमिश्नर फ्रेड लेपस्की असमय फोन की घंटी बजने के कारण कुपित था।

'मैं मसीनो बोल रहा हूं।' अपने क्रोध पर काबू रखते हुए मसीनो बोला। 'मैं इस शहर से बाहर निकलने के सभी मार्गों को रुकवाना चाहता हूं। सड़कें, रेलवे स्टेशन, बस

स्टेशन तथा एयरपोर्ट आदि सबकी निगरानी होनी चाहिए। किसी ने मेरे यहां से एक लाख बियासी हजार डॉलर चुरा लिए हैं और चोर जरूर इस शहर से बाहर निकलने की चेष्टा करेगा। जल्दी करो तथा फौरन इन जगहों की नाकेबंदी के आदेश दो दो।'

'अपना टोन ठीक करो - तुम्हें पता है कि तुम बात किससे कर रहे हो।' लेपस्की ऊंचे स्वर में बोला -'तुम्हें जो कुछ कहना है हैडक्वार्टर से कहो मेरा दिमाग चाटने की जरूरत नहीं है और सुनो मसीनो-तुम स्वयं भले ही खुद को इस शहर का मालिक समझते रहो, मगर मेरी निगाहों में तुम्हारी हैसियत एक साधारण आदमी से ज्यादा नहीं।'

यह कहते हुए लेपस्की ने फोन डिस्कनेक्ट कर दिया।

मसीनो का चेहरा गुस्से में तमतमाने लगा। उसने चीखकर पुलिसमैन से कहा - 'उल्लुओं की तरह मेरा मुंह क्या देख रहे हो - जाओ दफा हो जाओ और किसी ऐसे आदमी को लेकर आओ जो कुछ कर सके।'

दोनों पुलिस वालों में से जो अधिक उम्र का था फौरन फोन की ओर लपका। उसी समय एन्डी लुकास ने अंदर प्रवेश किया। उसकी हालत से जाहिर हो रहा था कि वह बहुत जल्दी में पहुंचा है, क्योंकि पतलून के नीचे से झांकता उसका पायजामा साफ नजर आ रहा था।

उसने सेफ में झांककर देखा। फिर ताले पर निगाह डाली तथा मसीनो की क्रोध से लाल हो रही आंखों में झांककर बोला - 'यह हमारे ही किसी आदमी का काम है क्योंकि सेफ का ताला नहीं तोड़ा गया है। चाबी से खोलकर रकम चुराई गई है। जो कोई भी चोर है वह अवश्य शहर से भागने की चेष्टा करेगा।'

'तुम मुझे पागल या अंधा समझते हो।' मसीनो खूंखार ढंग से गरजा - 'इतना तो मैं भी जानता हूं जाहिल आदमी लेकिन क्लेन शहर में नहीं है और वह सूअर की औलाद लेपस्की मुझे सहयोग नहीं दे रहा है।'

ओब्राइन नामक पुलिसमैन ने उसका ध्यान आकर्षित किया - 'माफ कीजिए मिस्टर मसीनो, लेफ्टीनेंट मुलगिन थोड़ी ही देर में यहां पहुंचने वाले हैं।'

मसीनो किसी मरखने सांड की तरह कमरे में चक्कर काटता रहा।

'जौनी कहां है ?' अचानक उसने पूछा-'मैं अपने सबसे बेहतरीन आदमी को यहां

देखना चाहता हूं।'

'मैंने उसे फोन किया था मिस्टर मसीनो।' एन्डी ने उत्तर दिया - 'किन्तु मुझे उधर से कोई जवाब नहीं मिला - वह घर पर नहीं है।'

'मैं उसे यहां देखना चाहता हूं।' मसीनो टोनी को इशारा करते हुए बोला -'यहां खड़े-खड़े क्या कर रहे हो, जाओ जौनी को बुलाकर लाओ।'

टोनी तीर हो गया।

टोनी के जाने के बाद एन्डी ने कहा - 'मेरा विचार है हमें कुछ विचार- विमर्श करना चाहिए मिस्टर जोये।'

मसीनो ने अर्नी को सिर का संकेत करके कहा -'बैन्नो को अस्पताल पहुंचा दो।' आदेश-पूर्ति की प्रतीक्षा किए बगैर मसीनो एन्डी सहित अपने कमरे में जा घुसा। दोनों एक-दूसरे के आमने-सामने बैठ गये।

'यह तो बड़ी जबर्दस्त परेशानी पैदा हो गई हम लोगों के लिए।' एन्डी ने अपना विचार व्यक्त करते हुए कहना आरंभ किया- 'दोपहर के समय हमें अपने स्टाफ को वेतन देना होगा, वरना वे सब लोग मिलकर बगावत खड़ी कर देंगे। या तो रकम का इंतजाम करो मिस्टर जोये, वरना हम तबाह हो जाएंगे। अगर कहीं अखबार वालों को यह भनक पड़ गई तो वे यह खबर ले उड़ेंगे। फिर नम्बरों के जुए की बात आम हो जाएगी और हमारे साथ-साथ क्लेन भी मुसीबत में पड़ जाएगा।'

'क्या करें हम?'

'इस समय एक ही व्यक्ति हमारी मदद कर सकता है।

मेरा मतलब तान्जा से है। यद्यपि वह अपनी रकम पर ब्याज लेना चाहेगा किन्तु हमारी मजबूरी है। हमें देना ही पड़ेगा।'

मसीनो की मुट्ठियां कस गईं। एन्डी ने समझदारी की बातें कहीं थीं तभी पुलिस सायरन की आवाज गूंज उठी।

'तुम मुलगिन से बातें करो।' मसीनो ने फैसला किया- 'और मुलगिन से कहकर शहर के तमाम रास्तों की नाकेबंदी करा दो। मैं तान्जा से सम्पर्क स्थापित करता हूं।'

'मुझे उम्मीद नहीं है कि चोर अभी तक शहर में ही होगा। वह शहर से निकल चुका

होगा, फिर एक्शन तो हमें लेना ही पड़ेगा।' एन्डी बोला और बाहर निकल गया।

मसीनो टेलीफोन से उलझ गया - पलभर हिचकिचाने के बाद उसने नम्बर डायल किया। उसकी नजर डेस्क पर रखी घड़ी पर पड़ी-घड़ी में सवा चार बजने जा रहे थे।

कार्लो तान्जा, माफिया संगठन के इस शहर में फैले आदमियों का मुखिया था। मसीनो प्रति सप्ताह एक निश्चित रकम अपने नम्बरों के जुए से उसे दिया करता था। मसीनो की कॉल स्वयं तान्जा ने ही रिसीव की। पूरी दास्तान सुनने के बाद उसने तुरंत ही समस्या का हल पेश कर दिया - 'ओ.के. जोये। रकम के बारे में तुम चिन्ता मत करो। वह तुम्हें दस बजे तक मिल जाएगी, रही प्रेस की बात सो हम प्रेस को भी इस मामले से दूर रखेंगे लेकिन इसमें पच्चीस फीसदी का खर्चा अधिक आयेगा और तुम इस वक्त जरूतमंद हो, अत: तुम्हें यह खर्चा सहन करना ही पड़ेगा।'

मसीनो ने तुरंत मन ही मन हिसाब लगाया - इस चोरी के कारण उसे अपनी जेब से भी छियालीस हजार डॉलर देने पड़ेंगे। इसलिए शीघ्रतापूर्वक बोला - 'सुनो-मेरी मजबूरी का नाजायज फायदा मत उठाओ। मैं पन्द्रह प्रतिशत से अधिक नहीं दूंगा।'

'पच्चीस प्रतिशत से कम बिल्कुल नहीं होगा।' तान्जा स्पष्ट शब्दों में बोला-'दस बजे रकम तुम्हारे दफ्तर में पहुंच जाएगी-साथ ही यह मत भूलो मसीनो कि मेरे अलावा रकम तुम्हें और कहीं से प्राप्त नहीं हो सकती। खैर छोड़ो ये बात-यह बताओ चोर कौन है?'

'अभी तो मैं सिर्फ इतना बता सकता हूं कि यह मेरे ही किसी आदमी का काम है किन्तु शीघ्र ही सही व्यक्ति का पता लगा लूंगा लेकिन उम्मीद है कि चोर शहर से बाहर जा चुका है।'

'जैसे ही तुम्हें पता लगे फौरन मुझे सूचित कर देना।' तान्जा बोला - 'मैं अपनी ऑर्गेनाइजेशन को उसके पीछे लगा दूंगा। तुम सिर्फ उसका नाम बता देना। खोज हम अपने आप लेंगे।'

'थैंक्स कार्लो, मुझे तुम पर पूरा-पूरा यकीन है।' फिर थोड़ा रुककर मसीनो ने कहा - 'वैसे बीस प्रतिशत कैसा रहेगा?'

'मैं मजबूर हूं जोये - क्योंकि धन मेरी निजी संपत्ति नहीं है। वह

न्यूयार्क से लाया जाएगा, अत: उसकी उचित कीमत देनी ही होगी।' तान्जा ने नम्रतापूर्वक कहा और संबंध विच्छेद कर दिया।

दिल ही दिल में कुढ़ता और क्रोध से उफनता हुआ मसीनो एन्डी के दफ्तर में जा पहुंचा।

लैफ्टीनेंट मुलगिन तिजोरी का निरीक्षण कर रहा था। सादे लिबास में दो अन्य डिटेक्टिव उंगलियों के निशान उतारने में लगे हुए थे।

बैन्नो तथा अर्नी वहां मौजूद नहीं थे। एन्डी द्वार में खड़ा दांतों से अपने नाखून कुतर रहा था।

मसीनो को आया देखकर मुलगिन ने उससे कहा - 'सारी सड़कें ब्लॉक कराई जा रही हैं मिस्टर मसीनो। अगर चोर शहर से अभी बाहर नहीं निकला है, तो अब तो हर्गिज नहीं निकल पाएगा। तीस मिनट का मूल्यवान समय व्यर्थ ही नष्ट हो चुका था। यह याद आते ही मसीनो ने घृणा से फर्श पर थूक दिया।

मुलगिन के आश्वासन दिये जाने के बावजूद उसके चेहरे पर चिन्ता के गहरे लक्षण स्पष्ट परिलक्षित हो रहे थे।

मसीनो द्वारा झाड़ खाने के बाद टोनी केपिलो फौरन एन्डी के दफ्तर से बाहर निकल गया। वह जानता था कि जौनी कहां मिल सकता था। उसे जौनी से ईर्ष्या थी। इसकी वजह मैलानी थी। मैलानी के पुष्ट शरीर और आंखों से उमड़ते सैक्स के कारण टोनी भी उसकी ओर आकर्षित था। उसने सोचा-

जौनी को मैलानी के बिस्तर से खींच निकालने में भी एक अलग आनंद रहेगा-मुमकिन है दरवाजा खोलने के लिए स्वयं मैलानी ही बाहर आ जाए।

मैलानी के अपार्टमेंट के बाहर जौनी की कार खड़ी देखकर वह मन ही मन मुस्कराया - उसने ठीक उसकी कार के पीछे अपनी कार खड़ी कर दी और नीचे उतर आया।

मैलानी के दरवाजे पर लगी घंटी का बटन दबाकर वह पीछे हट गया।

कुछ ही क्षणों के बाद दरवाजा खुला और मैलानी ने सहमी-सहमी नजरों से टोनी को घूरकर पूछा-'क्या बात है?'

'जौनी को बिस्तर से बाहर निकालो।' टोनी कुटिलतापूर्वक मुस्कराता हुआ बोला-'बॉस ने उसे फौरन बुलवाया है।'

'जौनी नहीं है यहां।' मैलानी ने उत्तर देकर द्वार बंद करना चाहा परन्तु टोनी ने पैर अड़ाकर दरवाजा बंद होने से रोक दिया।

'मुझे बेवकूफ मत बनाओ-जब उसकी कार यहीं है तो वह कहां जा सकता है।' फिर उसने ऊंचे स्वर में आवाज लगाई -'जौनी बाहर आ जाओ - बॉस ने तुम्हें फौरन बुलाया है।'

'मैं कहती हूं वह यहां नहीं है।' मैलानी चीखी-'भाग जाओ।'

'ठीक है।' टोनी ने उसे एक ओर धकेलकर पूछा -'वह यहां नहीं है तो फिर कहां चला गया?'

'मुझे नहीं मालूम।'

'पर उसकी कार तो बाहर ही खड़ी है।'

'खड़ी होगी-कहा तो है कि मुझे मालूम नहीं है।'

टोनी को शक हो गया। वह अंदर घुसा। बैडरूम की लाइट जलाकर देखी। जौनी वास्तव में ही वहां नहीं था, मगर उसकी टाई फर्श पर जरूर पड़ी थी।

मैलानी भी बैडरूम के दरवाजे पर आ खड़ी हुई।

'वह यहीं था - अब कहां चला गया?' टोनी ने पूछा।

'मैं नहीं जानती - मुझे नहीं मालूम।' मैलानी ने उत्तर दिया।

टोनी ने उसकी कलाई पकड़कर झटका दिया। वह बिस्तर पर जा गिरी। टोनी उसके ऊपर झुककर बोला - 'जवाब दो, वह कहां है? वरना मुझे मुंह खुलवाने का भी तरीका आता है।'

'मुझे नहीं पता।' मैलानी सिसकती हुई बोली।

टोनी ने दो जोरदार तमाचे उसके गालों पर जड़ दिये। मैलानी हक्की-बकी रह गई।

'बताओ, कहां है वह?'

टोनी के स्वर में क्रूरता का स्पष्ट आभास पाकर उसने अपना चेहरा ढक लिया और सुबकते हुए बोली - 'मुझे नहीं पता-मैं कुछ नहीं जानती।'

टोनी हिचकिचाया - यद्यपि उसे यकीन था कि मैलानी झूठ बोल रही थी, लेकिन यदि उसका यकीन गलत हुआ तो क्या होगा। अपनी गर्लफ्रैंड पर हाथ उठाने वाले को जौनी कच्चा ही चबा जाएगा।

मैलानी ने एक तंग-सी नाइटड्रेस पहनी हुई थी। स्वयं को जौनी के क्रोध से बचाने की खातिर उसने कहा - उठो पहले कपड़े पहनो, तुम्हें मेरे साथ चलना पड़ेगा।'

'दफा हो जाओ यहां से। मैं कहीं नहीं जाऊंगी।' मैलानी चीखती हुई पलंग से उतर गई और इससे पहले कि टोनी उसे रोक पाता वह लिविंग रूम में पहुंच गई। टोनी ने झपटकर उसे पकड़ा और वापिस बैडरूम में घसीट लाया। उसने मैलानी की ओर पिस्तौल तान दी और तेज स्वर में बोला - 'कपड़े पहनो।'

मैलानी ने विवशता-सी महसूस की और प्रतिरोध करना छोड़ दिया।

बीस मिनट बाद टोनी मैलानी सहित मसीनो के सामने खड़ा था।

टोनी ने मैलानी के व्यवहार तथा जौनी की कार आदि के बारे में

बताकर मसीनो से कहा - 'मुझे कुछ दाल में काला लग रहा है, इससे पूछो बॉस-शायद यह कुछ बता सके।'

'तुम यह कहना चाहते हो कि चोरी जौनी ने की है?'

मसीनो ने गुर्राते हुए पूछा।

'मैं कुछ नहीं कह रहा हूं बॉस-जो कुछ कहेगी यही कहेगी।'

मसीनो ने अपनी दहकती हुई आंखें मैलानी की ओर घुमाईं। मैलानी का समूचा जिस्म दहशत से लरज उठा।

'जौनी कहां है?' मसीनो गुर्राया।

मैलानी सिसकने लगी, सुबकते हुए बोली, 'मैं नहीं जानती। किसी काम से गया था - किस काम से यह मुझे नहीं मालूम। मगर उसने कहा था मुझसे कि मैं उसकी एलीबी में उसकी मदद करूंगी, लेकिन उसका लॉकेट न जाने कहां गिर गया था।'

मसीनो के मुंह से गहरी सांस निकली, उसने मैलानी को बैठने का संकेत किया। मसीनो के सख्त चेहरे और अंगारे-सी दहकती आंखों से भयभीत होकर मैलानी खामोश होकर बैठ गई। उससे जो कुछ मसीनो ने पूछा - उसने बता दिया। सारी बात सुन चुकने

के बाद मसीनो ने टोनी को संकेत किया कि वह मैलानी को वापिस इसके अपार्टमेंट में छोड़ आये। वह स्वयं एन्डी के ऑफिस में पहुंचा। उसने लेफ्टीनेंट मुलगिन को एक ओर ले जाकर उससे बात की - 'मैं चाहता हूं कि तुम शीघ्र से शीघ्र जौनी वियान्डा का पता लगाओ, मगर यह बात लीक न होने पाये।'

मुलगिन के चेहरे पर आश्चर्य के भाव उभरे-पलकें झपकाकर उसने पूछा - 'जौनी वियान्डा - तुम्हारे विचार से चोरी उसने की है?'

मसीनो के चेहरे पर हिंसक भेड़िये जैसी मुस्कान फैल गई।

'तुम्हें इस बात से कोई मतलब नहीं होना चाहिए।' वह गुर्राया- 'तुम सिर्फ वही करो जो तुम्हें मैंने कहा है। चप्पा-चप्पा छान मारो। जैसे भी हो जौनी को पकड़ो। मैं उसे अपने सामने प्रस्तुत होते देखना चाहता हूं।'

✦ ✦ ✦

अपने बॉडीगार्डों के साथ कार्लो तान्जा ठीक दस बजे मसीनो के दफ्तर में पहुंचा। उसके अंगरक्षकों ने दो भारी सूटकेस मसीनो की डेस्क पर रख दिये। मसीनो की नजरें तान्जा से मिलीं तो वह धूर्तता से मुस्कराया।

तान्जा छोटे-से कद का लेकिन भारी जिस्म का एक इटैलियन था। उसका सिर गंजा था। भारी तोंद वाले कार्लो तान्जा की छोटी-छोटी आंखें सदैव मक्कारी से भरी रहती थीं। उसके होंठ शराब की तरह सुर्ख थे।

मसीनो से हाथ मिलाकर उसने अपने आदमियों को बाहर जाने का आदेश कर दिया। एन्डी जो रकम गिनने के लिए वहां रुक गया था उसे भी बाहर जाने का संकेत करके वह बोला-

'जैसा मैंने वायदा किया था जोये, रकम हाजिर है।'

'धन्यवाद।' मसीनो ने कहा।

'बॉस ने मुझे फोन किया था।' तान्जा बोला - 'चोरी की खबर सुनकर उसे भी बहुत दुख हुआ था, लेकिन तुम्हें भी सतर्क रहना चाहिए। प्रत्येक चीज का ठीक से

इंतजाम करो और ये तिजोरी...।' उसने वाक्य अधूरा ही छोड़ दिया।

'मैं इसे बदलवा रहा हूं।' मसीनो ने जल्दी से कहा।

'हां-ये तो बहुत पहले ही बदल जानी चाहिए थी। खैर-कुछ पता चला कि चोर कौन है?'

'अभी निश्चित रूप से तो कुछ कहा नहीं जा सकता मगर जौनी वियान्डा पर शक है क्योंकि वह गायब हो गया है।'

'वियान्डा!' तान्जा हैरानी भरे स्वर में बोला- 'वह तो तुम्हारा सबसे ज्यादा विश्वसनीय व्यक्ति है।'

'हां!' मसीनो का चेहरा फिर से तमतमा उठा-उसने जौनी के बारे में अब तक की सारी जानकारी से उसे अवगत करा दिया।

'तुम्हें यकीन है कि वह लड़की इस बारे में कुछ नहीं जानती?' तान्जा ने पूछा।

'हां!'

'फिर तुम अब क्या करने की सोच रहे हो?'

उसने मुट्ठियां भींचते हुए जवाब दिया - 'यदि वह इस शहर से बाहर पहुंच गया है तो मैं तुम्हारी ऑर्गेनाइजेशन द्वारा उसकी खोज कराना चाहता हूं और यदि यहीं हुआ तब तो मैं उसे ढूंढ ही लूंगा।'

'परन्तु उतनी रकम से तो वह अपनी सुरक्षा के हजारों साधन जुटा सकता है।' तान्जा ने कुछ विचारपूर्ण ढंग से कहा - 'फिर भी मैं अपने बॉस से कह दूंगा कि तुम हमारे द्वारा उसकी तलाश करवाना चाहते हो।'

'हां-बशर्ते वह इस शहर से बाहर भाग गया हो।'

'मैं भी जल्दबाजी से काम नहीं लूंगा जोये। क्योंकि एक बार संगठन जिस काम को आरंभ कर देता है फिर उसे अधूरा नहीं छोड़ता और इस काम की भी तुम्हें कीमत चुकानी होगी। जैसे ही तुम्हें यह विश्वास हो जाए कि वह इस शहर में नहीं है, तुम मुझे खबर कर देना। बाकी काम हमारा रहा।'

'मान लो, वह यहां से जा चुका हो तो जब तक तुम मेरी सूचना का इंतजार करोगे तब तक तो वह और भी दूर निकल जाएगा।'

तान्जा कुटिलता से हंसा-बोला-'इससे कोई फर्क नहीं पड़ता। अगर वह चीन भी पहुंच गया तब भी हम उसे ढूंढ लेंगे। हमने आज तक किसी काम में असफलता नहीं देखी है। तुम पहले मालूम करो कि वह यहीं तो नहीं है। इसके बाद यह मामला हमें सौंप देना।' तान्जा खड़े होते हुए बोला - 'मैं तो तुम्हारा धन बचाने की कोशिश कर रहा हूं, पर हम मुफ्त में कोई काम नहीं किया करते हैं।'

त्राजा के चले जाने के बाद मसीनो ने अर्नी तथा टोनी को ऑफिस में बुला लिया।

'जौनी के घर जाकर उसकी तलाशी लो।' मसीनो ने उन्हें आदेश दिया– 'उसके सामान की बारीकी से जांच करके उसकी निजी जिन्दगी की ज्यादा से ज्यादा जानकारी मुझे चाहिए–समझ गये।'

जब वे दोनों बाहर निकल गये तो उसने लेफ्टीनेंट मुलगिन को फोन किया।

'कोई नई बात मालूम हुई?'

'मेरे विचार में वह शहर में नहीं है।' मुलगिन को फोन किया।

'कोई नई बात मालूम हुई?'

'मेरे विचार से वह शहर में नहीं है।' मुलगिन ने कहा–'क्योंकि यहां उसका कोई सुराग नहीं मिल रहा है। मेरे पास उसका पूरा, पिछला रिकार्ड, जेल की फोटो तथा फिंगर-प्रिंटस मौजूद हैं। क्या उनसे कोई फायदा उठा सकते हो तुम?'

'हां-उससे संबंधित प्रत्येक वस्तु की मुझे आवश्यकता है।'

'ठीक है, मैं अपने किसी आदमी द्वारा ये सभी चीजें आपके पास पहुंचाये देता हूं।'

'क्या उसके किसी रिश्तेदार का पता लगा है तुम्हें?' मसीनो ने पूछा।

'रिकार्ड के मुताबिक तो उसका कोई सगा संबंधी नहीं हैं पांच वर्ष पहले उसका बाप भी मर चुका है।'

'उसके बारे में बताओ।'

'वह इटैलियन था-टम्पा स्थित फलों की फैक्टरी में काम करता था। जौनी की पैदाइश भी वहीं हुई थी।'

मसीनो ने क्षण-भर कुछ सोचा– 'वह हरामखोर वापिस दक्षिण की ओर जा सकता

है।'

'क्या तुम चाहते हो कि मैं फ्लोरिडा की पुलिस को सतर्क कर दूं?'

'नहीं लेफ्टीनेंट। वहां तो मैं भी उसे तलाश कर लूंगा। तुम सिर्फ शहर में ही उसकी खोज जारी रखो।' कुछ क्षण रुककर मसीनो ने फिर कहा– 'अगली बार जब तुम इधर से गुजरो तो एन्डी से मिल लेना। उसके पास तुम्हें देने के लिए कुछ सामान है।'

मुलगिन उसको धन्यवाद देने लगा, किन्तु तब तक मसीनो ने फोन का संबंध विच्छेद कर दिया था।

✦ ✦ ✦

शाम के सात बज चुके थे किन्तु मसीनो अभी तक अपनी डेस्क पर उपस्थित था। उसके सामने मुलगिन द्वारा भेजी गई जौनी की विभिन्न वस्तुएं पड़ी हुई थीं और भी कई वस्तुएं थीं जिन्हें अर्नी और टोनी जौनी के घर से खोजकर लाये थे। उसके पीछे एन्डी खड़ा था। वह खामोशी से खड़ा होकर सिगरेट पी रहा था–मसीनो के क्रोध से वह बखूबी जानकार था।

'किस नतीजे पर पहुंचे?' अचानक मसीनो ने पूछा।

'चोर कोई भी हो–निश्चित ही वह हमारे ही स्टाफ का है और अब वह शहर से बाहर जा चुका है।' जौनी का नाम लिए बिना ही एन्डी बोला। वह अपनी जुबान से जौनी का नाम लेकर अपने लिए मुसीबत पैदा नहीं करना चाहता था। मान लो जौनी चोर न निकला तो..।'

पर मसीनो आश्वस्त था। उसने कुर्सी पीछे की ओर धकेली और बोला– 'क्या कोई कल्पना भी कर सकता था कि जौनी जैसा मेरा विश्वस्त आदमी भी ऐसा कर सकता है। ठीक है सूअर की औलाद, अब मैं तेरे पीछे संगठन को लगा दूंगा। इसमें वक्त तो जरूर लग जाएगा लेकिन वह उसे खोज ही निकालेंगे। फिर वह एक बार हत्थे चढ़ गया तो बहुत पछताएगा। वह इतना पछताएगा कि अपने पैदा होने पर पश्चाताप करेगा।'

एन्डी डेस्क के और नजदीक आ गया तथा - 'याट और मोटरबोट्स' नाम की एक

पुरानी मैग्जीन को उठाकर बोला– 'मेरी समझ में यह नहीं आता मिस्टर मसीनो कि इस टेक्निकल मैग्जीन का जौनी के पास होने का क्या तुक है।'

'इससे हमारी समस्या पर क्या फर्क पड़ता है।' मसीनो ने पूछा।

एन्डी उसके पेजों को उलटने लगा। अचानक उसकी नजर तीस फुट के केबिन वाले तेज रफ्तार के युद्ध पोत पर जा टिकी जिसे पेंसिल द्वारा एक लाल दायरे में बंद किया हुआ था।

'इसे देखो।'

'क्या है?'

'लगता है जौनी को नावों में दिलचस्पी थी। उसके यहां से भागने की योजना भी नाव द्वारा ही रही होगी।

'इससे तो उसके दक्षिण की ओर भाग जाने का संकेत मिलता है।'

'और यह–'एन्डी ने एक क्रिसमस का कार्ड उठा लिया– 'इसे भी टोनी जौनी के घर से ही लाया था' कार्ड पर घसीट-सी में लिखा था।

'कभी मौका लगा तो तुमसे जरूर मिलूंगा।'

'गिओबानी फुजैली' जैक्शन

'यह जैक्श्न कहां है?'

'फ्लोरिडा में। जैक्शन विले से तीस मील दूर है।'

तभी टेलीफोन बज उठा।

मसीनो ने रिसीवर उठाया। दूसरी ओर से अर्नी की उत्तेजनापूर्ण आवाज उसे सुनाई पड़ी। अर्नी कह रहा था– 'बॉस, अभी-अभी मुझे एक युवक से यह खबर मिली है कि उसने एक व्यक्ति को रेडी के कैफे तक पहुंचाया है। उसका हुलिया जौनी से मिलता है।'

'उसे यहां ले आओ अर्नी–मैं उसे वियान्डा का फोटो दिखाऊंगा।' कहकर उसने फोन का संबंध काट दिया।

'लगता है जौनी किसी कार द्वारा रेडी के कैफे तक पहुंच गया है। साउथ की ओर जाने वाले वाहन तो वहीं से गुजरते हैं ना?' मसीनो ने एन्डी से पूछा।

'हां!'

'इसका मतलब है कि वह कमीना साउथ खिसक गया है। लगभग पन्द्रह मिनट के बाद अर्नी ने दफ्तर में प्रवेश किया। उसके साथ जोयो भी था।

मसीनो ने जौनी का फोटो उसकी ओर खिसका दिया और बोला–रैडी के कैफे तक तुम्हारी कार द्वारा जाने वाला यही शख्स था या कोई और पहचानो?'

जोयो ने फोटो देखी और तुरन्त सहमति में सिर हिला दिया– 'यही था।'

'ठीक है, तुम्हारा काम समाप्त–।' मसीनो ने अपनी जेब से एक पांच डालर का नोट निकाला और उसकी ओर बढ़ा दिया। फिर वह अर्नी से बोला– 'इसका नाम और पता नोट कर लो तथा इसे वापिस भेज दो।'

जोयो जाने लगा, तभी एन्डी ने उसे टोक दिया–ठहरो।'

जोयो रुक गया और प्रश्नवाचक नजरों से एन्डी की ओर देखा।

एन्डी ने पूछा– 'इस आदमी के पास दो भारी बैग थे?'

'नहीं।'

'तो क्या एक बैग था। सोचकर बताओ।'

'इसमें सोचने की क्या बात है सर-! मैंने बताया न कि वह बिल्कुल खाली था।

'लेकिन बैग तो उसके पास जरूर होने चाहिए थे।'

मसीनो गरजा।

जोयो कांप उठा।

'मैंने आपसे बिल्कुल सच कहा है सर! उसके साथ कोई सामान नहीं था।'

'ठीक है!' उसने अर्नी को संकेत दिया - 'इसे बाहर छोड़ आओ।'

वे दोनों बाहर निकल गये तो मसीनो ने एन्डी से पूछा- 'एन्डी, तुम्हारे विचार में क्या धन अब भी शहर ही में है?'

'नहीं-इस विषय में तसल्ली से सोच-विचार करेंगे हम।'

एन्डी सोचपूर्ण मुद्रा में कमरे में चहलकदमी करता रहा और नतीजे को जानने का इच्छुक मसीनो बेसब्री से उसे टहलता हुआ देखता रहा। मसीनो जानता था कि एन्डी बेवकूफ नहीं है - अचानक एन्डी रुका और बोला - 'जौनी यहां अकेला ही रहता था। उसके किसी रिश्तेदार अथवा मित्र का पता नहीं है फिर भी क्रिसमस कार्ड से जाहिर होता

है कि कोई उसका मित्र था जरूर। वह चोरी करके भाग गया परन्तु रकम उसके पास नहीं थी। उसे यह बात भी अच्छी तरह से मालूम थी कि दोबारा इस शहर में घुसना, अपनी मौत को दावत देना है अत: मेरे विचार से उसने यह काम अकेले नहीं किया। हो सकता है मेरा विचार गलत हो, किन्तु मान लो, जब जौनी अपना लॉकेट

ढूंढ़ रहा था उस समय उसका साथी बैगों सहित रकम लेकर शहर से निकल गया हो। आप मेरी बात समझ रहे हैं न मिस्टर मसीनो। वियान्डा ने यह काम किसी के साथ मिलकर किया। उसका साथी तो रकम लेकर निकल गया और जौनी अपनी गर्लफ्रेंड के पास पहुंचा। उसका विचार था कि हममें से कोई उस पर चोरी का शक नहीं कर सकेगा। तभी उसे अपने लॉकेट खोने का ध्यान आया होगा। उसे खूब पता था कि लॉकेट अगर मेरे दफ्तर में पाया गया तो वह मारा जाएगा। इसलिए लॉकेट की खोज में वह पुन: मेरे दफ्तर आया, पर तब तक बैन्नो पुलिस को बुला चुका था। यह देखकर वह घबरा उठा और उस युवक की कार द्वारा शहर से भाग निकला। अब मेरे विचार में वह अपने उसी साथी के पास साउथ की ओर रवाना हो चुका है - और उसका साथी यही फुजैली है जिसका क्रिसमस का कार्ड यहां पड़ा हुआ है।'

'तुम पागल हो। सिर्फ क्रिसमस का कार्ड भेज देने के कारण ही क्या फुजैली उसका सहयोगी हो गया?'

'संभव है मेरा विचार गलत हो - लेकिन मिस्टर मसीनो - उसका साथी था अवश्य और वह साउथ का रहने वाला था।'

'मैं कार्लो से बात करता हूं - तनिक हिचकिचाते हुए मसीनो ने कहा- 'वह इस फुजैली की खोज करा लेगा।

'एक मिनट रुको मिस्टर जोये।' एन्डी जल्दी से बोला - 'कार्लो से बात करने की इतनी जल्दी नहीं है। इसे तो हम भी संभाल सकते हैं। संगठन के चीफ को इसमें घसीटने से हमें उसकी बहुत ज्यादा कीमत चुकानी पड़ेगी। यह बात सभी को विदित है कि वह एक बार जिस भी व्यक्ति की ओर उंगली उठा देता है उसके सिर पर मौत मंडराने लगती है और देर-सवेर उसे मरना ही पड़ता है। हमें पहले अर्नी और टोनी को जैक्शन भेजकर इस फुजैली को चैक करना चाहिए। यदि वियान्डा का वहां भी कोई पता नहीं चलता तो

फिर हम कार्लो से मदद मांगेंगे। इस प्रकार कुछ दिन तो अवश्य लग जाएंगे, परन्तु मुमकिन है कि वियान्डा हमें मिल जाए। इस प्रकार तान्जा को देने वाली रकम से हम छुटकारा पा सकते हैं। 'आपका क्या विचार है?'

'ठीक कह रहे हो तुम-।' मसीनो ने अपनी स्वीकृति जताई, 'उन दोनों को तुरंत मिलने वाले प्लेन से जैक्शन की ओर रवाना कर दो।'

✦ ✦ ✦

लगभग ग्यारह बजे टोनी तथा अर्नी प्लेन द्वारा जैक्शन विले के हवाई अड्डे पर जा उतरे। उन्होंने जैक्शन की ओर जाने वाले रास्ते की जानकारी प्राप्त कर ली तथा एक शैवरलेट किराये पर ले ली।

टोनी ने कार चलाना आरंभ कर दिया जबकि अर्नी उसके साथ वाली सीट पर बैठ गया। रास्ते में अर्नी ने टोनी से कहा– 'टोनी, हम लोग पहले से ही तय किये लेते हैं। अगर जोनी हमें मिल जाता है तो उसे संभालने की जिम्मेदारी तुम्हारी रहेगी। फुजैली से मैं निबट लूंगा।'

टोनी सहम गया। वह बोला– 'तुम ही जौनी से निपटने की जिम्मेदारी क्यों नहीं ले लेते?'

अर्नी धूर्ततापूर्वक मुस्कराया। वह टोनी से पांच वर्ष सीनियर था अत: इस मुहिम में वह स्वयं को टोनी से ऊंचा समझ रहा था।

'क्योंकि तुम जौनी से दो-दो हाथ करने के इच्छुक हो।'

उसने स्पष्टीकरण दिया, 'तुम मुझसे भी कई बार कह चुके हो कि तुम्हारे मुकाबले में जौनी कुछ भी नहीं है। मुझे लगता है मुकाबला तो होकर रहेगा, फिर तुम क्यों अपनी चिर-प्रतीक्षित इच्छा-पूर्ति से पीछे हटना चाहते हो?'

टोनी ने बेचैनी से पहलू बदला। जौनी की पिछली शोहरत के कारण वह मन ही मन उससे आतंकित था।

'हम दोनों ही मिलकर क्यों न उस पर काबू करने की चेष्टा करें।' टोनी ने घबराहट

छुपाकर दलील दी– 'वह इतना हिंसक है कि फौरन शूट कर देने मैं बिल्कुल नहीं हिचकेगा।'

'निशाना तो तुम्हारा भी बुरा नहीं है टोनी।' अर्नी चटखारे लेता हुआ बोला–'क्या तुम भूल गये–तुमने पिछले ही हफ्ते तो मुझसे कहा था कि जौनी अब बूढ़ा हो रहा है, उसमें तुम्हारे बराबर दम-खम नहीं है और न ही तुम्हारे जैसी फुर्ती है, अत: इस अशक्त आदमी से अब तुम ही निपटना। वैसे उसका ये साथी फ्यूजैली भी कुछ कम नहीं होगा मेरी राय में।'

अचानक टोनी ने अपने माथे पर पसीने की बूंदें उभरती महसूस कीं।

'तो फिर तय रहा।' अर्नी मन ही मन मुस्कराकर बोला, 'पहले हम उसे सूट करेंगे, फिर बात करेंगे।'

उत्तर में टोनी खामोश रह गया। उसे अपने जिस्म में भय की एक तेज लहर उठती महसूस हुई। लगभग दस मील निकल चुकने के बाद जब उसे लगा कि साथ बैठे अर्नी ने ऊंघना आरंभ कर दिया है तो वह बोला–

'तुम्हारे विचार में क्या चोरी करने वाला जौनी ही है?'

'बिल्कुल। देखा नहीं तुमने, वह किस कदर फिजूलखर्ची किया करता था। वह हम दोनों से कहीं ज्यादा चालाक है टोनी।' अर्नी ने सचेत होते हुए उत्तर दिया। उसने एक सिगरेट सुलगाया और उसके कश भरने लगा।

'मैं तो उसे बेवकूफ समझता हूं।' टोनी बोला–'मान लो वह हमारे हाथों से बच भी निकला तो फिर संगठन के चीफ के हाथों से बचकर कहां जा पायेगा। तुम्हें तो यह बात अच्छी तरह से मालूम है कि माफिया गिरोह एक बार जिसके पीछे पड़ जाए उसे पाताल से भी खोज निकालता है।'

'मुमकिन है तुम्हारा विचार ठीक हो, पर तुम यह क्यों भूलते हो कि जो काम वह कर गुजरा है उसे करने की तो कल्पना भी हम और तुम सात जन्मों तक भी नहीं कर सकते थे। उसने कर दिखाया है तो मुमकिन है अब सारे धन को हजम भी कर जाये।'

टोनी ने अपने मोटे साथी पर नजरें डालीं, बोला–'तुम पागल हो। माफिया के पंजों से न तो आज तक कोई बचा है और न भविष्य में बचेगा। देर लग जाये तो बात और है।'

'लेकिन सोचो तो-इतनी बड़ी रकम से वह अपने लिए कुछ नहीं कर सकता।'

'मगर धन अपनी जान से ज्यादा तो प्यारी चीज नहीं है।'

साइन पोस्ट आ गया–अर्नी ने उसका ध्यान आकर्षित किया– 'जैक्शन यहां से पांच मील दूर है।'

'हों, मैंने पढ़ लिया है साइन पोस्ट।' टोनी बोला और साथ ही भय की एक झुरझुरी लेकर रह गया। जैक्शन में फलों की पैदावार ज्यादा होती थी। चारों ओर फलों के बगीचे तथा फ्रूट केनिंग फैक्ट्रियां फैली दिखाई दे रही थीं।

मेनरोड पर दौड़ती हुई उनकी कार होटल, पोस्ट ऑफिस, जनरल स्टोर तथा सिनेमा को पीछे छोड़ती हुई एक कैफे के सामने रुकी।

सड़क पर आने-जाने वालों में अधिकांश संख्या बूढ़े स्त्री-पुरुषों की थी। उनकी उत्सुक निगाहों का शिकार होते हुए दोनों कार से उतरकर कैफे में जा घुसे।

कैफे में मौजूद व्यक्ति हैरानी से उन्हें देखने लगे, मानो वे अभी चिड़ियाघर से भागे हुए प्रतीत हो रहे हों।

दोनों स्टूल पर जाकर बैठ गये।

एक मोटा और गंजा-सा बारमैन उनके निकट आकर बोला– 'गुड मॉर्निंग दोस्तो–क्या सेवा की जाये?'

'बीयर।' टोनी ने ऑर्डर दिया।

'अजनबियों को यहां देखकर मुझे बहुत खुशी होती है।'

बारमैन ने मित्रतापूर्ण ढंग से कहा और बीयर उनके सामने रख दी– 'मेरा नाम हैरी ड्यूक है। मैं इस छोटे-से कस्बे में आप लोगों का स्वागत करता हूं।'

उसके मित्रतापूर्ण व्यवहार के बावजूद भी अर्नी ने नोट किया कि ड्यूक की आंखों में उत्सुकता थी-जैसे जानने की कोशिश कर रहा था कि वे लोग कौन थे और उनके यहां आने का क्या प्रयोजन था।

बीयर का घूंट भरते हुए अर्नी बोला– 'छोटी होने के बावजूद यह जगह सुन्दर है।'

'धन्यवाद- दिन में तो यहां बूढ़े व्यक्ति ही नजर आते हैं मगर शाम को जब लड़के, लड़कियां बगीचों और फैक्ट्रियों से काम करके लौट आते हैं तो सचमुच काफी

चहल-पहल हो जाती है।'

'हूं।' अर्नी ने जेब से अपना पर्स निकाला और एक कार्ड बाहर खींच लिया। किसी की खोजबीन के दौरान जानकारी प्राप्त करने के लिए वह इस किस्म के जाली कार्ड ही प्रयोग करता था। वह कार्ड को काउंटर पर खिसकाकर बोला-'जरा इसे देखने का कष्ट करेंगे।'

ड्यूक ने अपनी आंखों पर चश्मा लगाकर उसे पढ़ा-लिखा था-

दी एलर्ट डिटेक्टिव ऐजेंसी।

सैनफ्रांसिसको।

प्रेजेन्टेड वार्ड-डिटेक्टिव फर्स्ट ग्रेड जैक लुसे।

ड्यूक ने चश्मा उतारा और चौंकते हुए पूछा- 'यह आप हैं?'

'हां!' अर्नी ने उत्तर दिया-'यह मेरा सहायक है-डिटेक्टिव मोर्गन।'

ड्यूक प्रभावित नजर आने लगा। बोला-'मैं तो देखते ही समझ गया था कि आप लोगों के व्यक्तित्व में कुछ न कुछ खास बात जरूर है। तो आप डिटेक्टिव हैं?'

'हां-मगर प्राइवेट और हमें उम्मीद है कि तुम हमारी मदद जरूर करोगे।

ड्यूक की आंखों में बेचैनी उभरी-वह पीछे हट गया।

'इस छोटे-से कस्बे में आपकी दिलचस्पी बेकार है। यहां कोई जरायमपेशा व्यक्ति नहीं रहता।

'क्या गुओबाना फ्यूजैली नाम के किसी आदमी को तुम जानते हो?' अर्नी ने पूछा।

'ड्यूक का चेहरा कठोर हो गया-वह अपेक्षाकृत जोर से बोला-लेकिन तुम्हारा उससे क्या मतलब हैं?'

अर्नी कुटिलतापूर्वक मुस्कराया-'नाराज मत हो दोस्त!' वह बोला- 'क्या वह यहीं रहता है।'

'यदि तुम मिस्टर फ्यूजैली के बारे में कुछ जानकारी हासिल करना चाहते हो तो-'ड्यूक क्रोधित स्वर में बोला-'बेहतर है पुलिस से बात करो। वे बताएंगे कि फ्यूजैली बहुत ही सज्जन आदमी हैं।'

अर्नी ने बीयर सिप ली तथा हंस पड़ा।

'तुम मुझे गलत समझ रहे हो मिस्टर ड्यूक-जबकि हमें भी ये पता है कि वह बहुत ही नेक इंसान हैं। दरअसल पिछले वर्ष उनकी एक चाची उनके नाम कुछ रकम छोड़कर मर गई थी और हम मिस्टर फ्यूजैली को तलाश करके उन्हें यह रकम सौंप देना चाहते हैं।' अर्नी ने अपने स्वर को रहस्यपूर्ण बनाते हुए कहा–'तुम्हें तो मैंने बता दिया है, किन्तु तुम इस विषय में किसी अन्य को मत कहना।'

ड्यूक की आंखों में छाये चिन्तापूर्ण बादल छंटने लगे।

'इसका मतलब है कि मिस्टर फ्यूजैली को धन प्राप्त होने वाला है।'

'हां। कितनी रकम है ये तो मैं तुम्हें बता नहीं सकता।' अर्नी ने गोपनीयता से कहा–'बस इतना समझ लो कि कम नहीं है। हमारे सामने कठिनाई यह है कि हमें सिर्फ इतनी जानकारी दी गई थी कि मिस्टर फ्यूजैली इसी कोच में रहते हैं मगर रहते कहां हैं यह नहीं बताया गया था।'

चुपचाप बैठा हुआ टोनी मन ही मन अर्नी की चतुराई की प्रशंसा कर रहा था।

'मुझे यह जानकर वास्तव में खुशी हुई है, क्योंकि मिस्टर फ्यूजैली मेरे अच्छे मित्र हैं।' ड्यूक खुश होकर बोला–'मगर अफसोस कि वह फिलहाल इस कस्बे में नहीं हैं। वह पिछले हफ्ते ही नॉर्थ की ओर जा चुके हैं।'

अर्नी के चेहरे पर बौखलाहट उभर आई-फिर उसने संभलकर पूछा–

'क्या तुम बता सकते हो कि वे कब तक वापिस लौट आएंगे?'

'नहीं, मैं यह नहीं बता सकता। वे अक्सर उत्तर की ओर जाते रहते हैं। कभी एक हफ्ते में लौट आते हैं तो कभी उन्हें वापिस लौटने में महीना भी लग जाता है मगर वापिस जरूर लौट आते हैं।- ड्यूक ने हंसते हुए कहा– 'अकेले आदमी हैं, जब जी चाहा घर का ताला बंद किया और निकल पड़े।'

'उत्तर में किस जगह जाते हैं?'

'यह तो मुझे मालूम नहीं है।'

अर्नी ने एक सिगरेट सुलगा लिया और पूछा–'उनकी गैरहाजिरी में उनके घर की देखभाल कौन करता है?'

ड्यूक की हंसी निकल गई। वह हंसते हुए बोला–'देखभाल की बात करते हो,

बिल्कुल एकांत में बने उनके मकान के आसपास भी कोई नहीं जाना चाहता।'

'उनका घर किस स्थान पर है?'

'बाहर हैम्पटन हिल पर।' फिर ड्यूक उन्हें मकान की सही दिशा समझाने लगा।

ड्यूक से विदा होकर जब वे दोनों बाहर निकले तो अर्नी बोला–

'डिब्बाबंद खाने और स्कॉच की बोतल का इंतजाम करो।'

'उनका क्या होगा?' टोनी ने जानना चाहा।

'जाओ, कम से कम दो दिन का राशन खरीद लाना।' अर्नी खीझकर बोला–'देख नहीं रहे हो–सब बूढ़ों की नजरें हम ही पर टिकी हुई हैं।'

टोनी उठा और आवश्यक सामान खरीदने चला गया। अर्नी कार की पिछली सीट पर पसरकर आराम करने लगा। थोड़ी देर बाद टोनी एक बड़े से थैले में सब चीजें भरकर वापस लौटा। उसने बैग अर्नी को थमाया और ड्राइविंग सीट पर जम गया।

'अब किधर चलना है?' उसने पूछा।

'हैम्पटन हिल।'

'वहां जाकर क्या करना होगा?'

'दिमाग पर जोर दो टोनी-हम यहां हवाई जहाज द्वारा पहुंचे हैं। जबकि जोनी और फ्यूजैली भी कार के द्वारा यहीं के लिए रवाना हुए हैं। नोटों के थैलों सहित जैसे ही वे यहां पहुंचेंगे, हम बिल्कुल अप्रत्याशित ढंग से उन्हें कब्जे में कर सकते हैं।'

'ठीक सोचा है तुमने।' टोनी ने अपनी सहमति जताई तथा कार आगे बढ़ा दी।

✦ ✦ ✦

एन्डी के कैफे में एक छोटी-सी मेज के सामने बैठा जौनी कॉफी पी रहा था। उसकी खोजपूर्ण निगाहें कैफे में उपस्थित भीड़ का अवलोकन कर रही थीं।

कैफे में इतना शोरगुल उठ रहा था कि किसी को किसी की बात सुनाई नहीं पड़ रही थी। ट्रक ड्राइवर हैमबरगर और कॉफी की चुस्कियों के बीच हंसी-मजाक करने में लगे हुए थे। आने-जाने वालों का तांता-सा लग रहा था। विभिन्न ग्रुपों में बंटे हुए वे

एक-दूसरे का अभिवादन करके खुले दिल से स्वागत करते और उनके उन्मुक्त ठहाकों से कैफे का वतावरण

कोलाहलपूर्ण बना हुआ था।

जौनी ने अपनी कलाई घड़ी पर नजरें डालीं। पांच बजकर पच्चीस मिनट हो चुके थे। अब जल्दी ही उसे यहां से चल देना चाहिए, परन्तु अभी तक वह किसी भी ट्रक ड्राइवर से संबंध स्थापित करने में कामयाब नहीं हो सका था। उसकी बेचैनी बढ़ती जा रही थी।

हैम तथा अंडों के इंतजार में खड़े एक व्यक्ति से उसने संबंध स्थापित करने का प्रयत्न भी किया था, मगर उसने कम्पनी के सख्त नियमों की दुहाई देते हुए कि सवारी ले जाना वर्जित है, स्पष्ट इंकार कर दिया।

तभी एक विशालकाय शक्तिशाली व्यक्ति ने कैफे में प्रवेश किया। जौनी को देखकर हैरानी हुई कि उपस्थित ट्रक ड्राइवरों की भीड़ में से उसका न तो किसी ने अभिवादन ही किया और न ही उसके प्रति कोई उत्सुकता जाहिर की।

आगन्तुक ने बार में जाकर पैन केक्स, सीरप तथा कॉफी का आर्डर दिया। फिर उसने किसी खाली सीट की तलाश में चारों तरफ दृष्टि घुमाई। जौनी ने हाथ द्वारा उसे संकेत किया। वह अपने खाने के सामान सहित उसके सम्मुख आकर बैठ गया।

आगन्तुक पर खोजपूर्ण नजरें डालकर जौनी सोचने लगा–यह व्यक्ति जरूर बॉक्सर रहा होगा। चपटी नाक तथा चेहरे की खरोंचें उसके बॉक्सर होने की पुष्टि कर रही थीं। चिन्तापूर्ण होने के बावजूद भी उसकी शक्ल बुरी नहीं थी।

'हैलो।' आगुन्तक बोला - 'मुझे जोये डेविस कहते हैं।'

'मैं एल व्यान्को हूं।' जौनी ने उत्तर दिया।

डेविस मेज पर रखी खाने की वस्तुएं चट करने में लग गया और जौनी बार-बार अपनी घड़ी की ओर देखकर सोचने लगा - मसीनो ने जरूर माफिया ऑर्गनाइजेशन को सूचित कर दिया होगा मेरे बारे में।

'साउथ जा रहे हो ?' जौनी ने पूछा।

डेविस ने दृष्टि उठाई और उसकी ओर देखकर पूछा-'हां-तुम एक ट्रक ड्राइवर नहीं

तो क्या?'

'नहीं-मुझे तो किसी सवारी की तलाश है।' जौनी ने कहा-'और मैं अपनी यात्रा का उचित किराया भी दूंगा, क्या तुम जैक्सन विले के आसपास कहीं जाओगे?'

'मैं विरोबीच जा रहा हूं।' डेविस ने उसके चेहरे का निरीक्षण करते हुए कहा-'तुम अगर चाहो तो मेरे साथ चल सकते हो। तुम्हें साथ ले जाने में मुझे खुशी हासिल होगी। किराये की कोई बात नहीं - किराये से ज्यादा मैं संग-साथ को अधिक महत्व देता हूं।'

'धन्यवाद मिस्टर डेविस।' जौनी ने राहत की सांस ली उसने कॉफी समाप्त की और फिर बोला - 'कितनी देर बाद चलने का इरादा है?'

'बस, ज्योंही यह मेज पर रखा खाना पेट में पहुंचा - चल पड़ूंगा।'

'मैं बाहर इंतजार करता हूं।' जौनी ने उठते हुए कहा - 'मैं जरा मुंह-हाथ धोकर तरोताजा होना चाहता हूं।'

जौनी ने कॉफी का बिल अदा किया और साइड में बने टॉयलेट में जा घुसा। उसने मुंह-हाथ धोकर स्वयं को तरोताजा किया और बाहरी खुली हवा में आ गया।

आते-जाते ट्रकों को देखकर अनायास ही उसे मसीनो का ख्याल आ गया।

वह अच्छी तरह से जानता था कि संगठन के हाथ बहुत लम्बे हैं और कोई भी व्यक्ति आज तक उसकी पहुंच से दूर नहीं था। अचानक उसके होंठों पर कड़वी मुस्कान तैर गई। आखिर हर काम की शुरुआत कहीं न कहीं से तो होती ही है। कौन जाने वह स्वयं ऑर्गनाइजेशन के इतिहास में अपवाद सिद्ध हो जाये। माफिया को पराजय देने वाले प्रथम व्यक्ति के रूप में उसका ही नाम लिखा जाये, ठंडी हवा के सुखद स्पर्श से उसमें आत्मविश्वास बढ़ता हुआ-सा प्रतीत हुआ।

डेविस कैफे से बाहर आकर जौनी से मिला। दोनों साथ-साथ चल पड़े और एक पुराने से ट्रक के पास जा खड़े हुए, जो संतरों की पेटियों से लदा खड़ा था।

डेविस उस खस्ता हाल में दिखने वाले ट्रक की बड़ाइयां करता हुआ ड्राइविंग सीट पर आ जमा। साथ वाली पैसेंजर सीट पर ही जौनी को

मतली-सी आने लगी। पसीनों, तेल तथा पेट्रोल की मिली-जुली बदबू सीधे उसकी दिमाग में घुसी जा रही थी। नीचे से सीट फटी हुई थी, जिसकी स्प्रिंग उसे चुभ रही थी।

जाहिर था कि यह यात्रा कष्टप्रद रहेगी।

डेविस ने ट्रक स्टार्ट किया - इंजन का भयंकर शोर जौनी को कान के पर्दे फाड़ता हुआ-सा महसूस होने लगा।

'इसकी आवाज की फिक्र मत करो - डेविस ने गियर डालते हुए कहा - 'साउथ पहुंचने के लिए अभी इसमें बहुत दम-खम है।'

इंजन की तेज घरघराहट से जौनी अपने सारे शरीर में कम्पन-सा अनुभव कर रहा था। शोर इतना उठ रहा था कि बात करना नामुमकिन था। पर इन सब बातों के बावजूद भी वह खुश था, क्योंकि वह सुरक्षित स्थान की ओर रवाना हो चुका था।

'पुराना होने के बावजूद भी ट्रक बहुत अच्छा है।' डेविस ने मूर्खतापूर्ण हंसी हंसते हुए कहा। इंजिन के शोर से जौनी को उसकी आवाज साफ से सुनाई नहीं पड़ी, फिर भी उसने सहमति में सिर हिला दिया।

धीरे-धीरे मील-दर-मील गुजरते गये-दोनों खामोश बैठे सफर तय करते रहे। दूसरे ट्रक तथा कारें भी उनके बराबर से आगे गुजरते गये। तभी स्पीडोमीटर की सुई साठ के अंक पर थरथराई और इंजन एक अजीब-सी आवाज करते हुए बंद हो गया।

डेविस ने जौनी की तरफ देखा तथा बेवकूफों की तरह मुस्कुराने लगा। जौनी को अब उसका स्वर साफ सुनाई दे रहा था -

'यात्रा आरंभ करने से ही इसे चिढ़ लगती है, मगर एक बार चल पड़े तो फिर बाखुशी सफर तय करती है।'

'फिर बंद कैसे हो गया?'

'इतनी दूर तय कर लेने के बाद यह ऐसा ही व्यवहार करती है।' डेविस ने कहा - साथ ही एक ऐसी हरकत की, जिसे देखकर जौनी के हाथ-पांव फूल गये। डेविस जोर-जोर से अपने ही माथे पर मुक्के लगा रहा था - ऐसा उसने तीन बार किया। वे शक्तिशाली हाथ किसी भी व्यक्ति की खोपड़ी का कीमा बना देने के लिए पर्याप्त थे।

'हे ईश्वर! यह तुम क्या कर रहे हो।' जौनी ने लगभग चीखते हुए कहा- 'क्या मारने की ठान रखी है?'

डेविस अपने चिर-परिचित ढंग से हंसा। बोला- 'मेरे सिर में भयंकर दर्द उठता

है-कई महीनों से ऐसा होता आ रहा है। मगर इसका एकमात्र इलाज यही है। दो-चार घूंसों के बाद वह बिल्कुल दुरुस्त हो जाता है। तुम इस तरफ कोई ध्यान मत दो एल।'

'तुम्हें सिरदर्द की बीमारी रहती है।'

'हां, अगर तुम ट्रक ड्राइवर का काम करते होते तो तुम भी इस बीमारी से नहीं बच सकते थे।' डेविस ने एक्सीलेटर पर दबाव बढ़ाते हुए उत्तर दिया - 'यकीन करो या न करो - किसी समय मैं भी हैवीवेट चैम्पियनशिप का प्रतियोगी था। यह बात दूसरी है कि मैं कभी उसे प्राप्त नहीं कर सका। हां, कैसियस क्ले मौहम्मद अली का पार्टनर जरूर रहा हूं। मगर अब सब कुछ समाप्त हो चुका है। मेरी जिन्दगी सिर्फ इस पुराने ट्रक और चिड़चिड़ी पत्नी तक ही सीमित होकर रह गई है।'

सहसा जौनी को लगा कि इस व्यक्ति के दिमाग में कुछ खराबी जरूर है। वह व्याकुल-सा हो गया। उसे याद हो आया कि रेडी के कैफे में किसी ड्राइवर ने इससे बात करना तो दरकिनार रहा, दुआ-सलाम तक नहीं की थी।

'अब भी सिर में दर्द है?' उसने पूछा।

'नहीं, तीन-चार घूंसों में ही वह ठीक हो गया। अब सही है।'

जौनी ने सिगरेट जला ली। 'सिगरेट पियोगे?' उसने पूछा।

'न ही मैंने कभी पी और न ही भविष्य में पीने का इरादा है। तुम रहने वाले कहां के हो एल?' डेविस ने पूछा।

'न्यूयार्क का।' जौनी ने साफ झूठ बोला - 'मैं कभी दक्षिण को नहीं गया था, अतः सोचा कि चलो उधर भी घूम आऊं।'

'तुम शायद बगैर सामान के सफर करते हो?'

'नहीं, सामान है मेरे पास-पर वह रेलगाड़ी द्वारा आ रहा है।'

'सफर करने का तरीका तो अच्छा है।' कुछ देर मौन रहकर डेविस ने पूछा-'तुमने वह फ्री स्टाइल मैच देखा था। कितनी बुरी तरह से कपूर ने अली को मिट्टी चटाई थी।'

'हां, टेलीविजन पर देखा था।'

'मैं उस समय वहीं पर था-अच्छा, क्या तुम भी लंदन गए हो?'

'नहीं।'

'अली अपनी टीम के साथ मुझे भी वहां ले गया था। वह एक शानदार शहर है।' डेविस हंसा-'वहां की लड़कियां और उनके जांघों के ऊंचे स्कर्ट सचमुच देखने के काबिल हैं।' उसने अपने मस्तिष्क पर फिर प्रहार करते हुए पूछा-'फ्रेजियर ने अली को जिस ढंग से शिकस्त दी थी, वह देखी थी तुमने?'

'हां, मगर टी.वी. पर।'

'मैं उस समय भी वहीं मौजूद था। याद रखना, अली फिर मैदान में उतरेगा और उसे कोई नहीं हरा सकेगा।'

जौनी की नजरें धूल लगी विंडस्क्रीन पर लगी थीं। सड़क के दोनों ओर नींबू और संतरों के बगीचे थे। उसने अपनी कलाई पर बंधी घड़ी की ओर देखा - साढ़े सात बज चुके थे।

'अभी जैक्सनविले और कितनी दूर है?' उसने पूछा।

'अगर ट्रक सही ढंग से चलता रहा तो दस घंटे और लगेंगे। तुम्हें शायद पहुंचने की जल्दी है।'

'नहीं, मुझे कोई जल्दी नहीं है।'

'तुम शादीशुदा हो, एल?'

'नहीं।'

'मैं भी यही सोचता था। शादीशुदा आदमी इस तरह से सैर-सपाटे नहीं किया करते। तुम जानते हो - आदमी अगर चाहे तो अच्छी या बुरी औरत प्राप्त कर सकता है मगर मैं इस मामले में बड़ा बदनसीब हूं।'

प्रत्युत्तर में जौनी खामोश ही रहा।

'तुम खुशनसीब हो, क्योंकि बच्चों का झंझट तुम्हारे साथ नहीं है।' डेविस कहता गया - 'मेरी एक लड़की है। वह हमेशा केवल सैक्स के बारे में ही सोचती रहती है और उसकी मां बिल्कुल उसका ध्यान नहीं रखती।' डेविस ने इस बार अपना सिर इतनी जोर से ठकठकाया कि जौनी बौखला गया - परन्तु जौनी की ओर से लापरवाह डेविस कह रहा था - 'मेरी समझ में नहीं आता कि क्या करूं। अगर मैं उसके साथ मारपीट करूं तो डर है कि कहीं वह पुलिस में न जा पहुंचे। मेरे ख्याल में कोई भी बाप अपनी बेटी के बारे

में, जो हमेशा काम-वासना में डूबी रहना चाहती हो, कुछ नहीं कर सकता।'

अनायास ही जौनी को मैलानी की याद आ गई - उस पर क्या बीत रही होगी - क्या मसीनो ने उसे ...इस विचारमात्र से ही वह सिहर उठा और जबरन उसे अपने दिमाग से निकालने की चेष्टा करने लगा।

'वासना का भूत' डेविस ने हथेली के पृष्ठ भाग से अपने चेहरे को साफ किया - 'बड़ा खतरनाक होता है।' सत्तर मील की रफ्तार के कारण ट्रक बुरी तरह से खड़खड़ा रहा था। बगीचे धीरे-धीरे छूट चुके थे और जगह-जगह पानी भरा होने वाली जीमन आती जा रही थी।

'मुझे इससे सख्त नफरत है।' डेविस ने जानकारी दी - 'ध्यान रखना यह सांपों वाला जंगल है। इससे गुजरने के बाद हम साउथ की जमीन पर पहुंच जाएंगे।'

स्टेयरिंग व्हील पर झुके इस विशालकाय व्यक्ति की आंखों में विशेष चमक देखकर जौनी किसी भावी आशंका की कल्पना से मन ही मन सहम रहा था।

'स्पीड बहुत ज्यादा है डेविस - थोड़ी कम कर दो।' वह चीखता हुआ बोला।

'तुम इसे तेज समझते हो' - डेविस ने सड़क पर से नजरें उठाकर उसकी ओर देखा और सम्पूर्ण बदन कांप उठा। डेविस की छोटी-छोटी आंखों में शून्यता थी - 'मेरी तरह....वह भी वापिस आएगा।'

'निगाहें सड़क पर ही रखो।' जौनी चीखा।

डेविस ने बेवकूफों की तरह पलकें झपकाईं और स्टेयरिंग व्हील से दोनों हाथ अलग करके अपने सिर पर जोर-जोर से प्रहार करने लगा। जौनी ने हाथ बढ़ाकर स्टेयरिंग व्हील को पकड़ने की चेष्टा की, मगर तब तक देर हो चुकी थी। ट्रक सड़क छोड़कर खेतों में उतर चुका था। खेत जुते हुए थे, अत: उनकी मिट्टी नर्म थी। खिड़की के निकट बैठे जौनी को दरवाजा टूटता-सा प्रतीत हुआ। दूसरे ही क्षण वह बाहर गिर रहा था। वह पीठ के बल झाड़ियों में गिरा और फिर लुढ़कता चला गया।

वह स्तब्ध रह गया - जुते खेत में ट्रक मनचाही दिशा में बढ़ता रहा। सहसा इंजिन के शोर से भी ऊपर एक अन्य भयानक आवाज सुनाई पड़ी। यह ट्रक के एक पेड़ से टकराने की आवाज थी। जैसे ही जौनी ने उठने की चेष्टा की, भयंकर आवाज करते हुए

ट्रक का पेट्रोल टैंक फटा तथा समूचा ट्रक आग की भयंकर लपटों में घिर गया।

जौनी ने उधर बढ़ने का प्रयास किया, किन्तु सफल न हो सका। उसकी आत्मरक्षा की भावना ने उसे खामोश पड़े रहने पर मजबूर कर दिया। अकस्मात् उसके मस्तिष्क में एक नई आशंका ने जन्म लिया। थोड़ी-बहुत देर में आती-जाती कारों की नजरें इस दृश्य पर पड़ जानी स्वाभाविक थीं, फिर पुलिस को यहां पहुंचते देर नहीं लगेगी। यदि पुलिस ने उसे यहां इस स्थिति में पा लिया तो वह जरूर मारा जाएगा। सवाल-जवाब के अलावा जब उन्हें उसकी तलाशी लेने पर तीन हजार डालर के दस-दस के नोट तथा पिस्तौल प्राप्त होगी तो वह वास्तव में फंस जाएगा।

वह उठा और धीरे-धीरे जंगल की ओर जाने वाली पगडंडी पर चल पड़ा।

उसके दाएं टखने में चोट आ जाने के कारण बहुत दर्द हो रहा था, परन्तु मजबूरी थी - वह जल्द से जल्द उस स्थान से जितना दूर पहुंच जाता उतना ही अच्छा था।

करीब पांच सौ गज की दूरी पर पहुंचते ही उसके कानों में सायरन का स्वर सुनाई पड़ा। वह चौंक गया। दूसरे ही क्षण वह टूटे टखने की परवाह किए बगैर भाग निकला, किन्तु अधिक दूर नहीं जा सका। एक पैर से दौड़ने के कारण उसका संतुलन बिगड़ जाता था। आखिर लड़खड़ाते हुए वह गिर ही पड़ा।

बेहद पीड़ा के कारण बार-बार होंठ काटते हुए वह पुनः उठा और अपने कष्ट की परवाह किये बगैर प्राणपण से आगे घिसटने लगा। वह मुश्किल से अभी सौ गज ही बढ़ पाया था कि उसकी ताकत ने जवाब दे दिया। उसका चेहरा पसीने से तरबतर हो चुका था। उसकी सांसें लुहार की धौंकनी की मानिंद चल रही थीं। एक पग आगे बढ़ना भी अब उसके लिए असंभव था। उसने असहाय भाव से अपने चारों ओर देखा। दायीं ओर नजदीक ही उसे एक छोटी-छोटी मगर घनी झाड़ियों का झुरमुट दिखाई दिया। किसी प्रकार घिसटते हुए वह वहां तक पहुंच गया पर अब तक इस प्रयास में उसके जिस्म की ताकत बिल्कुल खत्म हो चुकी थी। वह गीली जमीन पर गिर गया किन्तु एक बात से अब वह आश्वस्त हो चुका था कि पगडंडी से गुजरने वालों की नजरें अब उस पर नहीं पड़ सकती थीं। वह अपनी सांसों पर काबू पाने की चेष्टा करने लगा। कुछ देर बाद जब वह थोड़ा नॉर्मल हुआ तो उसने अपनी चोट लगी टांग को आगे की ओर फैला लिया और

आगे क्या होगा-इसकी प्रतीक्षा करने लगा।

✦ ✦ ✦

जौनी यह सपने में भी नहीं सोच सकता था कि दुर्घटना उसके लिए एक वरदान सिद्ध होगी। वह बच गया था। यदि कहीं डेविस उसे जैक्सनविले पहुंचा देता तो वह निश्चित रूप से उस जाल में जा फंसता जो टोनी और अर्नी उसके लिए बिछाये बैठे थे।

उसे क्या पता था कि दोनों यमदूत उसके लिए मौत का फंदा लिए उसकी प्रतीक्षा कर रहे थे। वह तो इस समय झाड़ियों के बीच पड़ा हुआ अपने भाग्य को कोस रहा था। उसे वहां पड़े-पड़े अब तक चार घंटे गुजर चुके थे।

एम्बुलेंस तथा पुलिस वहां आकर अब वापिस जा चुके थे। मौसम में ठंडक थी। जौनी सहमा हुआ जरूर था, मगर अब कुछ संतुष्ट था और इंतजार कर रहा था। उसके टखने पर लगी चोट से उसका टखना सूज गया था। जौनी ने टखने पर दृष्टि डाली और सोचने लगा - कोई हड्डी टूट गई है अथवा मोच ही बुरी तरह से आ गई है। पैर पर अपने जिस्म का भार डालकर उठने की कल्पना से ही उसके सम्पूर्ण शरीर में कंपकंपी दौड़ गई।

उसे प्यास लग रही थी, उसने अपनी घड़ी पर दृष्टि डाली तो देखा - एक बजकर पांच मिनट हो चुके थे। उसने सोचा-सड़क पर यातायात दौड़ रहा होगा, यदि किसी तरह से वह सड़क तक पहुंच जाए और भाग्यवश कोई ड्राइवर उसे लिफ्ट दे दे तो वह जैक्शन विले तक आसानी से पहुंच सकता था। वह धीरे-धीरे बाहर निकला और आहिस्ता-आहिस्ता रेंगता हुआ पगडंडी पर आ गया । जले हुए पेट्रोल की बू तथा ट्रक के साथ-साथ झाड़ियों के जलने की भी बदबू उसके नथुनों में घुसी जा रही थी। उसने एक टांग पर खड़े होकर फिर से अपने चोट लगे टखने पर मामूली भार डालने का प्रयास किया - परन्तु उसे लगा जैसे इस कोशिश में दर्द के मारे उसकी जान ही निकल जाएगी।

वह आहिस्ता से फिर बैठ गया। उसकी समझ में नहीं आ रहा था कि वह क्या करे। फिर कुछ देर बाद स्वयं पर काबू पाते हुए उसने अपनी वर्तमान अवस्था के बारे में

सोचा। आखिर में उसे पुनः झाड़ियों के बीच पहुंचकर इंतजार करना ही ज्यादा उचित महसूस हुआ। कुछ देर आराम भी मिल जाएगा और हो सकता है वह टखने की चोट को सहने के काबिल भी हो जाए।

उसने वापिस झाड़ियों के झुरमुट की ओर रेंगना आरंभ कर दिया। तभी वह ठिठक गया - कठिनाई से आठ फुट की दूरी पर एक मोटा-सा काटन माउथ सर्प कुंडली मारे बैठा था। अपने हरे रंग के फन को उठाये वह जीभ लपलपाता हुआ उसी की ओर देख रहा था।

जौनी के समूचे जिस्म में बर्फ जैसी सर्द लहर दौड़ गई। टखने का दर्द न जाने कहां उड़न छू हो गया। सांपों के प्रति उसके मन में आरंभ से ही डर समाया हुआ था। वह वहीं जड़वत पड़ा रह गया - स्थिर बगैर पलकें झपकाये - ठीक किसी पत्थर के बुत के मानिंद।

धीमे-धीमे समय गुजरता रहा - अकस्मात् जौनी को अपनी पिस्तौल का ख्याल आया। क्या वह सांप को गोली मार दे - फिर तत्काल ही उसे खतरे का एहसास हो आया - फायर की आवाज सुनकर कोई छानबीन करने आ पहुंचा तो - फिर उसने सोचा - अगर वह यूं ही शांत पड़ा रहे तो हो सकता है सर्प स्वयं ही वापिस चला जाये। सर्पों के विषय में उसका ज्ञान शून्य ही था। वह नहीं जानता था कि काटन माउथ का विष प्राणघातक भी होता है या नहीं।

जौनी काफी देर तक भय से कांपता हुआ यूं ही पड़ा रहा -फिर उसके देखते-देखते ही सर्प ने अपनी कुंडली खोल दी और जहां जौनी पड़ा हुआ था उसके साथ की झाड़ियों में सरक गया। जौनी ने अपनी चेहरे से बहते पसीने को पोंछा-क्या यह यम का दूत उसी के पास बना रहेगा?

उसे तुरंत यहां से निकल जाना होगा।

ऊंचे-ऊंचे वृक्षों से छन-छनकर सूरज की तेज किरणें नीचे आनी आरंभ हो गई थीं। प्यास के मारे उसका गला बिल्कुल खुश्क हो चुका था। गले में कांटे से उग आये थे। प्यास बुझाने की तीव्र इच्छा के लिए वह अपना सब कुछ दे सकता था। जंगल न जाने कितने सर्पों से भरा पड़ा होगा - अतः इस जानलेवा जंगल से निकल जाना ही श्रेयस्कर

था।

जौनी एक टांग पर भार डालकर खड़ा हो गया और उसी पैर के सहारे कूद-कूदकर आगे बढ़ने लगा - परन्तु वह कामयाब न हो सका। चौथी ही बार के प्रयत्न में उसका संतुलन बिगड़ गया। उसके जिस्म का सारा बोझ उसके चोट लगे टखने पर जा पड़ा। उसके तो प्राण ही निकल गये जैसे उसके मुंह से एक चीख निकली और वह धड़ाम से जमीन पर जा गिरा। उसका सिर एक पेड़ की जड़ से टकराया और उसके बाद वह अंधकार के एक विशाल सागर में डूबता चला गया।

जौनी बेहोश हो चुका था

✦ ✦ ✦

टोनी तथा अर्नी दोनों एक खड्डेनुमा जगह पर छुपे बैठे थे। वहां से फ्यूजैली के मकान को साफ-साफ देखा जा सकता था। अपनी कार उन्होंने सड़क से काफी फासले पर पेड़ों के एक झुरमुट में खड़ी कर दी थी।

अर्नी ने पोर्क और बीन्स का डिब्बा खोला और चटखारे लेकर खाना आरंभ कर दिया। बाकी डिब्बा उसने टोनी की ओर बढ़ा दिया।

'खाओ टोनी-पता नहीं कितनी देर तक इंतजार करना पड़े।'

टोनी ने भी खाना आरंभ कर दिया। खाना खत्म हुआ तो दोनों ने शराब की चुस्कियां भरनी आरंभ कर दीं।

खाने के बाद अर्नी ने कहना आरंभ किया - 'मेरा विचार है टोनी, यदि उनको आना होता तो वे अब तक यहां पहुंच चुके होते।'

'तो फिर अब क्या करें?' टोनी बोला - उस पर हल्का-हल्का सुरूर चढ़ने लगा था। अपनी व्याकुलता छिपाने के लिए उसने बोतल को मुंह से लगाया और शराब की काफी बड़ी मात्रा डकार गया।

'इस गड्ढे में पड़े-पड़े हमें आठ घंटे हो चुके हैं-' अर्नी बोला-'मैं कस्बे में जाकर फोन द्वारा बॉस को सूचित करना चाहता हूं। वह पता नहीं क्या सोच रहा होगा हमारे बारे

में।'

टोनी बोला - 'उन्हें कोई अड़चन आ गई होगी। तभी तो अभी तक नहीं पहुंच सके हैं। तुम कहीं मत जाओ अर्नी-यहीं बैठकर इंतजार करते हैं। वे कभी भी यहां पहुंच सकते हैं।'

'नहीं' - अर्नी उठकर खड़ा हो गया। 'हमें बॉस को सूचित करना ही पड़ेगा। मैं जा रहा हूं - तुम यहीं रुककर उनकी प्रतीक्षा करो।'

'बकवास मत करो अर्नी।' टोनी पर शराब का नशा तो जरूर हावी हो रहा था किन्तु इतना नहीं कि वह जौनी की दहशत को अपने दिल से निकाल देता। वह अकेले नहीं रहना चाहता था। जौनी के नाम से ही उसके बदन के रोंगटे खड़े होने लगते थे।

'तुम भी यहीं ठहरो। कुछ देर इंतजार करने के पश्चात हम दोनों ही कस्बे में चल पड़ेंगे।'

'शटअप'-अर्नी गुर्राया-'तुम यहीं रुकोगे।' वह खड़ा हो गया और पेड़ों के उस झुरमुट की ओर चल पड़ा जहां कार छुपाकर खड़ी की गई थी।

टोनी ने गुस्से में कुछ कहना चाहा, फिर अपने पर काबू रखकर खामोश हो गया।

बीस मिनट बाद अर्नी फोन पर मसीनो से बातें कर रहा था। सारी स्थिति स्पष्ट करने के बाद वह बोला- 'हमें इस जगह की निगरानी करते हुए आठ घंटे हो चुके हैं बॉस। जबकि उन्हें हम लोगों से चार घंटे पहले ही पहुंच जाना चाहिए था। टोनी के विचार में उन्हें रास्ते में कहीं अड़चन हो गई है अत: हमें और इंतजार करना चाहिए। आपका क्या आदेश है इस बारे में ?'

'टोनी का विचार ठीक है। मसीनो का तेज स्वर लाइन पर उभरा-'तुम लोग अभी वहीं रुको। यदि सुबह आठ बजे तक भी वे लोग वहां न पहुंचें तो तुम वापिस आ सकते हो।'

'जैसा आपका आदेश बॉस।' अर्नी ने कहने को कह दिया किन्तु उस खड्ड में रात काटने के विचार मात्र से ही वह परेशान हो उठा था।

मसीनो ने रिसीवर पटक दिया और एन्डी की ओर देखा जिसने

अभी-अभी कमरे के अंदर प्रवेश किया था। मसीनो ने उसे सारी परिस्थिति से

अवगत कराया।

'मिस्टर मसीनो' - एन्डी बोला - 'हमें एक काम करना चाहिए था। हमें रेडी के कैफे को चैक करना चाहिए था। यद्यपि हमें देर हो चुकी है। हमें पहले ही करना था इसे, पर कोई बात नहीं। मैं स्वयं जाकर यह काम करूंगा।'

'नहीं, तुम कहीं नहीं जाओगे।' मसीनो ने उसे डांटा-'तुम यहीं रहोगे। यह काम किसी और के सुपुर्द कर दो। बेहतर हो कि ल्यू बैरोली से ये काम कराओ।'

'नहीं मिस्टर मसीनो! मैं स्वयं यह काम करूंगा।' एन्डी ने दृढ़ स्वर में उत्तर दिया।

वास्तव में मसीनो द्वारा जौनी को दी जाने वाली गंदी गालियां सुन-सुनकर वह परेशान हो उठा था और चाह रहा था कि कुछ समय के लिए इसी बहाने से उसे मसीनो के साथ से तो छुटकारा मिल सकेगा, किन्तु मसीनो की छोटी-छोटी आंखों में गुस्से का तूफान उठता देखकर मन मसोसकर खामोश हो गया।

'तुम यहां से हिल भी नहीं सकते।' मसीनो ने गरजते हुए कहा-'यह मत भूलो जाहिल आदमी कि तुम्हीं एकमात्र वह शख्स हो जिसके पास सेफ की चाबी रहती थी। इसलिए जब तक जौनी और रकम का पता नहीं चल जाता, तुम कहीं भी नहीं जा सकते। समझ गए।'

एन्डी उससे किसी ऐसे ही उत्तर की उम्मीद कर रहा था। उसने पूछा-'और यदि वह नहीं मिला तो?'

'तब मैं तुम्हें पकडूंगा, समझे। बैरोली से कहो कि वह जाकर कैफे की पड़ताल करे।'

'आप मालिक हैं मिस्टर मसीनो।' वह मरे-से स्वर में बोला और बैरोल को निर्देश देने के लिए फोन की ओर बढ़ गया।

तीन घंटे बाद बैरोली ने मसीनो के दफ्तर में प्रवेश किया। तीस वर्षीय बैरोली का जिस्म छरहरा तथा कद ऊंचा था। वह किसी फिल्म स्टार जैसा खूबसूरत व्यक्ति था। लड़कियां सहज ही उसकी ओर आकर्षित हो जाती थीं। मसीनो की निगाह में वह एक तेज-तर्रार व्यक्ति था।

वास्तव में दिमाग तो उसका वाकई तेजी के साथ दौड़ता था परन्तु लड़ाई-झगड़े के

नाम पर उसकी रूह फना होने लगती थी इसलिए मसीनो के गिरोह में उसकी तरक्की की उम्मीद संदेहास्पद थी।

बैरोली वहां पहुंचा तो मसीनो ने उसे डांटते हुए पूछा - 'बहुत देर लगा दी तुमने।

'मैं सही जानकारी हासिल करना चाहता था बॉस' - बैरोली ने नम्रतापूर्वक जवाब दिया - 'और वह मुझे मिल गई।'

उसने एक नक्शा जेब से निकाला और उसे मेज पर फैलाता हुआ बोला - 'ठीक इस जगह पर वियान्डा को होना चाहिए बॉस।' उसने अपनी उंगली एक खास जगह पर टिका दी।

मसीनो ने हैरानी से पहले तो नक्शे की ओर नजर घुमाई फिर बैरोली की ओर घूरकर देखा - 'यह क्या बकवास उठा लाये हो तुम?'

'मुझे मिली सूचना के अनुसार।' बैरोली शांत स्वर में बोला - 'जौनी एक अजीब-सी मानसिक स्थिति वाले ट्रक ड्राइवर के साथ उसके ट्रक में साउथ की ओर रवाना हुआ था। मुझे पता चला है कि वह ट्रक किसी भी वक्त दुर्घटना का शिकार हो सकता था और हुआ भी यही है। लगभग सत्तर मील की स्पीड पर भागता हुआ ट्रक सड़क से उतरकर इस स्थान पर दुर्घटनाग्रस्त हो गया। ट्रक तबाह हो गया। ड्राइवर मर चुका है किन्तु जौनी का कहीं पता नहीं है। मेरे विचार से वह घायल जरूर हुआ होगा। बैरोली ने नक्शे पर एक जगह उंगली जमाई - यदि हमने फौरन कार्यवाही शुरू कर दी तो मुझे विश्वास है कि इस जंगल में हम कहीं न कहीं उसे अवश्य ढूंढ निकालेंगे।

मसीनो की निगाहों में भेड़िए जैसी चमक पैदा हो गई। उसने बैरोली की पीठ थपथपाते हुए उसे शाबाशी दी और फिर एन्डी को बुलाने का आदेश दे दिया।

✦ ✦ ✦

जौनी ने अपने चेहरे पर ठंडे पानी का स्पर्श महसूस किया।

पानी की कुछ बूंदें रिसकर उसके मुंह में भी चली गई थीं। उसे उसने ऊपर झुकी किसी छाया का अहसास हुआ। उसने डरते-डरते आंखें खोलीं और अपनी दृष्टि छाया

की ओर केन्द्रित करने का प्रयास किया। कुछ ही क्षण बाद उसे एक दुबला-पतला दाढ़ी वाला आदमी स्पष्ट दिखाई देने लगा। उसके शरीर पर खाकी ड्रिल थी तथा सिर पर उसने बुश हैट पहना हुआ था। उसकी नाक उभरी हुई थी और उसकी आंखें एकदम नीले रंग की थीं।

'घबराओ मत।' अजनबी के मुंह से आवाज निकली - 'मुझे अपना दोस्त ही समझो।'

जौनी ने उठने की कोशिश की और वह सफल भी हुआ किन्तु अगले ही क्षण दर्द की तेज लहर से उसे अपना सिर फटता-सा प्रतीत हुआ। टखने में उठी तेज पीड़ा से वह कराह उठा।

'मेरा टखना टूट गया है।' वह कराहते हुए बोला - अजनबी के हाथ में थमी पानी की बोतल उसने झपट ली और गटागट पानी के कई घूंट भर गया। बोतल खाली हो जाने पर उसने उसे एक ओर फेंक दिया और संदेह भरी दृष्टि से अजनबी को घूरने लगा।

'तुम्हें सिर्फ मोच आ गई है।' उस व्यक्ति ने कहा - 'किन्तु हड्डी कोई नहीं टूटी। मैं एम्बुलेंस बुला दूंगा तुम्हारे लिए। क्या तुम यहीं कहीं आसपास ही रहते हो?'

'तुम कौन हो?' जौनी ने पूछा - उसका हाथ अनायास ही कोट के अंदर अपनी पिस्तौल पर चला गया था।

'मुझे फ्रीमैन कहते हैं।' वह मुस्कराकर बोला - और उसके निकट बैठ गया।

'घबराओ मत, मैं तुम्हारा प्रबन्ध अभी किए देता हूं।'

'नहीं।'

जौनी के स्वर में छुपे लहजे ने फ्रीमैन को तुरन्त उसकी ओर देखने पर विवश कर दिया।

'क्या तुम किसी मुसीबत में फंस गए हो मित्र?'

'मित्र!'

आज तक तो किसी ने उसे मित्र कहकर संबोधित नहीं किया था। अत: अबकी बार जौनी फ्रीमैन की ओर देखने को विवश हो गया। उसने फ्रीमैन की निश्छल आंखों में झांका और आश्वस्त हो गया।

‘मुसीबत ही समझो दोस्त।’ जौनी बोला - ‘लेकिन मेरे पास धन है। क्या तुम मेरा टखना ठीक होने तक मुझे अपने यहां आश्रय दे सकते हो?’

फ्रीमैन ने जौनी का पसीने से तरबतर हाथ थपथपाया।

‘मैं तुम्हें पहले ही कह चुका हूं कि घबराओ मत। क्या तुम्हें पुलिस की तरफ से कोई परेशानी है?’

उससे भी कहीं ज्यादा।

‘अपनी बांह मेरी गर्दन में डाल दो। आओ चलते हैं।’

फ्रीमैन का सहारा लेकर जौनी किसी तरह से उस जगह पर पहुंच गया जहां एक पुरानी-सी खस्ताहाल फोर्ड खड़ी हुई थी। फ्रीमैन की सहायता से वह कार में बैठ गया किन्तु इस मामूली-से प्रयास ने ही उसे बुरी तरह से हांफने पर मजबूर कर दिया था। सिर और टखने में रह-रहकर उठने वाली दर्द की लहरों के कारण वह बार-बार कराह उठता था।

‘आराम से बैठ जाओ’ - फ्रीमैन ड्राइविंग सीट पर बैठते हुए बोला - ‘अब कोई चिन्ता की बात नहीं है।’

जौनी जितना भी आरामदायक स्थिति में बैठ सकता था - बैठ गया। वह काफी राहत-सी महसूस कर रहा था।

कुछ दूर सड़क के साथ-साथ चलने के बाद कार एक कच्चे धूल भरे रास्ते पर चल पड़ी। फिर आगे इतनी संकरी-सी पगडंडी आ गई जिसके दोनों ओर खड़े पेड़ों की शाखाएं बार-बार कार को छूने लगीं।

‘लो आ गया मेरा घर।’ फ्रीमैन ने कार रोकते हुए कहा।

जौनी ने सिर ऊंचा किया। पेड़ों के झुरमुट के बीच लकड़ी के लट्ठों से बना केबिन उसे दिखाई दिया। सुरक्षा की दृष्टि से वह उसे उचित ही प्रतीत हुआ।

‘यहां तुम्हें कोई दिक्कत नहीं होगी।’ फ्रीमैन कार से उतरकर बोला - ‘यहीं आराम से विश्राम कर सकते हो तुम।’

फ्रीमैन का सहारा लिए - करीब - करीब घिसटते हुए अंदर पहुंचकर जौनी ने देखा - केबिन में एक लिविंगरूप के अलावा एक बैडरूम भी था। मामूली तौर पर सजे हुए

लिविंगरूम के कोने में किताबें बड़े करीने से रखी हुई थीं। छोटे-से बैडरूम में ले जाकर फ्रीमैन ने उसे धीरे-से बिस्तर पर लिटा दिया।

'अब आराम करो।' फ्रीमैन ने कहा और बाहर निकल गया।

जौनी का टखना इतनी बुरी तरह दर्द कर रहा था कि उसने इस ओर ध्यान देने का कोई प्रयत्न ही नहीं किया। चुपचाप लेटा वह अविश्वासपूर्वक लकड़ी की छत को घूरने लगा, जैसे उसे वर्तमान स्थिति पर यकीन नहीं आ रहा हो।

शीघ्र ही फ्रीमैन वापिस लौटा - उसके हाथ में ठंडी बीयर से भरा गिलास था।

'लो पहले बीयर पियो।' फ्रीमैन ने जौनी को गिलास थमाकर कहा - 'फिर मैं तुम्हारा टखना देखूंगा।'

जौनी ने एक ही सांस में सारा गिलास खाली कर दिया और धीरे-से गिलास को फर्श पर रख दिया।

'धन्यवाद-मुझे सचमुच इसकी बहुत आवश्यकता थी।'

फ्रीमैन ने उसके जूते और मौजे उतार दिए और बोला - 'मोच बहुत बुरी तरह से आई है - किन्तु ठीक हो जाएगा। एक हफ्ते में तुम चलने-फिरने योग्य हो जाओगे।'

जौनी एकदम उछल पड़ा और लगभग उठकर बैठ गया।

'क्या कहा तुमने - एक हफ्ता।'

'यहां तुम बिल्कुल सुरक्षित हो मित्र।' फ्रीमैन ने उसे आश्वासन दिया - 'यहां कभी कोई नहीं आता। लगता है तुम भी इस इलाके के बारे में कुछ नहीं जानते। मुझे स्नेक मैन के रूप में जाना जाता है और सांपों से लोग डरते हैं यह तो तुम भी जानते होंगे।'

जौनी उसे घूरने लगा।

'सांप!'

'हां, जीवन-यापन के लिए मैं सांप पकड़ता हूं और उनका जहर

निकालकर अस्पताल में सप्लाई कर देता हूं - इस समय भी मेरे पास विभिन्न किस्म के तीन सौ सांप मौजूद हैं जिन्हें मैंने इस केबिन के पीछे विभिन्न पिंजरों में बंद कर रखा है।' बातें करने के साथ-साथ वह अब तक जौनी के टखने पर बर्फ जैसे ठंडी पानी की पट्टी बांध चुका था। जौनी का दर्द भी कम होना शुरू हो चुका था।

'कुछ खाओगे दोस्त? सुबह से बाहर रहने की वजह से मैंने भी अभी तक कुछ नहीं खाया है।'

'मुझे इतनी तेज भूख लगी है कि पूरे घोड़े को खा सकता हूं।' जौनी बोला।

फ्रीमैन मुस्कराया,'पर मेरे मेन्यू में ऐसी कोई चीज नहीं है। मैं अभी आता हूं।' कहकर वह बाहर निकल गया।

दस मिनट बाद वह दो प्लेटें लिए वापस लौटा। गाढ़े सूप में भरी प्लेटों से किसी स्वादिष्ट चीज की सुगन्ध आ रही थी। बिस्तर के सिरे पर बैठकर उसने एक प्लेट जौनी को पकड़ा दी तथा दूसरी प्लेट में वह स्वयं खाने लगा। खाने के पश्चात जौनी को लगा कि वर्षों बाद उसे इतना स्वादिष्ट भोजन नसीब हुआ था।

'तुम तो कमाल का खाना पकाना जानते हो।' जौनी ने नि:संकोच स्वर में कहा - 'मैंने तो अपनी जिन्दगी में इससे ज्यादा स्वादिष्ट भोजन कभी नहीं खाया।'

'हां, रैटल स्नेक (एक बेहद जहरीला सर्प) का मांस यदि ढंग से पकाया जाए तो बहुत स्वादिष्ट बन जाता है।' प्लेटें उठाते हुए फ्रीमैन ने उत्तर दिया।

मारे आश्चर्य के जौनी की आंखें फटी की फटी रह गईं।

'सांप का मांस!'

'हां - मैं यही खाता हूं।'

'ओह! हे मेरे भगवान!'

फ्रीमैन हंसा -

'घोड़े से तो ज्यादा बेहतर है।'

फ्रीमैन चला गया - जौनी प्लेटें धोने की आवाज सुनता रहा।

थोड़ी देर बाद वह फिर लौटा और बोला - 'मुझे कुछ काम करना है, लेकिन तुम निश्चिंत रहो, यहां कोई नहीं आएगा। तीन-चार घंटे बाद मैं ही वापिस लौटूंगा। जौनी के चेहरे पर बढ़ती हुई दाढ़ी की ओर संकेत करके उसने पूछा - 'शेव करना चाहो तो सामान मिल सकता है।'

जौनी ने इंकार में सिर हिला दिया।

'मैं दाढ़ी बढ़ाने की सोच रहा हूं।'

दोनों की आपस में निगाहें मिलीं - फिर फ्रीमैन बोला - 'ठीक है, अब तुम आराम करो - मैं बाहर से दरवाजा लॉक कर जाऊंगा।'

फ्रीमैन के जाने के बाद जौनी टखने का दर्द भूलकर नींद के आगोश में समा गया।

जब वह सोकर उठा तो सूर्यास्त का समय हो चला था। पहले की अपेक्षा अब वह अपने आपको ज्यादा स्वस्थ महसूस कर रहा था। सिर दर्द समाप्त हो चुका था। हां-टखने में दर्द अभी था।

बिस्तर में पड़ा वह खिड़की द्वारा छुपते सूर्य को देखकर फ्रीमैन के बारे में सोच रहा था। व्यक्तित्व अत्यधिक विचित्र होने के बावजूद भी वह विश्वसनीय व्यक्ति प्रतीत होता था।

सहसा उसके विचार मसीनो की ओर पलट गये। उसके साथ एक काफी लम्बे अरसे तक काम करते रहने के कारण जौनी इस बात को अच्छी तरह से जानता था कि मसीनो एक क्रोधित मरखने सांड की तरह बौखला रहा होगा।

क्या वह सहायता लेने के लिए माफिया संगठन के स्थानीय मुखिया तान्जा के पास पहुंच गया होगा। यदि ऐसा हुआ तो हो सकता है अब तक संगठन ने उसकी तलाश आरंभ भी कर दी हो। जौनी ने लगेज लॉकर में पड़ी रकम के बारे में सोचा। सैमी के बारे में भी विचार किया। उसे सैमी से संबंध स्थापित करना होगा। टखना ठीक होते ही वह फोन द्वारा उसे सूचित कर देगा कि उसने उस गरीब का धन क्यों चुराया था। मुमकिन है सैमी द्वारा उसे मसीनो की गतिविधियों की भी सूचना हासिल हो जाए।

सहसा वह चौंक गया - खुली सड़क से बाहर उसे कोई मानवाकृति-सी नजर आई थी। उसका हाथ स्वयं ही अपने पिस्तौल पर चला गया - किन्तु कुछ ही क्षणोपरांत उसकी आशंका निर्मूल सिद्ध हो गई, आने वाला व्यक्ति फ्रीमैन था। उसके हाथ में एक बोरा था और बोरे में बंद चीज हिल-डुल रही थी।

'सांप।' यह सोचकर जौनी ने बुरा-सा मुंह बनाया।

'अजीब तरीका है रोजी कमाने का' -जौनी ने सोचा।

पांच मिनट बाद फ्रीमैन ठंडी बीयर से भरे दो गिलास लेकर उपस्थित हुआ।

'टखना कैसा है अब ?' जौनी को एक गिलास पकड़ाकर उसी के बिस्तर पर बैठते

हुए फ्रीमैन ने पूछा।

'दर्द तो है - मगर पहले जैसा नहीं।' जौनी ने उत्तर दिया।

'कुछ ही देर में मैं उसे फिर देखूंगा।' फ्रीमैन ने बीयर का घूंट भरते हुए कहा। उसने आधे से ज्यादा गिलास पिया और फिर उसे नीचे रख दिया।

'तुम मेरे लिए बहुत भाग्यशाली सिद्ध हुए हो। आज मैंने तीन काटन माउथ पकड़े हैं। क्या मैं तुम्हारा नाम जान सकता हूं मित्र?'

'जौनी।' जौनी ने उत्तर दिया और फिर कुछ रुककर उसने फ्रीमैन से पूछा - 'तुम क्या प्रत्येक अजनबी से इसी तरह का व्यवहार करते हो - जैसा मेरे साथ कर रहे हो?'

'हां दोस्त - दूसरों की सहायता करना मेरा स्वभाव है। मैं 'नेकी कर दरिया में डाल' वाली कहावत पर पूरा-पूरा विश्वास करता हूं।' वह मुस्कराया - फिर बोला - मैं। कोई धार्मिक व्यक्ति नहीं हूं किन्तु किसी की सहायता करके मुझे अपार प्रसन्नता और आत्मसंतुष्टि का अनुभव होता है। मेरे वर्तमान जीवन ने मुझे सिखाया है कि अच्छे-बुरे के चक्कर में न पड़कर सिर्फ विपत्ति में फंसे असहाय लोगों की जहां तक बन पड़े सहायता करता रहूं। वैसे किसी अजनबी के रूप में यहां पहुंचने वाले तुम्हीं पहले व्यक्ति हो - अन्यथा कोई इधर आता ही नहीं है।'

'तुम्हारे उसूल बहुत सुन्दर हैं।' जौनी ने शांत स्वर में कहा - मुझे तो अपने भाग्य पर खुशी हो रही है कि मेरे उस बुरे वक्त में तुम मेरे लिए, भगवान का रूप लेकर मेरी सहायता को पहुंच गए।'

'छोड़ो इन बातों को।' अपनी प्रशंसा के प्रति उपेक्षा प्रदर्शित करते हुए फ्रीमैन बोला - 'लाओ अब मुझे टखना दिखाओ - फिर मैं तुम्हारे कपड़े उतरवाने में तुम्हारी मदद करूंगा। मेरे पास एक फालतू पायजामा है। तुम शौक से उसे पहन सकते हो।'

उसने धीरे-धीरे टखने की पट्टी हटाई और उसे एक ओर रख दिया। फिर बर्फ के पानी में भिगोकर दूसरी पट्टी पुन: उसी स्थान पर बांध दी। फिर वह खड़ा होकर जौनी की जाकेट उतारने में उसकी मदद करने लगा।

जैसे ही फ्रीमैन की दृष्टि जौनी के पिस्तौल तथा होलस्टर पर पड़ी - वह चौंक पड़ा - और कुछ हिचकिचाया।

जौनी ने स्वयं ही उन्हें अलग रखते हुए कहा - 'मेरी असली मुसीबत की जड़ यही है।'

फ्रीमैन ने भावहीन स्वर में कहा - 'आजकल बहुत से व्यक्तियों की परेशानियों का कारण ये ही चीजें होती हैं।' उसका हाथ जौनी की पैंट तक पहुंच चुका था - 'पैंट भी उतार दो दोस्त- आराम महसूस करने लगोगे।' फ्रीमैन की सहायता से जौनी ने पैंट भी उतार दिया। तभी कोई चीज खन्न की आवाज करते हुए नीचे जा गिरी। फ्रीमैन ने नीचे की ओर देखा। फिर उसने फर्श पर झुककर वह चीज उठाकर जौनी की ओर देखा - 'यह तुम्हारा है।' उसने पूछा। यह पैंट के कफ से निकलकर नीचे गिरा था।

जौनी ने अपना हाथ आगे बढ़ा दिया।

जौनी के आश्चर्य का ठिकाना न रहा - फ्रीमैन जिस चीज को उठाकर उसे पकड़ा रहा था वह उसका सैंट क्रिस्टोफर वाला लॉकेट था।

✦ ✦ ✦

जौनी सैंट क्रिस्टोफर वाला मैडल हाथ में लिए - खुली खिड़की से बाहर का दृश्य देख रहा था। जंगल में चारों ओर चांदनी फैली हुई थी। दूसरे बैडरूम में सोए फ्रीमैन के खर्राटों की धीमी-धीमी आवाज उसे सुनाई पड़ रही थी।

उसने मैडल को चूमा और सोचा - आखिर यह उसके पास लौट तो आया, किन्तु कितनी भारी कीमत चुकाने के बाद। वह इसकी खोज में पागल हो रहा था और यह उसके पागलपन का आनन्द लेते हुए मजाक उड़ाने में व्यस्त था! मैडल की समस्या अचानक न उठ खड़ी होती तो वह अभी तक भी मसीनो की नौकरी में होता और चोरी चली गई रकम की तलाश कराने में स्वयं भी उसकी मदद कर रहा होता, परन्तु वह आतंकित हो गया था - कहीं यह एन्डी के ऑफिस में न गिर गया हो और फलस्वरूप वह जान बचाता फिर रहा था। मन ही मन कोसते हुए उसका जी चाहा कि मैडल को खुली खिड़की से बाहर फेंक दे परन्तु अत्यधिक अंधविश्वास के कारण ऐसा नहीं कर सका। उसके कानों में मां के शब्द गूंजने लगे - जब तक यह तुम्हारे पास मौजूद रहेगा, दुनिया

की कोई विपत्ति तुम्हारा कुछ न बिगाड़ सकेगी।

खैर कुछ भी हो, अब क्योंकि मैडल पुन: उसके पास लौट आया था, अत: संभव है माफिया संगठन उसे खोज ही न पाये। मुमकिन है वह अपने सपने साकार करने में कामयाब हो जाये।

मैडल को चेन में डालकर उसने मजबूती से हुक बंद कर दिया - परन्तु शांतिपूर्वक लेटे रहने के बावजूद भी मैडल के स्पर्श से उसे राहत महसूस नहीं हुई। सारी रात बेचैनी से करवटें बदलते गुजर गई थी, दिन निकलने के बाद ही वह सो सका था।

ठीक उसी समय जबकि वह बेखुदी की नींद में समाया हुआ था, ट्रक के दुर्घटनास्थल पर दो कारें आकर रुकीं। उनमें मसीनो के गिरोह के आदमी भी मौजूद थे।

इस अभियान का मुखिया ल्यू बैरोली था।

सूर्य काफी चढ़ चुका था। पेड़ों की शाखों से छनती रोशनी में बैरोली ने घनघोर जंगल को देखकर बुरा-सा मुंह बनाया। वह अब इस मुहिम की कठिनाइयों को महसूस कर रहा था। अगर जौनी इस बीहड़ जंगल में छुपा हो तो खून-खराबा होना यकीनन था और जौनी जैसे अचूक निशानेबाज का सामना करने का साहस बैरोली में हर्गिज नहीं था, मगर अब कुछ नहीं हो सकता था। स्थिति का मुकाबला करने के लिए वह मजबूर था। आठ आदमी उसके आदेश की प्रतीक्षा में खड़े थे - जो मसीनो द्वारा चुने गये बेहद खतरनाक आदमी थे।

'यही है वह जगह।' अपने स्वर को गंभीर और विश्वस्त बनाते हुए बैरोली ने कहना आरंभ किया - 'हम लोग अलग-अलग ग्रुप बनाकर विभिन्न दिशाओं में चलेंगे। तुममें से तीन दायीं ओर जाएंगे और तीन बायीं ओर। फ्रैडी और जैक मेरे साथ नीचे के रास्ते से चलेंगे। ध्यान रखना- वह यहीं-कहीं छुपा हो सकता है। अत: फुर्ती से काम लेना होगा।'

जैक और फ्रैडी दोनों माफिया गुट के आदमी थे। न्यूयार्क में पुलिस इनके पीछे पड़ी हुई थी - अत: ये दोनों उससे बचने की खातिर मसीनो के पास पहुंच गये थे - ताकि कुछ समय निकल जाए। दोनों अत्यंत क्रूर और हिंसक प्रवृत्ति के अपराधी थे।

अलग-अलग गुटों में बंटकर वे गहन जंगल में घुस गये। जले हुए ट्रक के अवशेषों

के पास पहुंचकर बैरोली रुका।

'सब कुछ जलकर राख हो गया।' जंगल की ओर जाने वाली पगडंडियों की ओर देखता हुआ वह बोला - 'जैक तुम आगे चलो - मैं बीच में रहूंगा और फ्रैडी मेरे पीछे। सतर्कता बरतने की जरूरत है। वह इन्हीं झाड़ियों में छुपा हो सकता है।

जौनी के आतंक के कारण बैरोली आगे या पीछे चलने का साहस नहीं कर पा रहा था - इसीलिए उसने फ्रैडी तथा जैक के बीच में रहने की बात कही थी।

✦ ✦ ✦

ज्योंही फ्रीमैन ने दरवाजा खोला - बैडरूम में बिस्तर पर पड़ा जौनी जाग उठा।

'गुड मार्निंग। फ्रीमैन ने जौनी को चाय का प्याला देते हुए कहा।

जौनी खामोशी से चाय सिप करने लगा।

'मैं जंगल में जा रहा हूं।' फ्रीमैन ने बताया - 'किन्तु जाने से पहले तुम्हारे टखने को अवश्य देखूंगा।' वह बाहर निकल गया और बर्फ के ठंडे पानी सहित लौटा - पट्टी बदलने के बाद उसने संतोष व्यक्त किया। 'यह अब ठीक होता जा रहा है।' वह बोला - 'सूजन समाप्त हो गई है इसकी। वापस लौटने में मुझे सात-आठ घंटे का समय लग जाएगा। अत: तुम्हारे लिए खाना तैयार कर दिया है मैंने। वक्त गुजारने के लिए क्या तुम कोई किताब पढ़ना चाहोगे?'

जौनी ने इंकार में सिर हिला दिया। बोला-'मुझे पुस्तकें पढ़ने का शौक नहीं है।'

'ठीक है जैसा तुम चाहो।' फ्रीमैन बोला - 'मैं बाहर से दरवाजा बंद करके ताला लगा जाऊंगा - तुम चिन्ता मत करो-आमतौर से यहां कोई आता तो नहीं है - फिर भी सुरक्षा की दृष्टि से सावधानी बरतना उचित है।'

जौनी ने अपनी पिस्तौल को छूकर कहा - 'बहुत - बहुत शुक्रिया।'

जौनी सख्त बिस्तर पर पड़ा रहा। उसके निकट ही रैटल स्नेक के सूप की प्लेट रखी थी। सिगरेट का पैकेट और ठंडे पानी का फ्लास्क भी वहीं मौजूद था - फ्रीमैन लकड़ी का भारी दरवाजा बंद करते हुए बोला - 'थोड़ी देर बाद काफी गर्मी हो जाएगी परन्तु इस स्थिति में गर्मी सहन करना ही अच्छा होगा। वह शायद जौनी के खतरे का अनुमान लगा चुका था - 'तुम्हें अकेला छोड़ने का मुझे अफसोस है - परन्तु मजबूरी है। मैं एक भयानक विषैले किस्म के सांप (क्रेन ब्रेक रैटलर) की तलाश में हूं। अस्पताल वालों को उसके जहर की बेहद जरूरत है - अत: हो सकता है उसकी तलाश में मुझे सारा दिन ही लग जाये।'

'तुम निश्चिंत होकर अपने काम पर जाओ।' जौनी ने कहा - 'बाइबिल के अलावा किसी भी अन्य पुस्तक से मैं अपना दिल बहला सकता हूं।'

फ्रीमैन ने मारियो पूजो द्वारा लिखी गई गॉड फादर नामक पुस्तक उसे लाकर दे दी।

स्कूल छोड़ने के बाद जौनी ने कोई किताब नहीं पढ़ी थी। गॉड फादर नामक यह

पुस्तक माफिया से संबंधित थी - अतः वह इसके अध्ययन में डूब गया। समय बीतता रहा। वह अपने भोजन के बारे में भी भूल गया। पुस्तक बेहद दिलचस्प साबित हुई थी। जब सूर्यास्त हो गया और अक्षर दिखाई देने बंद हो गये अंधेरे के कारण तो उसे भूख लगी - साथ ही याद हो आया कि आज तो उसने लंच भी नहीं किया था। टखने का दर्द भी करीब-करीब खत्म हो चुका था। कलाई पर बंधी घड़ी की सुइयां पांच बजकर बीस मिनट की सूचना दे रही थीं।

यदि किताबें इतनी ही अच्छी होती हैं - उसने सोचा - तो सचमुच वह जीवन-भर एक अपूर्व सुख से वंचित रहा है।

ठंडा सूप समाप्त करने के बाद जैसे ही उसने सिगरेट जलाई-द्वार के ताले में चाबी घूमने की आवाज सुनाई दी। उसने तत्काल सिगरेट फेंक दी और पिस्तौल संभाल ली।

'मैं हूं।' फ्रीमैन ने बैडरूम में प्रवेश करते हुए कहा - 'और मुझे लगता है कि कोई गड़बड़ पैदा हो गई है। तीन आदमी इधर ही आ रहे हैं। हालांकि उन्होंने मुझे नहीं देखा है - मगर मेरी नजरों ने उनकी पिस्तौलें साफ देख ली थीं।'

जौनी उठकर बैठ गया।

करीब दस मिनट में वे लोग यहां आ पहुंचे- 'तुम मेरे साथ आओ, जौनी - मैं तुम्हें ऐसी जगह छुपाऊंगा, जहां खोज पाने का ख्याल भी उन्हें नहीं आ सकता।' फ्रीमैन ने उसे बाएं पैर पर खड़ा होने में सहायता देते हुए बोला - 'दाएं पैर पर बोझ डालने की चेष्टा मत करना।'

जौनी ने अपना होल्स्टर और पिस्तौल उठा लिया - फिर फ्रीमैन का सहारा लेकर लिविंगरूम से गुजरकर बाहर धूप में आ गया - फ्रीमैन उसे केबिन के पीछे ले आया - 'यह मेरा स्नेक हाउस है' फ्रीमैन ने बताया - 'लेकिन तुम डरना मत - वे सब (सांप) मजबूती से पिंजरों में बंद है - तुम्हारा कुछ नहीं बिगाड़ पाएंगे।'

वह जौनी को कुछ अंधेरे-सी जगह में ले गया। आहट पाकर भयानक

विषधर फुंफकारें मारने लगे। उसे दीवार के साथ खड़ा करके फ्रीमैन ने आठ फुट ऊंचा पिंजरा घसीटकर उसके आगे कर दिया। जौनी ने देखा-पिंजरे में बंद सांप जोर-जोर से फुंफकारे रहे थे।

लम्बे-चौड़े पिंजड़े ने उसे पूरी तरह छिपा लिया था।

'तुम निश्चिंत रहो।' फ्रीमैन ने उसे आश्वासन दिया - 'बिस्तरे वगैरह को मैं ठीक किए देता हूं।'

सांपों की गंध को जौनी स्पष्ट महसूस कर रहा था। उनके हिलने-जुलने के कारण जौनी के जिस्म में भय की तेज लहर रह-रहकर दौड़ उठती थी। अपने स्वस्थ पैर पर शरीर का सारा भार डाले तथा चोट खाये पैर को जमीन पर टिकाकर वह प्रतीक्षा करने लगा।

बैरोली, दाएं-बाएं फ्रैडी तथा जैक से घिरा, फ्रीमैन के केबिन के सामने खुले स्थान में पहुंच गया। घंटों जंगल में धक्के खाने के बाद वे न सिर्फ थक चुके थे - बल्कि तलाशी के काम से ऊबने भी लगे थे। वे कुछ लापरवाह हो चले थे। बैरोली ने करीब तीन-चार घंटे बाद अचानक महसूस किया कि जौनी झाड़ियों के किसी झुरमुट में आराम से छुपा पड़ा होगा - और वे लोग उसे पीछे छोड़कर बेकार इधर-उधर भटक रहे थे। उसे लगा - बेहद जल्दबाजी के कारण इस मुहिम की शुरुआत ही गलत ढंग से हुई थी - जौनी को खोज निकालने के लिए उन्हें कुत्तों की सहायता लेनी चाहिए थी - किन्तु इस सबके लिये इस मुहिम का मुखिया होने के कारण वह व्यंग ही उत्तरदायी था और असफल होकर मसीनो के सामने पहुंचने की कल्पना से ही वह भयभीत हुआ जा रहा था।

जैक और फ्रैडी के साथ वह छह घंटे तक जंगल में भटक चुका था। इस पूरे दौर में जीवित प्राणी के नाम पर केवल एक सांप के ही उन्हें दर्शन हुए थे और ठीक उस समय जब वह हताश होकर नाकामयाबी की वजह से इस मुहिम को समाप्त करने की सोच रहा था - तभी इस खुले स्थान से आगे बने लकड़ी के लट्ठों के केबिन पर नजरें पड़ गईं।

तीनों फौरन एक घनी झाड़ी की ओट में हो गये।

'वह वहां हो सकता है।' बैरोली ने राय जाहिर की।

केबिन की ओर बढ़ते समय उन्हें छरहरे बदन का एक ऊंचा आदमी मैली-सी खाकी वर्दी पहने नजर आ गया। वह कुएं पर जाकर पानी खींचने लगा था।

'जैक!' बैरोली ने उससे कहा - 'तुम उससे बातें करो।'

'नहीं दोस्त।' जैक ने असहमति प्रगट की - 'बातें तुम करो - मैं तुम्हें कवर किए

रहूंगा।'

'ठीक ही तो है।' फ्रैडी मुस्कराया - 'क्योंकि इस समय तुम बॉस हो ल्यू।'

मजबूरी थी, अत: बैरोली खुले स्थान में केबिन की ओर चल दिया। उसका दिल जोर से धड़क रहा था। वह मन ही मन आशंकित था कि कहीं अंदर मौजूद जौनी दरवाजों के सूराखों में से निशाना लगाकर उसे गोली न मार दे।

फ्रीमैन ने निकट आते हुए बैरोली की ओर देखा - 'कहो अजनबी।' उसका स्वर शांत एवं नम्र था - 'लगता है रास्ता भूल गये हो, क्योंकि महीनों से मैंने किसी को इधर से आते-जाते देखा तक नहीं।'

अपनी पिस्तौल को उसकी नजरों से छिपाये, बैरोली गौर से उसे देख रहा था।

'यहीं रहते हो तुम?' बैरोली ने पूछा।

'हां!' फ्रीमैन का स्वर पूरी तरह संयत था - 'मेरा नाम फ्रीमैन है और मैं स्नेक मैन हूं।'

बैरोली चौंका।

'क्या स्नेक मैन, मैं समझा नहीं?'

फ्रीमैन ने धैर्यपूर्वक उसे समझाया - 'मैं सांपों का जहर निकालकर अस्पतालों में सप्लाई करता हूं।' कुछ क्षण बाद बैरोली की संदेहपूर्ण आंखों में झांककर बोला - 'तुम कौन हो?'

'क्या तुमने किसी चालीस वर्षीय ऐसे आदमी को इधर देखा है जिसका कद छोटा, शरीर और बाल काले हों? हमें उसी आदमी की तलाश है।'

'तुमने सुना नहीं - मैं पहले ही बता चुका हूं कि महीनों के बाद तुम वह पहले आदमी हो, जिसे मैं देख रहा हूं।'

बैरोली ने व्याकुलता से केबिन की ओर देखा और बोला - 'झूठ बोलने की कोशिश मत करो - यदि वह केबिन के अंदर हुआ तो तुम्हारी जान पर बन आएगी - समझे।'

'क्या चक्करबाजी है?' फ्रीमैन ने शांत स्वर में पूछा - 'तुम पुलिस के आदमी हो क्या?'

उसके प्रश्न की उपेक्षा करके बैरोली ने अपने दोनों साथियों को झाड़ी से बाहर आने का संकेत किया।

'हम तुम्हारे केबिन की तलाशी लेना चाहते हैं। फ्रैडी और जैक निकट आ गए तो बैरोली ने कहा - 'चलो, आगे बढ़ो और चालाकी दिखाने की कोशिश मत करना।'

परन्तु केबिन की तलाशी व्यर्थ ही सिद्ध हुई। वहां जौनी का नामोनिशान भी नहीं था।

केबिन के बाहर आकर बैरोली ने स्नेक हाउस की ओर इशारा करके कहा - 'वह क्या है?'

'वह मेरा स्नेक हाउस है। वहां भी एक नजर डाल लो। मैंने अभी-अभी एक क्रेन ब्रेल रैटलर पकड़ा है। तुमने शायद आज तक वैसा सांप देखा भी नहीं होगा।'

पिंजरे के पीछे छुपे जौनी को वार्तालाप का प्रत्येक शब्द सुनाई पड़ रहा था। उसकी उंगलियां पिस्तौल पर कसी हुई थीं। सेफ्टी कैच वह पहले ही हटा चुका था। फ्रैडी की आवाज वह साफ पहचान गया था। फ्रैडी माफिया संगठन का नृशंस हत्यारा था और पिंजरों में बंद सर्पों से कई गुना खतरनाक तथा हिंसक था।

'आगे बढ़ो।' बैरोली ने फ्रीमैन को पिस्तौल से ठेला। फ्रीमैन को ढाल के रूप में सुरक्षा के विचार से आगे अड़ाकर बैरोली ने पिंजरे पर नजरें डाली। सर्पों की गंध और फुंफकारें महसूस करते हुए वह पीछे हट गया। वह फ्रैडी और जैक के पास पहुंचकर बोला - 'आओ वापिस चलते हैं - महीनों तक भी अगर इस जंगल में हम सिर खपाते रहे तब भी वह हमारे हाथ नहीं आएगा।'

'बहुत समझदारी की बात की है तुमने।' जैक ने उसकी राय की प्रशंसा की।

फ्रीमैन उन तीनों को जंगल में गायब होता देखता रहा। फिर कुएं से पानी की बाल्टी लेकर केबिन में लौट आया। दस मिनट प्रतीक्षा करने के बाद वह दबे पांव सतर्कतापूर्वक जंगल की ओर चल दिया।

कुछ चलने के बाद उसे कुछ आहटें सुनाई दीं। जंगली जीवन का आदी फ्रीमैन सतर्क होकर एक पेड़ के साए में हो गया - कुछ देर बाद उसकी सतर्क तथा तीक्ष्ण निगाहों ने देखा कि उसके पास से वापस लौटे तीनों व्यक्ति अन्य आदमियों से मिले।

उन्होंने कुछ देर विचार-विमर्श किया- फिर सभी कारों में बैठे और चल दिये। फ्रीमैन तब तक वहीं खड़ा उन्हें देखता रहा जब तक कि उनकी कारें उसकी आंखों से ओझल न हो गईं।

जब कारें चली गईं तो वह निश्चिंततापूर्वक मुस्कराया और वापस अपने केबिन की ओर चल दिया।

✦ ✦ ✦

फ्रीमैन के केबिन में जौनी का आठ दिन का समय बहुत बोरियत से गुजरा। अब तक उसका टखना ठीक हो गया था और दाढ़ी भी काफी बढ़ चुकी थी। बाथरूम के शीशे में अपना प्रतिबिम्ब देखकर वह निश्चिन्त हो गया कि दाढ़ी के कारण उसे दूर से पहचान पाना अब कठिन था। फ्रीमैन

द्वारा वह कस्बे से अपने लिए दो जोड़ा खाकी ड्रिल की पोशाकें - एक बुश जैकेट - एक बुश हैट तथा टॉयलेट के सामान के अलावा एक सूटकेस भी खरीदकर मंगवा चुका था। कमीजें और मौजे भी मंगवाना वह नहीं भूला था।

हालांकि कभी-कभी अब भी उसके टखने में दर्द हो जाता था किंतु अब आराम से चल-फिर सकता था। उसने फ्री वे से साउथ की ओर जाने वाले ट्रक द्वारा जैक्शन विले पहुंचने का निश्चय किया। उसे विश्वास था कि फ्यूजैली के यहां उसे अवश्य शरण मिल जाएगी और जैसे ही सरगर्मी समाप्त हो जाएगी, वह वापस लौटकर अपनी रकम को निकाल लाएगा। वापस लौटने का रिस्क तो हर हालत में लेना जरूरी था। सैमी के धन का चुराया गया काफी बड़ा हिस्सा अभी तक उसके पास शेष बचा हुआ था। उसका इरादा एक सस्ती-सी पुरानी कार खरीदने का था लेकिन सबसे पहले सूचना प्राप्त करना आवश्यक था। अत: आठवें दिन, खाकी ड्रिक की पोशाक और बुश हैट पहनकर उसने फ्रीमैन से शहर पहुंचाने का अनुरोध किया।

'मुझे फोन पर किसी से बात करनी है।' उसने सफाई दी।

फ्रीमैन के यहां आठ दिन के प्रयास में भी वह उससे अधिक नहीं मिल पाता था।

आमतौर पर दिन निकलते ही वह सांपों की तलाश में निकलकर दिन छुपने के बाद ही वापस घर लौटता था। सिर्फ खाने और सोने के समय ही दोनों ही मुलाकातें होती थी, परन्तु फ्रीमैन ने कभी भी उसके व्यक्तिगत जीवन से संबंधित कोई प्रश्न नहीं पूछा था। विभिन्न विषयों पर बातचीत करते हुए वह हमेशा जौनी को पुस्तकें पढ़ने के लिए उकसाता रहता था। स्वयं जौनी भी किताबों के जादू से स्वयं को अछूता नहीं रख सका। समुद्री यात्राओं से

संबंधित जितनी भी पुस्तकें वहां थीं जौनी बड़े मनायोग से उनका अध्ययन किया करता था।

'जरूर।' उसके प्रश्न का उत्तर देते हुए फ्रीमैन ने कहा - 'कहीं तुम यहां से जाने के बारे में तो नहीं सोच रहे हो? जब तक तुम्हारा दिल चाहे जौनी, यहां ठहर सकते हो।'

'नहीं - अब मुझे जाना ही पड़ेगा।'

'मुझे हमेशा तुम्हारी याद आएगी।'

इतना प्यार तथा इतना मृदु व्यवहार जौनी को कभी नहीं मिला था, अत: भावावेश को छुपाने के विचार से उसकी बांह पर थपकी देते हुए बोला - 'हां, मैं भी जीवन-भर तुम्हारे इस उपकार को नहीं भूल सकूंगा - सुनो

दोस्त.... मेरे पास इस समय काफी धन है और मैं चाहता हूं तुम उसमें से सौ डॉलर अपने लिए रख लो - उससे तुम अपने लिए टी.वी. या अन्य कोई आवश्यक वस्तु खरीद लेना ताकि मेरा निशानी के रूप में मेरी याद बनी रहे।'

फ्रीमैन हंस पड़ा- बोला - 'तुम्हारी भावना की तो कद्र करता हूं किन्तु

धन लेना स्वीकार नहीं है मुझे, क्योंकि पैसा ही मात्र ऐसी चीज है। जिसकी मुझे आवश्यकता नहीं पड़ती। इसे अपने ही पास रखो - मेरे से ज्यादा यह तुम्हारे काम आएगा।'

अगले दिन सुबह वे दोनों कार द्वारा कस्बे में जा पहुंचे। जौनी की नजरें दाएं-बाएं लगातार कुछ खोज रही थीं। बुश जैकेट के नीचे छुपे हुए पिस्तौल से उंगलियां पल-भर को भी अलग नहीं हुई थीं परन्तु कोई भी संदेहास्पद व्यक्ति उसे नजर नहीं आया। एक छोटे-से होटल में पहुंचकर उसने स्वयं को टेलीफोन बूथ में बंद कर दिया। इस समय

आठ बजकर दस मिनट हो चुके थे। सैमी सोकर उठ चुका होगा, यह सोचकर उसने सैमी का नम्बर डायल किया और प्रतीक्षा करने लगा।

सैमी की ओर से तुरन्त जवाब मिला -

'सैमी।' जौनी ने कहा - 'मैं जौनी बोल रहा हूं।'

सैमी के दीर्घ नि:श्वास का स्वर उसे स्पष्ट सुनाई दिया।

'मैं तुमसे बात नहीं करना चाहता मिस्टर जौनी।' सैमी हकलाता हुआ-सा बोला-'तुम अपने साथ-साथ मुझे भी मुसीबत में डाल सकते हो। मुझे तुमसे कुछ नहीं कहना है।'

'सुनो।' जौनी के स्वर में कटुता पैदा हो गई - 'तुम मेरे दोस्त हो सैमी - याद करो मैंने तुम्हारे लिए क्या कुछ किया है - और अब तुम्हारी बारी है।'

प्रतिक्रिया स्वरूप सैमी का सहमा-सा पसीने से भीगा चेहरा जौनी के नेत्रों के सम्मुख नाच उठा।

'हां, अब क्या है मिस्टर जौनी - तुमने मेरी सारी रकम तो पहले ही चुरा ली है - अगर उन लोगों को पता चल गया कि तुम मेरे साथ बातें कर रहे हो तो यकीनन मुझ पर भी विपत्तियों का पहाड़ टूट पड़ेगा।'

'उन्हें पता नहीं लगेगा सैमी - मैंने मजबूरी में ही तुम्हारे यहां से चोरी की थी - मैं वायदा करता हूं कि तुम्हारी पाई - पाई लौटा दूंगा। अच्छा यह बताओ कि क्या मेरी तलाश अभी भी जारी है?'

'हां। और यह काम उन्होंने मिस्टर तान्जा को सौंप दिया है। मैंने बॉस को उस वक्त तान्जा से बातें करते हुए सुना था जब मैं उन्हें कार द्वारा बाहर ले जा रहा था। उनके अनुसार वे लोग तुम्हें फ्लोरिडा में खोज रहे हैं। किसी फ्यूजैली नाम के व्यक्ति का भी उन्होंने जिक्र किया था। टोनी और अर्नी तुम्हें वहीं तलाश कर रहे हैं। तुम जहां भी हो बेहद सतर्क रहना मिस्टर जौनी।

जौनी के शरीर में तनाव-सा पैदा हो गया - इसका मतलब खोज पूरे जोर-शोर से चल रही थी - परन्तु मसीनो को फ्यूजैली का पता कैसे मालूम हो गया।

'क्या तुम पागल हो गए हो मिस्टर जौनी? सैमी की हांफती हुई आवाज लाइन पर

उभरी - मुझे यकीन नहीं आता कि वास्तव में तुम सेफ से सारा धन निकाल ले गए थे।'

'ठीक है मैं तुम्हें फिर फोन करूंगा।' जौनी ने शांत स्वर में कहा - 'कान खोलकर सुन लो - तुम्हारी रकम तो वापस मिल जाएगी परन्तु बॉस की प्रत्येक बात गौर से सुनकर याद रखने की कोशिश करना - क्योंकि मुझे तुम्हारी मदद की जरूरत है।'

'ईश्वर के लिए मिस्टर जौनी- मुझे तो माफ ही करो - बेशक मेरी रकम भी अपने ही पास रखो मगर मेहरबानी करके मुझसे दूर ही रहो।' सैमी ने कहा और संबंध-विच्छेद कर दिया।

जौनी स्तब्ध-सा खड़ा रह गया। भय की ठंडी लहर उसकी रीढ़ की हड्डी से होकर गुजर गई। दिल बुरी तरह धड़कने लगा था। फ्यूजैली ही उसका एकमात्र सहारा था सो वह भी समाप्त हो गया। अब वह नितान्त अकेला था।

बूथ से निकलकर वह बाहर खड़ी फ्रीमैन की कार में आ बैठा।

'चलें ?' फ्रीमैन ने पूछा और इंजिन स्टार्ट कर दिया।

जौनी कार्लो तान्जा के बारे में सोच रहा था। इसका अर्थ था - अब माफिया ऑर्गनाइजेशन उसकी तलाश में थी और किसी न किसी भांति वे समझ चुके थे कि वह दक्षिण में फ्यूजैली के पास पहुंचेगा। उसे अपने चारों ओर जाल-सा फैलता महसूस हुआ मगर अभी जाल से निकलने का रास्ता उसके सामने था।

'तुम मेरे लिए अधिक परेशानी मत उठाओ।' सिगरेट जलाते हुए जौनी ने कहा - 'मैं आज रात चला जाऊंगा।'

फ्रीमैन ने उस पर नजर डाली - फिर खामोशी से कार चलाने लगा। अपने केबिन में पहुंचकर फ्रीमैन बोला - 'देखो जौनी - एक से दो हमेशा भले होते हैं। तुम अपनी समस्या पर मुझसे विचार-विमर्श करना चाहते हो या फिर स्वयं अकेले ही उसका हल खोजना चाहते हो।'

पल-भर को उसके दिमाग में आया कि फ्रीमैन को सब-कुछ बता दे। फिर माफिया का विचार आते ही वह इच्छा को दबा गया। अगर माफिया को यह पता चल गया कि मैं यहां छुपा हुआ हूं तो वह इस देवता सरीखे इंसान का मुंह खुलवाने के लिए भयानक से भयानक यातनाएं देकर इसकी जान ही ले लेंगे।

'मैं खुद ही संभाल लूंगा। तुम क्यों व्यर्थ ही इस बखेड़े में पड़ते हो।'

'क्या वाकई परिस्थितियां इतनी ही भयंकर हैं? उसके चेहरे पर नजरें जमाकर फ्रीमैन ने पूछा।

'तुम जितना सोचते हो उससे भी कहीं ज्यादा।'

'तुम इस पर काबू पा लोगे जौनी। क्योंकि तुम्हारे अंदर आवश्यक खूबियां तथा हिम्मत है। मैं इस बारे में शर्त लगाने के लिए तैयार हूं।'

'रहने दो हार जाओगे?' जौनी ने जबरदस्ती मुस्कराने का प्रयास किया और अपने बैडरूम में जाकर दरवाजा बंद करके बिस्तर पर पड़ गया। अब वह क्या करे- जौनी ने स्वयं से प्रश्न किया। दक्षिण को जाए अथवा नहीं - सोचने वाली बात थी।

जाहिर था कि इसमें रिस्क बहुत था किन्तु रिस्क तो उठाना ही पड़ेगा, मुमकिन है कुछ दिनों बाद वे लोग यह सोचने लगें कि वह वहां गया ही नहीं तथा अन्य स्थानों पर मेरी तलाश करें। कुछ भी सही - वह जहां भी जाएगा ये लोग उसका पीछा नहीं छोड़ेंगे और साउथ जाने की अपनी तीव्र इच्छा को दबा पाना अब असंभव था।

न जाने वह कब तक विचार-सागर में गोते लगाता रहा। उसकी सोचें तभी टूटी जब फ्रीमैन वहां पहुंच गया।

'मैं काम से जा रहा हूं जौनी।' वह बोला - तुम यहीं क्यों नहीं ठहर जाते हो।'

'नहीं।' जौनी बिस्तर से उतर गया। 'जैसा कि तुमने कहा था मैं इस पर काबू पा ही लूंगा। तुम्हारे यहां वापस लौटने से पहले ही मैं यहां से चला जाऊंगा। मैं तुम्हारा धन्यवाद करना चाहता हूं।' फ्रीमैन को गौर से देखने के बाद वह बोला - 'मैं आज तुम्हारी ही वजह से जिन्दा हूं। अगर तुमने मेरी मदद न की होती तो मैं अब तक कभी का मर चुका होता।'

'मुझे पता नहीं था कि मामला इतना संगीन है - वे तीनों आदमी क्या तुम्हें....?'

जौनी ने हाथ उठाकर उसे रोक दिया, 'जितना तुम कम से कम जानो उतना ही...।'

दोनों ने हाथ मिलाये और उसके बाद फ्रीमैन चला गया।

खिड़की के पास खड़ा जौनी उसे तब तक देखता रहा जब तक कि बोरे सहित वह

जंगल में ओझल न हो गया।

सैंट क्रिस्टोफर वाला लॉकेट छूते हुए उसने सोचा-अंधेरा होने का इंतजार ही क्यों किया जाए, क्यों न वह इसी वक्त निकल पड़े। जंगल के इस उबाऊ माहौल से निकलकर मुख्य मार्ग पर पहुंचने की उसकी आकांक्षा हो उठी। उसे एक-एक क्षण असहाय लगने लगा। अपना सामान चैक करके सूटकेस उठाकर वह चल दिया। लगभग आधा घंटे बाद वह फ्रीमैन के केबिन से दो मील फ्री वे (मुख्य राजमार्ग) के निकट एक पेड़ के सहारे खड़ा था, ट्रकों व कारों के आते-जाते काफिले को हसरत भरी निगाहों से देखता हुआ। काफी दूर चलने के कारण उसका टखना फिर से दर्द करने लगा था। अब और पैदल चलने का साहस उसमें नहीं था। किसी भी सवारी की प्रतीक्षा करते-करते वह ऊब चुका था।

पेड़ के साए में खड़ा जौनी हार-थककर बैठने ही वाला था कि एक ट्रक उसके करीब बीस गज के फासले पर आकर रुका।

सूटकेस उठाकर लंगड़ाता हुआ वह ट्रक की ओर बढ़ा। ट्रक ड्राइवर नीचे उतरकर बोनट उठाए ट्रक को घूर रहा था।

उसके निकट पहुंचकर जौनी ने देखा, लम्बा, पतला, करीब सत्ताईस वर्षीय वह युवक गंदा-सा ओवर आल पहने हुए था। उसके बाल लम्बे-लम्बे ब्राउन रंग के थे। कुल मिलाकर वह जौनी को एक हानि-रहित जीव लगा।

'तुम परेशान लगते हो।' जौनी ने युवक के नजदीक पहुंचकर उससे कहा।

युवक ने उसकी ओर देखा। अजीब-सा चेहरा था उसका। शरीर की तरह बिल्कुल दुबला-पतला। जैसे वह जिन्दगी से निराश और पराजित होकर ऊब चुका हो।

'मैं हमेशा परेशान रहता हूं।' युवक बोला-'अब देखो न यह प्लग ही परेशान करने लगा है। अब जब तक यह ठंडा नहीं हो जाएगा ट्रक आगे नहीं बढ़ेगा। तुम्हें शायद सवारी की तलाश है?'

जौनी ने अपना सूटकेस जमीन पर रख दिया। बोला-'हां, तुम कहां तक जा रहे हो?'

'लिटिल क्रीक तक-वहां मेरा घर है। यह स्थान न्यू साइमरा के नजदीक है।'

‘मैं अपना किराया चुका दूंगा।’

युवक की तीक्ष्ण निगाहें तुरंत जौनी की नई खाकी ड्रिल और बुश हैट का जायजा लेने लगीं।

‘ठीक है।’ वह बोला - ‘मैं प्लग बदलता हूं, तुम अंदर जाकर बैठो दोस्त।’

दस मिनट बाद वह युवक भी ड्राइविंग सीट पर आ बैठा और इंजन चालू करते हुए बोला - ‘मेरा नाम एड स्काट है।’

‘और मुझे जौनी वियान्को कहते हैं।’ जौनी ने साफ झूठ बोला।

ट्रक फ्री वे पर दौड़ने लगा।

‘तुम क्या बिजनेस करते हो एड ?’ दो मील गुजर जाने के बाद जौनी ने खामोशी तोड़ी।

‘मैं श्रिम्पस ढोता हूं। श्रिम्पस केकड़े की तरह एक जलचर होता है, जिसे लोग बड़े शौक से खाते हैं। रिचविले के उत्तम दर्जे के कई रेस्टोरेंटों के साथ मेरा तीन वर्ष का अनुबंध है। उनमें श्रिम्पस की बहुत अधिक खपत है। शुरू-शुरू में तो मुझे यह ठेका बहुत ही अच्छा लगा था - किन्तु शीघ्र ही कड़ी मेहनत के कारण मैं इससे ऊब गया और अब मेरे विचार से यह काम बड़ा बकवास चीज है।’

उसकी बात सुनकर जौनी सोच रहा था कि जीविका-उपार्जन के लिए भी लोगों को न जाने क्या-क्या करना पड़ता है।

‘फ्रेडा, यानि मेरी पत्नी कहती है।’ स्काट बोले जा रहा था -‘कि मुझे अपने दिमाग की जांच करानी चाहिए - लेकिन औरतों की बातों पर ध्यान देना मेरी आदत नहीं है। बेकार की बातों के अलावा ये कुछ जानती ही नहीं हैं।’ जौनी पर नजरें डालकर उसने पूछा -‘तुम मेरी बात से सहमत हो न ?’

‘हां!’ जौनी शांत स्वर में बोला। और उसे सिगरेट पेश करते हुए बोला - ‘पियोगे ?’ ‘जरूर।’ वह बोला।

जौनी ने दो सिगरेटें जलाईं और उनमें से एक स्काट को थमा दी।

‘इसलिए मैंने कुछ धन जोड़कर यह ट्रक खरीद लिया है।’ स्काट ने कहना जारी रखा -‘और अब मैं सोचता हूं कि मैं भी बिजनेस करने लगा हूं। मुझे किसी भी किस्म का

बोझा ले जाने में कोई हिचक नहीं होती। इसी वजह से मैंने श्रिम्पस का ठेका लिया था और अब रोज मुझे यह बेहूदा काम करना पड़ता है, वरना वे लोग मेरी जान को आफत खड़ी कर देंगे, परन्तु इतनी कड़ी मेहनत के बाद मुझे जो पैसा हासिल होता है वह बहुत ही कम है। फ्रेडा ने यह काम शुरू करने से पहले ही मुझे आगाह किया था -किन्तु उस वक्त मैंने उसकी बात पर कोई ध्यान नहीं दिया था और अब मैं अपनी गलती का अहसास कर रहा हूं। मुझे हफ्ते में सिर्फ डेढ़ सौ डॉलर प्राप्त होते हैं इस धंधे से। इसी में मुझे अपना, बीवी का तथा घर-गृहस्थी के अन्य खर्चों के अलावा ट्रक की टूट-फूट वगैरह भी ठीक करानी पड़ती है।'

'वास्तव में ही इतनी कड़ी मेहनत के बाद तुम्हें बहुत थोड़ी आमदनी होती है।' जौनी ने अपनी राय जाहिर की।

'तुम क्या करते हो?' स्काट ने जौनी से पूछा।

'फिलहाल मैं बिल्कुल बेकार हूं' जौनी उसे मनगढ़ंत कहानी सुनाने लगा - 'कई वर्षों तक रेंट कलैक्टर का काम करते-करते अचानक मैं ऊब गया। मैंने अपनी नौकरी छोड़ दी और अपना सभी सामान कार-टी.वी. आदि बेच डाले। मेरी पूरी जिन्दगी नार्थ में गुजरी है और अब सैर-सपाटे के लिए साउथ में चला आया हूं। अब जब तक मेरी जेब में धन मौजूद है -मैं कोई काम नहीं कर सकूंगा और जेब खाली होते ही कोई नौकरी ढूंढ लूंगा।'

'तुम शादीशुदा नहीं हो?'

'नहीं।'

'बहुत भाग्यशाली हो, वरना शादी के बाद तो आदमी को मजबूरन काम करना पड़ता है।'

'तुम्हारे बच्चे हैं?' जौनी ने पूछा।

'नहीं-फ्रैडा बच्चे पैदा नहीं करना चाहती और वर्तमान स्थिति को देखते हुए मैं भी उसके विचारों से सहमत हूं। जिस तरह से हम जीवन यापन कर रहे हैं उसमें बच्चों का न होना ही बेहतर है।

'बच्चे पैदा करने के लिए तो अभी तुम्हारे पास काफी समय पड़ा है।' जौनी ने कहा

- 'अभी तो तुम खूब जवान हो।'

स्काट हंसा -बोला -'मुझे लगता है कि अब हमारे यहां बच्चे नहीं होंगे। कम से कम उस वक्त तक तो मुमकिन नहीं-जब तक मैं श्रिम्पस ढोता रहूंगा'

जौनी खामोश हो गया। पैदल चलने के कारण उसे थकान हो गई थी। थोड़ी देर के बाद वह ऊंघने लगा। करीब आधा घंटा सोने के बाद जब वह जागा तो ट्रक मुख्य राजमार्ग (फ्री वे) के दोनों ओर स्थित जंगल से गुजर रहा था। स्काट के चेहरे पर थकान के लक्षण स्पष्ट दीख रहे थे। स्टेयरिंग पर जमे उसके हाथों और बांहों में तनाव-सा उत्पन्न हो गया था।

'मेरे विचार में तुम थोड़ी देर सुस्ता लो।' जौनी बोला - 'ट्रक मैं चलाता हूं।'

'क्या तुम इसे ड्राइव कर सकते हो?' स्काट ने आशापूर्वक उससे पूछा।

'मैं चार पहियों वाले हर वाहन को चला सकता हूं।' जौनी ने उत्तर दिया।

स्काट ने स्पीड कम करके ट्रक रोक दिया। आपस में सीटें बदल लेने के बाद वह बोला - 'यदि मुझे नींद आ जाए तो तुम सीधे ही चलते रहना - जैसे ही तुम ईस्टलिंग का साइनपोस्ट क्रॉस करने लगो -मुझे जगा देना। ओ.के.।'

जौनी सहमति देकर ट्रक ड्राइव करने लगा। स्काट थोड़ी ही देर में नींद की गोद में समा गया।

आठ दिन तक निठल्ला पड़े रहने के बाद इस काम को करते हुए उसे आनन्द आ रहा था। साथ ही वह पूरी तरह से सतर्क भी था, क्योंकि कोई मामूली-सी भी दुर्घटना उसके अब तक के किये हुए काम पर पानी फेर सकती थी।

सहसा उसका विचार लगेज लॉकर में पड़े हुए नोटों के थैलों की ओर घूम गया। एक लाख बयासी हजार डालर की भारी रकम उसका इंतजार कर रही थी - लेकिन वह उसे प्राप्त कब करेगा - कर भी पायेगा या नहीं। कोई नहीं जानता था कि माफिया के आदमी कौन-कौन हैं और कहां-कहां हैं - परन्तु इतना निश्चित था कि माफिया के आदमी प्रत्येक बार-कैफे-गैरेज-सस्ते होटल-ढाबे तथा अन्य ऐसी ही जगहों पर मौजूद थे।

लिटिल क्रीक पहुंचकर वह क्या करेगा, यह प्रश्न उसके दिमाग में उभरा। वह वहां

पूर्णतया अपरिचित के रूप में प्रकट होगा। माफिया संगठन की कार्यप्रणाली से भी वह परिचित था। उसके ऊपर किसी इनाम की घोषणा की जाएगी। कोने में सोये पड़े मरियल से युवक पर उसने नजर डाली। सचमुच अजीब दिमाग था उसका, अपनी किस्म का अलग ही जीव है, उसने सोचा। एक ऐसा व्यक्ति जो निजी व्यवसाय में विश्वास रखता था, क्योंकि वह अनुशासन में नहीं रह सकता था और अपनी इसी आदत के कारण गुलामों जैसा जीवन जीने के लिए मजबूर था। अपनी समस्या को भूलकर वह स्काट की कही बातों पर विचार करता रहा।

अचानक उसे समुद्र की सी गंध महसूस हुई। वह इस प्रकार सांस लेने लगा जैसे किसी बहुत ही सुगंधित चीज को सूंघ रहा हो। समुद्र की याद आते ही उसके मस्तिष्क में रह-रहकर उथल-पुथल मचने लगी। पैंतालीस फुट लम्बी नौका का सपना सजीव-सा होने लगा। वह मीठी-मीठी कल्पनाओं का मन ही मन रसास्वादन लेने पर विवश हो गया।

सामने ईस्टलिंग का साइन पोस्ट देखकर उसने स्काट को हिलाकर जगा दिया।

'जागो स्काट, हम ईस्ट लिंग पर पहुंच गये हैं।'

'गाड़ी रोक दो।' स्काट ने जागकर कहा - 'लगता है जैसे मैं पांच मिनट ही सो पाया हूं।'

दोनों ने फिर सीटें बदल लीं।

'क्या मुझे सोने के लिए कोई जगह मिलेगी वहां?' जौनी ने पूछा।

स्काट ने उसकी ओर देखा।

'मेरे पास एक फालतू कमरा है, मगर उसका किराया पांच डॉलर प्रति सप्ताह के हिसाब से देना होगा। बोलो, मंजूर है?'

'मंजूर है।' जौनी ने सहमति जताई।

स्काट ट्रक को राजमार्ग पर दौड़ाने लगा।

✦ ✦ ✦

ठीक उस समय, जब जौनी स्काट का ट्रक ड्राइव कर रहा था, मसीनो के दफ्तर में मीटिंग हो रही थी, जिसमें मसीनो के साथ-साथ कार्लो तान्जा और एन्डी लुकास भी मौजूद थे।

मसीनो तान्जा को गुओवानी फ्यूजैली के बारे में बताते हुए कह रहा था कि इस एक्शन में बेकार ही समय जाया होने के अलावा और कुछ नहीं हुआ अपने क्रोध पर कठिनाई से काबू पाते हुए वह बार-बार एन्डी को घूर रहा था, क्योंकि इस सबके लिए वही जिम्मेदार था।

'हमें याद रखना चाहिए कि यहां से भागते समय रकम जौनी के पास नहीं थी।' मसीनो ने कहा - 'एन्डी का अनुमान था कि जौनी ने किसी दूसरे व्यक्ति के साथ मिलकर यह कार्य किया था और हम इस दूसरे आदमी के रूप में फ्यूजैली को समझ बैठे, परन्तु ऐसा नहीं था। टोनी और अर्नी को पूरा विश्वास है कि फ्यूजैली का इससे कोई वास्ता नहीं। अब दो ही संभावनाएं हैं। या तो जौनी किसी ऐसे आदमी के साथ मिला हुआ है, जिसकी जानकारी हमें नहीं है या फिर वह आतंकित होने के कारण धन को इसी शहर में छोड़कर भाग गया। उसने तान्जा की ओर देखा और पूछा -'तुम्हारा क्या विचार है?'

'तीसरी सूरत एक और भी है।' तान्जा बोला -'उसने नोटों के थैलों को किसी ग्रेहाउंड बस स्टेशन में रख दिया हो। स्टेशन सामने है ही, अत: ऐसा करना मुश्किल नहीं है। टिकट खरीदकर थैलों को बस में रख दो और वे अपने रूट के किसी भी और स्टेशन पर डिलीवर कर देंगे। यदि मैं उसकी जगह होता तो यही करता। मेरी राय में तो इतनी बड़ी धन राशि को यहां छोड़ जाने की हरकत कोई मूर्ख आदमी ही कर सकता है, क्योंकि यहां वापिस आना अपनी कब्र खोदने के समान है और जहां तक मुझे जानकारी है, वियान्डा हर्गिज बेवकूफ किस्म का इंसान नहीं है।'

'तुम्हारे विचार में उसका कोई सहयोगी नहीं था?'

तान्जा ने सिर हिला दिया। बोला-'लगता तो यही है, क्योंकि वह एकदम अकेला था। उसका मित्र केवल वह नीग्रो सैमी है और नीग्रो सैमी इतने बड़े कांड में क्या हिस्सा लेगा। वह किसी बच्चे की च्युइंगम तक चुराने की हिम्मत नहीं कर सकता मेरे ख्याल से तो वियान्डा रकम हाथ में आते ही बस स्टेशन पर पहुंचा होगा और नोटों के थैले बस में

लाद दिए होंगे। यह जानते हुए कि ग्रेहाउंड के किसी भी बस स्टेशन पर वे उसे आसानी से मिल जाएंगे। फिर उस वेश्या (मेलानी) के पास पहुंचकर उसे पता लगा होगा कि उसका मैडल खो चुका था, बस वह आतंकित होकर यहां से भाग गया।'

'इसे हम चैक कर सकते हैं।' मसीनो ने एन्डी की ओर देखते हुए कहा - 'उस समय बहुत कम बसें वहां आई होंगी, वहां जाकर पता लगाओ। किसी न किसी को तो दो भारी थैलों को बस में लादे जाने की याद होगी ही।'

एन्डी तत्काल दफ्तर से बाहर निकल गया।

मसीनो ने तान्जा पर नजरें स्थिर कीं। बोला-'अब आठ दिन गुजर चुके हैं। तुम सोचते हो कि वह अभी भी तुम्हारे हाथ आ सकता है।'

तान्जा कुटिलता से मुस्कुराया।

'हमसे आज तक कोई नहीं बचा।' 'वह बोला - 'लेकिन यह काम बेहद खर्चीला है।'

'कितना खर्च होगा इस पर?'

'कुल धन का पचास प्रतिशत।'

मसीनो ने धीमे स्वर में कहा - 'मैं उसे जीवित देखना चाहता हूं। यदि वह जिन्दा मुझे सौंप दिया गया तो कुल रकम का आधा हिस्सा तुम्हें दे दूंगा और अगर वह मुर्दे के रूप में लाया गया तो एक तिहाई रकम मिलेगी।'

'जिन्दा पकड़ने में मुमकिन है वह प्रतिरोध करेगा।'

मसीनों की मुट्ठियां भिंच गई। वह क्रोधित स्वर में में बोला-

'मैं उस सुअर की औलाद को जिन्दा चाहता हूं। मैं स्वयं उसे अपने हाथों से पीट-पीटकर उसका मलीदा बनाऊंगा।' मसीनो को क्रोध से बिफरता देखकर तान्जा जैसा नृशंस आदमी भी सहम गया।

क्रोधित मसीनो ने जोर से अपनी मुट्ठियों को डेस्क पर मारा और गरजता हुआ बोला-

'जाओ-अपने संगठन के जरिए चप्पा-चप्प तलाश करो -मुझे खर्चे की कोई परवाह नहीं है - में सिर्फ उस हरामजादे को पाना चाहता हूं।'

सहमा हुआ-सा तान्जा फौरन उठ खड़ा हुआ और दफ्तर से बाहर निकल गया।

✦ ✦ ✦

ट्रक की रफ्तार धीमी करते हुए स्काट ने कहा - 'करीब-करीब अब हम घर पहुंच ही चुके हैं। एक मील आगे दाईं ओर न्यू साईमारा है। यहीं से मुझे माल लादना होता है।' ट्रक को मुख्य राजमार्ग से उतारकर धीरे-धीरे वह संकरी-सी रेतीली चढ़ाई चढ़ने लगा, जिसके दोनों ओर पाइन के दरख्तों की कतारें थीं। 'यह रास्ता लिटिल क्रीक को जाता है। छोटी-सी इस जगह में एक स्टोर तथा कुछ केबिनों के अलावा सुन्दर झील भी है। दूर झील के किनारे पर हमारा हाउस बोट है। सबसे अलग-थलग-बिल्कुल एकांत में। रोजी-रोटी कमाने के चक्कर में यहां के आदमी इतने अधिक व्यस्त हैं कि एक-दूसरे से बात तक करने की फुर्सत उन्हें नहीं मिलती।'

जौनी के लिए यह एक शुभ संदेश था।

रेतीली सड़क के आगे जंगल इतना घना था कि जौनी को वह पूरी तरह से अंधकारमय प्रतीत हो रहा था।

सहसा वे झील के निकट पहुंच गए। जौनी को झील डेढ़ मील से कम नहीं लगी। नावों में बैठे बहुत से व्यक्ति मछलियां पकड़ने में तल्लीन थे। जैसे ही स्काट का ट्रक आगे बढ़ा, नाव में बैठे एक आदमी ने हाथ उठाकर उसका अभिवादन किया। जवाब में स्काट ने भी अपना हाथ हिला दिया।

'शाम के भोजन का समय है।' स्काट मूर्खतापूर्ण ढंग से मुस्कराते हुए बोला-'लंच और डिनर के लिए यहां सभी मछलियां पकड़ते हैं। पता नहीं फ्रैडा ने कुछ पकड़ा होगा या नहीं।'

केबिनों को पीछे छोड़कर लगभग एक मील जंगल में घुसने के पश्चात् वे खुले स्थान पर पहुंचे। जौनी ने एक लम्बी मगर पुरानी सी भद्दी-सी बोट देखी। बीस फुट लम्बा टूटा-फूटा-सा तख्ता पुल की शक्ल में उसे किनारे से जोड़े हुए था।

'हम यहां दो सालों से रह रहे हैं।' बांसों के बने एक पार्किंग शेड में ट्रक रोकते हुए

स्काट बोला-'इसे वर्तमान स्थिति में लाने के लिए हमें बड़ी मेहनत करनी पड़ी थी लेकिन अब ज्यादा बुरा नहीं है। क्या तुम अधिक दिनों तक ठहर सकते हो?'

'यह तो तुम्हारी पत्नी के व्यवहार और इच्छा पर निर्भर है।' जौनी ने उसकी आंखों में झांकते हुए उत्तर दिया -'मुमकिन है वह किसी अपरिचित को अपने यहां रखने के लिए तैयार ही न हो।'

स्काट ने अनिच्छापूर्वक अपने कंधे सिकोड़े। बोला-फ्रैडा की चिन्ता मत करो। वह भी दौलत की उतनी ही भूखी है जितना कि मैं हूं। मुझे तो पांच डालर प्रति सप्ताह मिलेंगे और उसे समय काटने के लिए एक अच्छा साथी मिल जाएगा। सारे दिन अकेली रहकर वह बोर हो जाती है।'

जौनी अधीरता से बोला-'इस एकांत स्थान पर तुम्हारी पत्नी को पर-पुरुष की आवश्यकता क्यों हो सकती है? क्या इस बात से तुम्हें कोई परेशानी महसूस नहीं होती?'

'मैं क्यों परेशान होऊंगा।' स्काट ने सामान्य स्वर में कहा - 'यदि तुम सोचते हो कि तुम उसे फंसा लोगे तो शौक से कोशिश करके देखो और अगर वह स्वयं ही तुमसे सहवास की इच्छा प्रगट करती है - तब भी मुझे कोई आपत्ति नहीं होगी। यकीन करो, शादी के बाद से आज तक मैं उसके साथ नहीं सोया हूं।' वह कटाक्ष करता हुआ बोला -'वासना की भूख मुझे ज्यादा नहीं है। फिर भी जब कभी जी चाहता है तो मैं रिचविले में अपनी इच्छापूर्ति कर लेता हूं। मुझ जैसे मेहनतकश आदमी के लिए एक महीने में एक बार ही बहुत है।'

जौनी हैरानी से उसका मुंह ताकने लगा। उसने पूछा - 'तुम दोनों कैसे पति-पत्नी हो?'

'इस बारे में तुम अपना भेजा खराब मत करो।' ट्रक से उतरते हुए स्काट ने कहा - 'अगर तुम यहां ठहरना चाहो तो उस समय तक रह सकते हो जब तक किराया देते रहोगे। आओ, मैं तुम्हें तुम्हारा कमरा दिखाता हूं।'

पायर पर चलते हुए एक जगह रुककर स्कटा ने उंगली से इशारा करके कहा -'देखो वह वहां तैर रही है। अपना ज्यादातर समय झील में ही गुजारती है।'

'आओ, अन्दर चलते हैं।' स्काट ने कहा।

हाउस बोट के चारों ओर काफी बड़ा डैक था। दोनों ने साथ-साथ लिविंग रूम में प्रवेश किया। सजावट न होने के बावजूद भी वह आरामदायक प्रतीत हो रहा था। कोने में एक टी.वी. सैट भी मौजूद था।

'यह तुम्हारा कमरा है।' स्काट ने दरवाजा खोलते हुए कहा - 'अपना सामान यहां रख दो और झील में तैरने का आनन्द उठाओ। हम बिल्कुल नग्न होकर तैरते हैं। इस बारे में फ्रैडा की फिक्र बिल्कुल मत करो। उसने अपने जीवन में इतने नंगे पुरुष देखे हैं जितने कि मैंने श्रिम्पस भी नहीं देखीं।'

जौनी ने उस कमरे में चारों ओर नजरें दौड़ाई। सामान के नाम पर वहां एक बैड-एक अलमारी-नाइट टेबिल तथा कुर्सी ही थी। खिड़की झील की ओर खुलती थी। कमरे की सफाई देखकर उसका दिल खुश हो गया।

'कमरा सुन्दर है।' वह बोला।

'ठीक है फिर।' स्काट ने कहा और चला गया।

जौनी ने खिड़की से बाहर झांका। तैरने की इच्छा तो उसकी भी थी - किंतु नंगा होकर नहीं। उसने देखा - स्काट बिल्कुल नंगी हालत में डैक पर प्रगट हुआ और झील में गोता लगा गया। वह तैरता हुआ फ्रैडा के पास पहुंचा - कुछ क्षण वहां रुका और फिर फ्रैडा हाउस बोट की ओर तैरती हुई आगे की ओर बढ़ने लगी।

खिड़की में खड़ा जौनी ध्यानपूर्वक देख रहा था। जैसे ही वह डैक पर पहुंची, जौनी ने अपने-आपको पर्दे की आढ़ में छिपा लिया। उसका कद ऊंचा-शरीर की रंगत ब्राउन थी। डैक पर चलते समय उसके कुल्हे तथा पुष्ट नितम्ब अनायास ही आमंत्रित करते प्रतीत होते थे। जौनी की आंखें उसके शरीर का सौन्दर्य देखने में इतनी व्यस्त थीं कि वह चेहरा भी नहीं देख सका। कंधों के बीच लटके उसके सुनहरी बाल बेहद लुभावने थे। असीम उत्तोजना के कारण जौनी का चेहरा पसीने से तर हो गया। पसीना पोंछते हुए उसने सोचा-कहां आ फंसा। ऐसी सुन्दर और आकर्षक शरीर की औरत उसने आज से पहले कभी नहीं देखी थी।

ठंडे पानी की आवश्यकता महसूस करते हुए उसने तुरंत अपने कपड़े उतार फेंके।

अंडरवीय पहने डैक पर आया और झील में छलांग लगा दी। वासना की जो आग उसके अंदर भड़क उठी थी उसे शांत करने का एकमात्र उपाय यही था।

काफी देर बाद जब उसने स्काट को लौटते देखा तो वह स्वयं भी तैरता हुआ उससे जा मिला।

'मैं तौलिया लाता हूं तुम्हारे लिए।' डैक पर पहुंचकर स्काट ने कहा और लिविंग रूम की ओर चला गया। कुछ ही देर बाद वह तौलिया लेकर पुन: लौट आया। शरीर पोंछकर जौनी अपने बैडरूम में जा पहुंचा। तली हुई प्याज की गंध सूंघकर उसके मुंह में पानी भर आया। सहसा उसे याद हो आया - फ्रीमैन के केबिन से निकलने के बाद अब तक उसने कुछ भी नहीं खाया था। अचानक ही उसे तेज भूख महसूस होने लगी।

कपड़े पहनकर वह लिविंग रूम में आ गया। स्काट सिगरेट पीते हुए खिड़की से बाहर झांक रहा था। आहट सुनकर उसने जौनी की ओर देखा।

'तैरने में मजा आ गया था ना?'

'हां, बहुत ज्यादा आनंद आया।'

'हम ड्रिंक इस्तेमाल नहीं करते यहां।' स्काट ने जानकारी दी -'क्योंकि हम इसका खर्च वहन नहीं कर सकते। यदि तुम्हें ड्रिंक की आवश्यकता हो तो मोटर बोट द्वारा कल ही खरीद लेना।'

जौनी को ड्रिंक की इच्छा तो हो रही थी-मगर वह इस इच्छा को टालते हुए बैठ गया। 'रसोई से बड़ी अच्छी सुगन्ध आ रही है।' उसने स्काट से कहा।

'हां, फ्रैडा खाना बहुत ही जायकेदार बनाती है।'

'मेरे बारे में भी बता दिया है उसे तुमने?'

'बिल्कुल।' आगे झुककर टी.वी. का स्विच ऑन करते हुए स्काट ने कहा - 'वह किचन में है - खुद ही जाकर बातें कर लो उससे।'

जौनी हिचकता-सा उठा और लिविंग रूम के दूसरे सिरे पर बना दरवाजा खोलकर किचन में झांका। छोटी-सी किचन में, ब्यूटेन गैस, कुकर, कप बोर्ड, मेज तथा रेफ्रिजरेटर के बीच घिरी खड़ी फ्रैडा कढ़ाई में पक रही किसी चीज को हिला रही थी।

उसने जौनी पर दृष्टि डाली। जौनी के समस्त शरीर में बिजली-सी दौड़ गई। फ्रैडा

गजब की सुन्दर थी।

वास्तव में ही वह सौन्दर्य की साक्षात प्रतिमा थी। शा ायद वह स्वीडिश (स्वीडन की रहने वाली) थी। जौनी लगातार आंखों ही आंखों में उसके सौन्दर्य का पान कर रहा था - किन्तु फ्रैडा उस पर उचटती-सी निगाह डालकर अपने काम में लग गई थी।

'भूख लगी है शायद।' उसके मधुर कंठ से निकली आवाज ने जौनी के मस्तिष्क में हलचल मचा दी-'अब और देर नहीं लगेगी -सुनो, एड कह रहा था कि अब कुछ दिन तुम यहीं रहोगे।'

'हां-अगर तुम्हें कोई परेशानी न हो तो।' जौनी बोला।

वह पैंट और कमीज पहने थी। नितम्बों के उभार पर नजर गड़ाते हुए जौनी को उसके नहाने का दृश्य याद हो आया। ठोस एवं उन्नत उरोज कमीज से विद्रोह करके बाहर झांकने को तत्पर-से प्रतीत हो रहे थे।

'हमें तो धन की जरूरत है।' वह बोली - 'वैसे एड का विचार है कि तुम मुझे अच्छी तरह कम्पनी दे सकते हो। छोड़ो इन बातों को, यह बताओ, करी पसन्द है तुम्हें?'

'मुझे हर चीज पसन्द है।'

'खाना तैयार होने में बीस मिनट और लगेंगे - तब तक तुम टी.वी. देखो। खाना तैयार करते समय मैं अकेली रहना ज्यादा पसन्द करती हूं।'

दोनों की आपस में निगाहें मिलीं। चमकीली नीली आंखें उसके मजबूत जिस्म का अवलोकन करती हुई चेहरे पर जा टिकीं। फिर वहीं उलझकर रह गईं। उसने होंठों पर जुबान फेरी।

'मेरा नाम जौनी है।' मुश्किल से उसके मुंह से अपना नाम निकला।

'मैं फ्रैडा हूं।' वह हाथ से इशारा करती हुई बोली - 'जाओ एड के पास बैठो।'

जौनी को उसका स्वर कुछ कटुता भरा महसूस हुआ। वह तत्काल वहां से निकल आया और लिविंग रूम में पहुंचकर स्काट के पास बैठ गया।

✦ ✦ ✦

तेजी से कदम उठाते हुए एन्डी लुकास ने मसीनो के दफ्तर में प्रवेश किया। दरवाजा बंद करके बारी-बारी से मसीनो तथा तान्जा की ओर देखा। दफ्तर सिगरेट के कसैले धुएं से भरा हुआ था। मेज पर व्हिस्की की आधी बोतल, दो गिलास तथा बर्फ की ट्रे रखी हुई थी।

'हूं। क्या हुआ?' मसीनो ने गुर्राते हुए पूछा।

'देर तो जरूर लगी है मिस्टर मसीनो।' एन्डी ने कहा - 'किन्तु मैं चैक करा चुका हूं। उस रात के दो बजे से सुबह पांच बजे तक जाने वाले प्रत्येक ड्राइवर से मैंने बात की है। उनके मुताबिक किसी ने उस दौरान दो थैले किसी भी बस में नहीं चढ़ाए। सामान रखते समय वे टिकट इश्यू करते हैं किन्तु उस दौरान किसी का टिकट नहीं दिया गया।'

'इसका मतलब यह हुआ।' तान्जा बोला - 'कि उसके साथ कोई और भी व्यक्ति था जो दोनों थैलों को बाहर ले गया, या फिर धन अभी भी यहीं मौजूद है, इसी शहर में।'

'मान लो।' मसीनो ने अपना विचार व्यक्त किया - 'चोरी उसने अकेले ही की और दोनों थैलों को ग्रेहाउंड बस स्टेशन के लगेज लॉकरों में इस विचार से रख दिया कि वापस आकर धन हासिल कर लेगा। इस संभावना के बारे में क्या विचार है?'

तान्जा ने इंकार में सिर हिला दिया - 'वह बेवकूफ नहीं था मिस्टर मसीनो। वह अच्छी तरह जानता था कि वापस लौटना असंभव होगा। मेरा दावा है कि इस काम में उसका कोई साथी जरूर था और वही उस रकम को लेकर शहर से बाहर निकला होगा।'

'विचार तो तुम्हारा ठीक लगता है।' मसीनो ने कहा - 'लेकिन मान लो उसने रकम लगेज लॉकर में रख छोड़ी हो।' फिर उसने एन्डी की ओर देखकर कहा - 'तो क्या हम उसको चैक कर सकते हैं?'

'वहां तीन सौ से भी ज्यादा लॉकर हैं।' एन्डी ने उत्तर दिया - 'और बिना किसी जज के आदेश के कमिश्नर तक भी उनकी तलाशी नहीं ले सकता। मेरे विचार में इस झंझट में न पड़ना ही उचित होगा मिस्टर मसीनो।'

कुछ देर सोचने के बाद मसीनो बोला - 'तुम ठीक कहते हो - अगर हमने उन लॉकरों की तलाशी ली तो अखबार वाले ये बात ले उड़ेंगे। बेहतर होगा कि हम उन लॉकरों को सील कर दें। मैं चाहता हूं एन्डी कि तुम दिन- रात चौबीस घंटे उन लॉकरों

की निगरानी का इंतजाम कर दो। निगरानी करने वालों को बैगों का हुलिया अच्छी तरह से समझा देना। ज्योंही कोई व्यक्ति उन बैगों को ले जाता हुआ दिखाई दे, वे उसे तुरन्त दबोच लें।'

एन्डी ने सहमति जताई और तुरंत बाहर निकल गया।

मसीनो ने तान्जा की ओर देखा और पूछा - 'तुम्हारी ऑर्गनाइजेशन क्या कर रही है इस विषय में?'

'कार्यवाही शुरू हो चुकी है मिस्टर मसीनो - तुम थोड़ा धैर्य रखो - वक्त तो कुछ ज्यादा जरूर लग जाएगा किन्तु वह हमसे बचकर नहीं निकल सकेगा। हमारे हर व्यक्ति को सूचना दी जा चुकी है कि हमें उसकी तलाश है। यह देखो।' उसने अपनी जेब से कागज निकालकर डेस्क पर फैला दिया - 'कल सुबह तक फ्लोरिडा के हर अखबार में यह विज्ञापन छप चुका होगा।'

मसीनो ने थोड़ा झुककर विज्ञापन पढ़ा - विज्ञापन का प्रूफ था - 'क्या आपने इस आदमी को देखा है? इनाम दस हजार डॉलर।' इस हैडिंग के साथ जौनी का जेल से प्राप्त किया हुआ फोटो छपा था। साथ ही लिखा था - घर से लापता है - विश्वास किया जाता है कि अपनी याददाश्त खो चुका है।'

सम्पर्क स्थापित करें - डाइसन एन्ड डाइसन, एटॉर्नीज

ऑफ लॉ - 2600 क्रियु स्ट्रीट

ईस्ट सिटी - फोन 007, 611 - 07

'मुझे विश्वास है, यह तरकीब जरूर कामयाब होगी।'

✦ ✦ ✦

जौनी जाग उठा। उसने फट-फट की आवाज सुनी थी। सिर उठाकर उसने खिड़की से बाहर की ओर देखा। फ्रैडा मोटरबोट में बैठकर जा रही थी। उसने पुरानी-सी पैंट तथा कमीज पहनी हुई थी। उसके होंठों में सिगरेट दबा हुआ था।

छोटी-सी मोटरबोट झील के दूसरी ओर जा रही थी। जौनी ने फिर से अपना सिर तकिए पर रख दिया। इससे पहले उसने ट्रक की आवाज सुनी थी और अंदाज लगा लिया

कि स्काट अपने काम पर जा चुका था। बिस्तर पर लेटा-लेटा वह पिछली शाम के बारे में सोचने लगा। डिनर में उन्होंने ब्लैक क्रेपी (एक प्रकार की मछली) की करी, चावल तथा प्याज और टमाटर खाये थे। खाने के दौरान तीनों ही प्रायः खामोश रहे थे। स्काट क्योंकि टेलीविजन पर कोई प्रोग्राम देखना चाहता था अतः वह जल्दी-जल्दी डिनर समाप्त करके उठ गया। फ्रैडा और जौनी एक-दूसरे के सामने बैठे रह गए।

'तुम खाना बहुत ही जायकेदार बनाती हो।' जौनी उसकी तारीफ करते हुए बोला।

'एन्डी भी यही कहता है।' फ्रैडा के शब्दों में कटुता का अनुभव करके जौनी ने चौंकते हुए उसकी ओर देखा। वह कह रही थी - 'पुरुष हमेशा खाने के बारे में सोचते रहते हैं।'

दूसरे कोने में बैठे टी.वी. देखने में व्यस्त स्काट पर नजरें डालकर जौनी बोला - 'सभी पुरुष नहीं।'

'थोड़ा और लो ना।' फ्रैडा बोली।

'हां - हां जरूर।'

वह कुर्सी से उठकर खड़ी हो गई - बोली - 'तुम खाना खाओ। मुझे और भी बहुत-से काम हैं।' फ्रैडा उसे अकेला छोड़कर किचन में चली गई।

खाना स्वादिष्ट था अतः भूखा होने के कारण जौनी ने खूब डटकर खाया। फिर जब वह तृप्त हो गया तो सिगरेट जला ली मगर दो-चार कश लेने के बाद ही उसने सिगरेट कुचल दी और जूठी प्लेटें उठाकर किचन की ओर बढ़ गया। डैक पर बैठी फ्रैडा झील के शांत जल को देख रही थी।

'आओ प्लेटें साफ कर दें।' जौनी ने कहा।

'तुम घरेलू कामों में बहुत रुचि लेते हो।' उपहासपूर्ण ढंग से फ्रैडा बोली - 'पड़े रहने दो। कल साफ हो जाएंगी।'

'मैं किये लेता हूं - तुम बैठो यहीं।'

'ठीक है।' वह अनिच्छापूर्वक बोली।

बीस मिनट में ही सफाई आदि से निवृत्त होकर वह पुनः डैक पर आ पहुंचा और फ्रैडा के नजदीक ही बांस की बनी कुर्सी पर बैठ गया।

'बड़ा हसीन नजारा है।'

'तुम्हें तो हसीन ही लगेगा मगर दो साल से इसी नजारे को देख-देखकर मैं ऊब चुकी हूं। वैसे तुम रहने वाले कहां के हो?'

'सुदूर उत्तर का .... और तुम?'

'स्वीडन की।'

'तुम्हारे बालों और आंखों को देखकर मैंने भी यही अंदाजा लगाया था किन्तु तुम अपने घर से इतनी दूर यहां आकर क्यों बसीं?'

'हूं।' थोड़ी देर रुककर वह बोली - 'तुम मुझसे ज्यादा वार्तालाप न करो तो ज्यादा ठीक होगा। दो वर्ष से मैं अकेली ही रह रही हूं यहां और अब अकेलेपन की अभ्यस्त हो चुकी हूं। तुम यहां चंद दिन ठहरने आए हो और यदि पैसों की मजबूरी न होती तो मैं तुम्हें हर्गिज यहां ठहरने नहीं देती - क्योंकि मुझे अपने एकांत में किसी के द्वारा भी बाधा पहुंचाना पसन्द नहीं है।'

'मैं तुम्हारे किसी भी काम में बाधक नहीं बनूंगा। वह खड़ा हो गया और बोला - 'मैं सोने जा रहा हूं। मजेदार खाना खिलाने के लिए धन्यवाद!'

फ्रैडा ने अपनी कुर्सी की पुश्त से सिर टिका लिया।

'सफाई करने के लिए धन्यवाद।' उसने उत्तर दिया।

दोनों ने क्षण-भर के लिए एक-दूसरे की आंखों में झांका, फिर जौनी लिविंग रूम में आ गया। टी.वी. का प्रोग्राम शायद समाप्त होने वाला था क्योंकि स्काट भी अब उठने को तैयार हो रहा था।

'अब सोना चाहिए -' स्काट ने उठते हुए कहा - 'कल शाम सात बजे फिर तुमसे मुलाकात होगी फिशिंग को जाना चाहो तो इस अलमारी में सभी सामान मिल जाएगा।'

'बहुत अच्छा-अच्छा गुड नाइट।'

जौनी अपने कमरे में आकर बिस्तर पर पड़ गया था। झील के शांत जल में पड़ती चन्द्रमा की शीतल किरणों को देखते हुए वह स्काट तथा फ्रैडा के बारे में सोचता रहा। फिर उसने मसीनो के विषय में सोचा और निश्चिंत हो गया। इस स्थान पर वह पूर्णतया सुरक्षित था। ऑर्गेनाइजेशन सपने में भी उसके यहां होने का अनुमान तक नहीं लगा

सकता था।

और जब गहरी नींद से वह जागा तो सूरज काफी चढ़ आया था। फ्रैडा को मोटरबोट में जाते देखकर वह बिस्तर छोड़कर किचन में घुस गया। कॉफी तैयार की और डैक पर आ बैठा।

कॉफी समाप्त करने के बाद वह हाउस बोट के अंदर चला गया और स्काट की फिशिंग रॉड लेकर वापस डैक पर आ बैठा और लगभग एक घंटे तक मछलियां पकड़ने का असफल प्रयास करता रहा। फिशिंग रॉड हाथ में लिए धूप में बैठकर वह अपनी उस दौलत के बारे में सोच-सोचकर सुख का अनुभव कर रहा था जो लगेज लॉकर में बंद पड़ी थी। उसने निश्चय किया कि एक हफ्ता यहां गुजारने के बाद वापस जाने में और उन नोटों को निकालने में कठिनाइयां पेश नहीं आएंगी। उसके और एक-डेढ़ महीने के बाद यह किस्सा बिल्कुल ही खामोश हो जाएगा। पांच-सात रोज बाद वह स्काट के साथ रिचविले जाकर फोन द्वारा सैमी से वहां की गतिविधियों को जानने की चेष्टा करेगा।

न जाने कब तक वह अपने सुख-सपनों में खोया रहता, किन्तु तभी फटफट की आवाज से उसकी विचार तन्द्रा भंग हो गई। फ्रैडा मोटरबोट को दौड़ाती चली आ रही थी। उसने उसकी ओर हाथ हिला दिया। जवाब में फ्रैडा ने भी वैसा ही किया। दस मिनट बाद वह डैक पर मौजूद थी और जौनी मोटर बोट को बांध रहा था।

'तुम यहां से कुछ हासिल नहीं कर सकोगे।' रॉड को देखते हुए वह बोली - 'अगर फिशिंग ही करना चाहते हो तो वोट ले जाओ।' उसके हाथ में सामान से लदी एक टोकरी थी - 'लंच में अभी दो घंटे की देर है। तुम बोट ले जाओ और रात के भोजन के लिए कुछ मछलियां पकड़ने की कोशिश करो।'

जौनी ने उस समय कमीज उतार रखी थी - उसकी बालों भरी चौड़ी छाती पर लटके मैडल की ओर इशारा करके उसने पूछ लिया -

'यह क्या है?'

जौनी का हाथ तत्काल अपने मैडल पर पहुंच गया।

बोला - 'यह सेंट क्रिस्टोफर का लॉकेट है - जो मेरी मां ने मुझे दिया था। उसका विश्वास था कि जब तक यह मेरे पास मौजूद रहेगा - दुनिया की कोई विपत्ति मेरा कुछ

नहीं बिगाड़ सकेगी।'

'तुम इटैलियन हो न?'

'हां, मगर में पैदा फ्लोरिडा में हुआ था।'

'ठीक है - तो फिर इसे खोना नहीं, हमेशा साथ रखना। कहकर वह सामान सहित किचन में चली गई।

जौनी मछली पकड़ने का सामान उठाये, बोट लेकर चला गया। एक घंटे के प्रयास के बाद उसके हाथ चार पौंड वजन की एक कास (एक प्रकार की मछली) हाथ आ गई तो वह बहुत खुश हुआ। उसे लेकर वह किचन में पहुंचा तो फ्रैडा के चेहरे पर आश्चर्यमिश्रित प्रसन्नता को देखकर जौनी ने गर्व व संतोष महसूस किया।

'तुम तो वाकई बहुत अच्छे फिशर हो।'

'बचपन में मुझे मछली पकड़ने का बहुत शौक था।'

'सुनो।' वह बोली - 'स्काट को तो रिचविले में मुफ्त भोजन मिलता है और मेरे पास जो कुछ था वह अब खत्म हो चुका है - क्या तुम किराये के रूप में मुझे कुछ दे सकते हो?'

'हां... हां... क्यों नहीं?' जौनी अपने बैडरूम में पहुंचा। सूटकेस का ताला खोला। दस-दस डॉलर के दो नोट निकाले और लाकर उसे पकड़ा दिये।

'धन्यवाद!' उसने नोटों को अपने एक पुराने से बटुए में रख लिया - बोली - 'आओ भोजन करते हैं।'

भोजन करते समय फ्रैडा ने पूछा - 'अब क्या विचार है तुम्हारा - यहीं खाली पड़े रहोगे?'

'मैं इस समय छुट्टी बिता रहा हूं - और समय बिताने के लिए जो कुछ हो रहा है उससे मैं संतुष्ट हूं।'

'तुम बहुत खुश दिल व्यक्ति हो।'

स्वर में कटुता का अहसास पाकर जौनी ने उसके चेहरे पर दृष्टिपात किया - 'तुम्हें शायद एड का काम करने का ढंग पसन्द नहीं।' जौनी ने पूछा।

'वह पागल है।' कांटे से गोश्त का टुकड़ा उठाते हुए वह बोली - 'मैं इस जिन्दगी

से ऊब चुकी हूं। जैसे ही मेरे हाथ कहीं से कुछ धन लगेगा - मुझे यहां से दफा होने में देर नहीं लगेगी। मैं तो किसी मौके के इंतजार में पड़ी यहां दिन काट रही हूं।'

'सचमुच, जितनी कड़ी मेहनत वह करता है उससे मुझे भी उसकी इस गुलाम जिन्दगी के कारण दु:ख होता है।'

'काम तो वह सब ठीक करता है - मगर वह जहां है वहीं रहेगा। कभी भी ऊपर नहीं उठ सकता - क्योंकि उसकी इच्छाएं मर चुकी है - उसके दिल में कोई आकांक्षा शेष नहीं है। वैसे तुम्हारा क्या धंधा है?'

'मैं रेंट कलेक्टर था परन्तु वर्षों तक इस काम को करने के बाद उससे ऊब गया और अपना सब-कुछ बेचकर देश भ्रमण के लिए निकल पड़ा हूं। जब मेरे पास धन समाप्त हो जाएगा तो किसी बोट पर नौकरी कर लूंगा - क्योंकि बोट मेरी कमजोरी है।'

'बोट।' उसने बुरा-सा मुंह बनाया - 'बोट द्वारा तुम कैसे जीविकोपार्जन करोगे - क्या फिशिंग से? मगर यह तो कोई जीवन-स्तर नहीं होता।'

'रोजी कमाने की इच्छा मेरी नहीं है। बस मेरी महत्त्वाकांक्षा है कि बोट हासिल करूं।'

उसने अपने हाथ में थमे छुरी-कांटे रख दिए - आश्चर्य से उसका मुंह ताकते हुए बोली - 'अजीब महत्त्वाकांक्षा है तुम्हारी।'

'और तुम!' जौनी उसकी बात नजरअंदाज करता हुआ पूछ बैठा - 'अगर तुम्हें काफी रकम हासिल हो जाए तो तुम यहां से जाकर क्या काम करोगी?'

'मेरी उम्र अभी सिर्फ छब्बीस वर्ष है।' वह बोली - 'मैं जवान तथा आकर्षक हूं - पुरुष आसानी से मेरी ओर आकर्षित हो सकते हैं। हो सकते हैं ना?'

'हां - मगर इससे क्या फायदा होगा?'

'मैं मियामी जाकर लोगों को अपनी सुन्दरता के मोहपाश में फंसाकर उनकी जेबें खाली कर दूंगी - समझ गए। आज से तीन साल पहले जब मैं यहां आई थी तो यह स्थान मुझे बहुत उपयुक्त लगा था। मैंने दो महीने न्यूयार्क में भी एक ट्रैवल एजेंसी में नौकरी की थी परन्तु वह काम बहुत उबाऊ था फिर मेरा ट्रांसफर उसी एजेंसी की जैक्सन विले स्थित ब्रांच में कर दिया गया परन्तु तब तक मैं उस काम से बोर हो चुकी थी। तभी मेरे दुर्भाग्य

से मेरी मुलाकात स्काट से हो गई। माल ढोने के इस धंधे के बारे में हमारी योजनाएं बनीं। हमारा विचार था कि एक साल माल ढोने के बाद इतनी बचत हो जाएगी कि दूसरे वर्ष हम नया ट्रक खरीद सकेंगे, मगर हमारे साथ ऐसा कुछ नहीं हो सका। दो साल बीतने के बाद भी हम जहां थे वहीं हैं। ख्यालों पुलावों के आधार पर स्काट से शादी करके अब मुझे पछतावा हो रहा है। सिर्फ इसलिए नहीं कि वह धनी नहीं है - बल्कि इसलिए भी कि वह शारीरिक रूप से कमजोर मर्द है।'

'क्या मतलब ?'

'वह मर्दों के नाम पर कलंक है। एकदम ही उफनता है और कुछ ही क्षणों में तुरन्त ठंडा पड़ जाता है। इसलिए वह शारीरिक सुख प्राप्त करता है और मैं फिशिंग तथा स्वीमिंग द्वारा स्वयं को शांत करने का प्रयत्न करती रहती हूं।'

'यह जानकार दु:ख हुआ।' जौनी ने अपने दोनों हाथ अपने घुटनों पर दे मारे।

'दुखी मत होओ।' वह खड़ी होकर कामुक स्वर में बोली - 'आओ, मैं देख रही हूं कि तुम मेरा शरीर पाना चाहते हो और मुझे एक पुरुष की जरूरत है। इस समय यह फ्री होगा परन्तु इसके बाद जब भी तुम मेरा शरीर चाहोगे तो अवश्य मिलेगा मगर उसकी कीमत चुकानी होगी, क्योंकि इस तबेले से निकलने के लिए मुझे पैसा चाहिए और उसे हासिल करने का यही एकमात्र तरीका है मेरे पास।' जौनी स्थिर बैठा रहा। फिर बोला - 'मैं तुमसे प्यार करने का इच्छुक तो जरूर हूं फ्रैडा, मगर इन शर्तों पर नहीं।'

उसे गौर से देखकर वह मुस्कराई बोली - 'मैं तुम्हें पसन्द करने लगी हूं जौनी। मेरा विश्वास है कि तुम सम्पूर्ण पुरुष हो। अत: सारी शर्तें समाप्त। आओ अपने पुरुषत्व का परिचय दो।'

वह उठा और अपनी बाहें फ्रैडा की कमर में डालकर बैडरूम की ओर ले चला।

✦ ✦ ✦

क्या वक्त हुआ है।' जौनी को फ्रैडा की उनींदी-सी आवाज सुनाई दी।

जौनी ने अपनी कलाई ऊपर उठाई। तीन बजने वाले थे।

'ओह! तीन बजने वाले हैं - मुझे गांव जाना चाहिए।' वह झटपट पलंग से उतरी

और जौनी को देखने लगी।

जौनी ने उसके बदन को ललचाई नजरों से देखा और हाथ बढ़ाकर उसे अपनी ओर खींचना चाहा, मगर वह पीछे हट गई और उसकी पकड़ से दूर जाकर खड़ी हो गई।

'क्या तुम भी मेरे साथ चलना चाहते हो?'

जौनी की इच्छा तो हुई, मगर सुरक्षा की दृष्टि से इंकार करते हुए वह बोला - 'मैं यही रहूंगा परन्तु तुम लेने क्या जा रही हो?'

'डाक देखूंगी, शायद कोई पत्र आया हो फिर एड के लिए न्यूज पेपर भी खरीदना है।'

जौनी ने सिगरेट जला ली और धीरे-धीरे उसके कश लेने लगा। कुछ देर फ्रैडा के शरीर से मिले शारीरिक सुख को याद करते हुए वह उठा और स्वीमिंग के लिए झील में कूद गया।

फ्रैडा साढ़े चार बजे वापस लौटी । स्वीमिंग से निबटकर कपड़े पहन चुकने के बाद जौनी डैक पर आ बैठा था।

'तुम अखबार देखो।' पेपर उसे थमाकर वह बोली - 'मैं खाना तैयार करती हूं तब तक।'

न्यूज पेपर पढ़ने में जौनी को आरंभ से ही कोई दिलचस्पी नहीं थी। अखबार में वह सिर्फ स्पोर्ट कालम ही पढ़ना पसन्द करता था अत: उसने अनमने से भाव से अखबार उठाया और यूं ही उसके पेज उलटने-पलटने लगा। सहसा उसकी नजरें अखबार में छपे एक विज्ञापन पर जा टिकीं। उसने पढ़ना आरंभ किया।

क्या तुमने इस आदमी को देखा है?

इनाम दस हजार डॉलर।

अपने फोटो पर निगाह पड़ते ही उसके सारे जिस्म में भय की ठंडी लहर दौड़ गई। कांपते हाथों से वह विज्ञापन का एक-एक शब्द पढ़ गया।

'डाइसन एन्ड डाइसन।' कालो तान्जा के एटॉर्नीज थे।

क्या फ्रैडा इसे देख चुकी है, मगर पेपर जिस ढंग से मुड़ा हुआ है उसे देखकर तो नहीं लगता कि उसने इसे देखा है, क्योंकि पेपर खोला ही नहीं गया था।

पसीने में डूबे चेहरे सहित वह अपने बीस वर्ष पुराने उस फोटो को देखता रहा, जो जेल में खींचा गया था। पुराना होने के बावजूद भी उसमें काफी समानता थी। अनायास ही उसका हाथ अपनी दाढ़ी पर चला गया। नहीं, इस फोटो के द्वारा उसे कोई नहीं पहचान सकता।

सैंट क्रिस्टोफर के मैडल में वह अपूर्व विश्वास रखता था।

फ्रैडा उस मैडल को देख चुकी थी।

उसने आसपास नजरें दौड़ाई। उसका दिल बुरी तरह धड़क रहा था। फ्रैडा को धन की बेहद जरूरत थी और दस हजार डॉलर की रकम किसी का भी ईमान डुबो सकती थी। सिर्फ गांव जाकर डाइसन एन्ड डाइसन को फोन करने भर की देर होगी और वे लोग चौबीस घंटे से भी कम समय में उसे दबोच लेंगे।

क्या किया जाये ?

अखबार को यदि खत्म भी कर दिया जाये, तब भी कुछ नहीं होगा, क्योंकि तान्जा खामोश नहीं बैठेगा। लगातार कम से कम एक हफ्ते तक यह विज्ञापन रोज अखबारों में छपता रहेगा। कभी न कभी तो स्काट या फ्रैडा की नजर उस पर पड़ ही जाएगी।

'तुरन्त भाग खड़ा हो।'

मगर किसी भी अच्छे शहर से वह बीसों मील दूर था। थोड़ी ही देर में

अंधेरा हो जाएगा और अंधेरे में अनजाने इलाके में भटक जाना मुश्किल नहीं था।

क्या वह फ्रैडा पर विश्वास कर ले ?

'कौन दस हजार डॉलर का इनाम दे रहा है ?' फ्रैडा न जाने कब चुपचाप उसके पीछे आ खड़ी हुई थी।

वह स्तब्ध रह गया। उसका जी चाहा कि अखबार को फाड़-फूड़कर झील में फेंक दे किन्तु उंगलियों को जैसे लकवा मार गया था।

फ्रैडा ने अखबार धीरे-से उसके हाथ से खींच लिया और उसके बराबर में बैठती हुई बोली -

'दस हजार डालर ! क्या यह इनाम मुझे मिल सकता है ?'

जौनी देखता रहा। वह विज्ञापन पढ़ने लगी। जैसे ही उसने सैंट क्रिस्टोफर के मैडल

के बारे में पढ़ा, उसके चेहरे पर तनाव पैदा हो गया। फोटोग्राफ को गौर से देखने के बाद उसने जौनी पर नजरें डाली।

'क्या यह फोटो तुम्हारी है?' उसने पूछा।

'हां!'

'क्या तुम अपनी याददाश्त खो बैठे हो?'

जौनी ने इंकार में सिर हिला दिया।

'यह डाइसन एन्ड डाइसन कौन है?'

'माफिया ऑर्गनाइजेशन के आदमी।' अपने सूखे होंठों पर जुबान फिराते हुए जौनी ने कहा।

'माफिया।' वह चौंकी।

'हां।'

उसने अखबार नीचे रख दिया।

'मैं समझी नहीं' उसने कहा। उसके स्वर में बेचैनी थी।

'न ही समझो तो अच्छा है।'

'क्या तुम माफिया के ही आदमी हो?'

'नहीं।'

'तो फिर वे इतना इनाम क्यों दे रहे हैं?'

'वे लोग मुझे तलाश करके मार डालना चाहते हैं।' जौनी ने शांत स्वर में कहा।

वह सिहर उठी - 'मार डालना चाहते हैं, मगर क्यों?'

'मैंने उनका कुछ नुकसान कर दिया है।'

वह कुछ देर तक उसे घूरती रही, फिर विज्ञापन वाला पेज फाड़कर उसे थमा दिया।

'तुम इसे जला डालो। दस हजार डॉलर की रकम कम नहीं होती। अगर एड की निगाह इस पर पड़ गई और उसे लालच आ गया तो सिर्फ टेलीफोन करने की देर होगी और तुम्हारा खेल खत्म हो जाएगा।'

'इसका मतलब तुम्हें लालच नहीं आ सकता।'

'तुम सोचते हो कि मुझे लालच आ जाएगा।'

जौनी ने विवशतापूर्वक उसकी ओर देखा और बोला - 'यह रकम कम नहीं है और तुम ऐसे ही किसी धन को प्राप्त करने की इच्छुक हो। मैं नहीं जानता कि...'

वह उठकर खड़ी हो गई - बोली - 'मैं स्वीमिंग के लिए जा रही हूं।'

'सुनो फ्रैडा - मैं तुम्हें समझाना चाहता हूं कि...।'

मगर वह रुकी नहीं, उसने अपने सारे कपड़े, उतारकर एक ओर रख दिये और झील में कूद गई।

जौनी ने अखबार जलाकर पानी में फेंक दिया। भयभीत-सा डेक पर बैठा वह पानी में फ्रैडा के हिलते सिर को देखता रहा। जो पल-पल दूर होता जा रहा था। क्या उसे फ्रैडा पर यकीन कर लेना चाहिए, माथे पर आये पसीने को पोछते हुए वह सोचने लगा - यदि वह गांव में जाकर टेलीफोन कर दे, तो उसे तो तब तक पता नहीं लगेगा जब तक कि अर्नी और टोनी माफिया के आदमियों के सहित उसे आकर घेर नहीं लेगा। बेहतर होगा कि वह फौरन यहां से कूच कर दे, मगर उसके जिस्म में कोई हरकत नहीं हुई। क्योंकि फ्रैडा उसकी रग-रग में इतनी समा चुकी थी कि निकलने का प्रश्न ही नहीं था। आज तक उसके दिल में किसी औरत के प्रति इतना लगाव पैदा नहीं हुआ था।

मान लो वह फ्रैडा पर विश्वास करके यहीं टिका रहे - मगर फिर स्काट का क्या करेगा। देर-सवेर वह विज्ञापन देख ही लेगा।

मगर मैडल का तो उसे पता ही नहीं। फ्रैडा भी केवल मैडल के ही कारण चौंकी थी। जब तक लॉकेट का पता नहीं चलेगा, वह विज्ञापन का संबंध उसके साथ नहीं जोड़ सकता। क्योंकि फोटो तो बीस साल पुराना था।

कांपते हाथों से उसने अपने गले से लॉकेट उतारा और मैडल हथेली पर रखकर उसे घूरने लगा।

जब तक यह तुम्हारे पास रहेगा, दुनिया की कोई विपत्ति तुम्हारा कुछ नहीं बिगाड़ सकती।

उसने मां के बारे में सोचा-बेचारी बगैर पढ़ी-लिखी अंधविश्वासी औरत थी और स्वयं जौनी दो बार इस मैडल के कारण ही भयानक संकट में फंस चुका था। अगर यह

मैडल न होता तो वह आज यूं मुंह छुपाये गुमनामी के अंधेरे में न भटक रहा होता और यदि यही मैडल उसके गले में न लटक रहा होता तो फ्रैडा भी कदापि उसे पहचान नहीं सकती थी।

वह खड़ा हो गया। उसने अपना हाथ ऊंचा किया और पूरी ताकत से लॉकेट झील में फेंक दिया।

जौनी कुछ अचल मुद्रा में खड़ा सोचता रहा - लॉकेट हमेशा के लिए समाप्त हो चुका था। अब उसके कारण कोई अन्य विपत्ति नहीं आ सकती थी।

✦ ✦ ✦

फ्रैडा झील से निकलकर डैक पर पहुंची। उसके सुन्दर शरीर से पानी की बूंदें रिस रही थीं। अपने कपड़े उठाकर वह लिविंग रूम में चली गई। जौनी डैक पर बैठा फ्रैडा को लिविंग रूम में जाते देखता रहा।

सूरज डूब रहा था। घंटे-भर के पश्चात् स्काट भी लौट आएगा।

जौनी फ्रैडा के विषय में सोच रहा था।

इसका मतलब तुम्हें लालच नहीं आएगा -

तुम्हारा क्या विचार है इस बारे में।

और इसके बाद भय और आश्चर्य के कारण वह कपड़े उतारकर पानी में कूद पड़ी थी।

स्पष्ट था कि यदि वह विश्वासघात करना चाहती तो हर्गिज भी उसका व्यवहार ऐसा नहीं होना था।

कपड़े पहनकर वह पुन: उसके पास नीचे ही आ बैठी और गंभीरतापूर्वक बोली - 'मेरे विचार में हमें स्पष्ट बातें कर लेनी चाहिए जौनी। क्या तुम भी सोचते हो कि तुम्हारा ठहरना मेरे और एड के लिए खतरनाक है?'

वह पहले तो हिचकिचाया, फिर सहमति दे दी।

'हां - मैं कल एड के साथ रिचविले चला जाऊंगा - और तुम लोग भी मुझे भुला ही दो तो बेहतर रहेगा।'

फ्रैडा ने उसके हाथ पर अपना हाथ रख दिया। बोली - 'मैं तुम्हें नहीं भुला सकती। मुझे तुमसे प्यार हो गया है।'

'महसूस तो मैं भी यही करता हूं, मगर मेरा चले जाना ही ठीक होगा।'

'क्या तुम मुझे साफ-साफ नहीं बता सकते?' उसकी पतली उंगलियां जौनी की कलाई को सहला रही थीं, किस चक्कर में फंसे हुए हो?'

फ्रैडा का सुखद स्पर्श उसकी सतर्कता पर हावी हो गया। झील के उस शांत जल को घूरते हुए उसने खामोशी के साथ अब तक घटी सारी घटनाएं कह सुनाईं, मगर यह नहीं बताया कि थैलों में भरी रकम कितनी थी?'

'मैंने सारा धन ईस्ट सिटी में छिपा रखा है। यदि मैडल का घपला बीच में नहीं होता तो कोई दिक्कत नहीं होनी थी। मैं वहीं रहता। मसीनो मुझ पर शक नहीं कर सकता था। अंत में एक दिन उस रकम को निकालकर मैं अपने सपने को साकार करने के लिए यहां से कूच कर देता।'

'क्या वह बहुत बड़ी धनराशि है?' फ्रैडा ने पूछा।

जौनी ने उसकी ओर देखा। उसका चेहरा भावहीन था और निगाहें कहीं और देख रही थीं।

'हां काफी है।'

'वह रकम तुम्हें प्राप्त हो गई तो क्या तुम मुझे भी यहां से निकाल ले जाओगे?'

'हां।'

'क्या तुम मुझे और नाव के बीच एक को चुनना पसन्द करोगे। क्या तुम मेरी खातिर अपनी महत्त्वाकांक्षा, अपने सपने का त्याग कर दोगे?'

वह क्षण-भर को भी नहीं हिचकिचाया - 'नहीं यदि तुमने मेरे सपने के साकार होने में कोई बाधा उत्पन्न की तो मैं तुम्हें छोड़ दूंगा। अपनी एकमात्र इच्छा के लिए ही तो मैंने जान की बाजी लगाई है। वह मेरे लिए सर्वोपरि है।'

फ्रैडा ने सहमति सूचक सिर हिलाया।

'तुम्हारी स्पष्टवादिता मुझे बेहद पसन्द आई है। तुम वास्तव में ही सम्पूर्ण पुरुष हो। मैं तुम्हारे साथ रहूंगी और तुम्हारी महत्त्वाकांक्षा की पूर्ति में तुम्हें अपना पूरा सहयोग

दूंगी।'

'अगर उन लोगों ने मुझे यहां ढूंढ लिया तो वे तुम्हें भी जान से मार डालेंगे।'

'यदि मैं तुम्हारे साथ उस दौलत में हिस्सा बंटाना चाहती हूं तो रिस्क तो मुझे भी उठाना ही पड़ेगा जौनी। ठीक है न?'

'अच्छी तरह सोच लो। कल इस विषय में हम फिर बातें करेंगे - क्योंकि अभी तो मुझे वह रकम प्राप्त करनी है।'

'तुमने उसे छुपाया कहां है?'

जौनी मुस्कराया। बोला - 'ऐसी जगह, जहां का उन्हें सपने में भी ख्याल नहीं आ सकता।'

'उसे निकालने के लिए वापस जाने में कोई खतरा तो नहीं है?'

'इससे ज्यादा खतरनाक काम दुनिया में और कोई नहीं है।'

'लेकिन तुम्हारे स्थान पर मैं भी तो उसे निकालकर ला सकती हूं, क्योंकि वे लोग मुझे बिल्कुल नहीं जानते।'

जौनी के मस्तिष्क में सतर्कता की बिजली-सी कौंध गई। मान लो वह उसे रकम छुपी होने का स्थान बता दे और उसे लॉकर की चाबी भी दे दे तथा वह किराये की कार में ईस्ट सिटी जाकर उन थैलों को निकालकर कार में लाद ले, तो संभव है जीवन-भर वह उसे तलाश ही करता रहेगा। नहीं, इतनी बड़ी रकम का किसी पर भी आसानी से विश्वास नहीं किया जा सकता। उसने प्यार का उस पर विश्वास तो अवश्य जमा दिया है, किन्तु नोटों से भरे थैलों के हाथ आते ही क्या वह अपने लालच पर काबू कर सकेगी।

जौनी को फ्रैडा के शब्द याद आ गये देखने में तुम चोर जैसे लगते हो। नहीं, वह उसके अनुरूप कदापि नहीं था। वह उससे चौदह साल बड़ा था। इतनी बड़ी रकम हाथ आ जाने के बाद उस जैसी सुन्दर औरत को किसी बयालीस वर्षीय मोटे-ठिगने आदमी में क्या दिलचस्पी रह जाएगी। वह तो अपना मनपसन्द साथी चुनकर ऐश की जिन्दगी गुजार सकती थी।

निकट आते ट्रक की आवाज ने उसे जवाब देने की जहमत से बचा लिया। बोला - 'एड आ गया है, अब हम कल बात करेंगे।'

'हां तुम ठीक कहते हो।' वह उठी और तेजी से किचन में चली गई।

स्काट ने स्वीमिंग की। जौनी द्वारा पकड़े सास की प्रशंसा की और डैक पर बैठे जौनी के निकट आ बैठा। फ्रैडा रसोई में काम करती रही।

'कैसा गुजरा दिन आज का?' स्काट ने सिगरेट जलाते हुए पूछा।

'बहुत अच्छा। और तुम्हारा?'

'वही, रोज की तरह!' सिगरेट की राख पानी में झाड़कर स्काट बोला, 'अच्छा ये बताओ - क्या वह तैयार हो गई थी?'

जौनी के शरीर में तनाव-सा उत्पन्न हो गया।

'क्या कहा?'

'क्या तुम्हें उसका शारीरिक संसर्ग प्राप्त हो गया था?'

'देखो एड - इस प्रकार की बातें मत करो। वह तुम्हारी पत्नी है। तुम्हें उसकी इज्जत करनी चाहिए।'

वह धूर्ततापूर्वक मुस्कराया फिर बोला - 'मेरा दावा है कि फ्रैडा मुझसे निराश हो चुकी है और अपनी इच्छापूर्ति की फिक्र में वह दिन-रात वासना की आग में झुलसती रहती है।'

'फिर तुम उसकी इच्छा पूरी क्यों नहीं कर डालते?' जौनी ने गुस्से पर काबू पाने का असफल प्रयास करते हुए पूछा।

'क्योंकि वह मेरे तौर-तरीके को पसन्द नहीं करती।'

जौनी को इस आदमी से अपार घृणा हो आई। वह उठकर खड़ा हो गया। तभी फ्रैडा डैक पर आ पहुंची।

'खाना तैयार है।' वह बोली।

तीनों डिनर के लिए उठ खड़े हुए।

जब डिनर लगभग समाप्त हो चला था तो अनायास ही स्काट पूछ बैठा -

'क्या तुम्हारा कोई छोटा भाई भी है जौनी?'

जौनी तुरन्त सचेत हो गया।

'भाई तो क्या, इस दुनिया में मेरा कोई रिश्तेदार तक भी नहीं है।'

'मैंने यूं ही पूछ लिया था' स्काट प्लेटें खिसकाकर बोला - 'रिचविले टाइम्स में आज मैंने एक अजीब-सा विज्ञापन देखा था। वह अभी भी मेरी जैकेट की जेब में रखा है।'

कुर्सी से उठकर वह अपनी जैकेट के पास पहुंचा और उसकी जेब से एक मुड़ा हुआ कागज निकाल लाया।

जौनी और फ्रैडा निगाहों ही निगाहों में बातें कर चुके थे।

स्काट ने अखबार जौनी के सामने फैलाकर पूछा - 'दस हजार डॉलर के इस इनाम के बारे में क्या विचार है तुम्हारा?'

जौनी ने विज्ञापन पढ़ने का बहाना करते हुए जेब से सिगरेट निकाली।

'बात दिलचस्प है।' स्काट कहे जा रहा था - मुझे अभी-अभी अचानक महसूस हुआ कि तुम्हारी शक्ल इस फोटो से मिलती-जुलती है, अत: मैंने सोचा, यह तुम्हारे छोटे भाई की फोटो होगी।'

'मेरा कोई भाई नहीं है।' जौनी ने उत्तर दिया।

स्काट ने पेपर फ्रैडा की ओर बढ़ा दिया।

'क्या तुम्हारी राय में भी फोटो वाले की शक्ल जौनी से नहीं मिलती?'

फ्रैडा ने फोटो पर नजर डाली।

'समानता तो हो सकती है।' सामान्य ढंग से वह बोली, 'मगर मैं इसे जौनी की तस्वीर मानने को तैयार नहीं हूं।' वह खड़ी हो गई और प्लेटें समेटकर किचिन में चली गई।

'तुम्हारी राय में ऐसे आदमी के लिए इनाम घोषित करने की क्या तुक हो सकती है, जो अपनी याददाश्त ही खो बैठा हो?' स्काट बोला।

'उसके मां-बाप, बहुत ज्यादा अमीर होंगे और अपने लाड़ले पुत्र को खोजना चाहते होंगे।'

'अमीर मां-बाप की औलाद तो यही नहीं लगता।'

जौनी खामोश रहा।

'ओह दस हजार डॉलर' चेहरे पर चमक लिए स्काट कहता रहा - 'अगर मुझे यह

रकम मिल जाए तो तीन ट्रक और खरीद लूं, फिर तो मैं वास्तव में बिजनेसमैन हो जाऊंगा। ड्राइवर तो आसानी से मिल जाएंगे। ट्रक खरीदने के लिए धन मिलना ही एक कठिन समस्या है।'

'क्या तुमने बगैर नये ट्रक खरीदे अपनी आमदनी को दोगुना करने के बारे में भी सोचा है कभी?' जौनी उसका ध्यान विज्ञापन से हटाने को बेचैन था।

'ऐसा कैसे हो सकता है?'

'बताता हूं - तुम श्रिम्पस की पेटियां लादकर रिचविले ले जाते हो।'

'हां - फिर?'

'मगर उधर से खाली लौटते हो। क्या तुम रिचविले से न्यू साइमारा तक के लिए सामान लादकर नहीं ला सकते?'

'तुम समझते हो मैंने इस पर पहले नहीं सोचा है-' स्काट ने कड़वे स्वर में कहा - 'तुम जरा बाहर ट्रक को सूंघो तो मछली की दुर्गन्ध से तुम्हारा सिर फटने लगा। इतने बदबूदार ट्रक को कोई भला आदमी अपने किसी सामान के लिए क्यों पसन्द करेगा।'

'मेरा तो यही विचार था।' जौनी खड़ा होकर बोला - 'लगता है सोने का वक्त हो गया, अच्छा फिर मिलेंगे।'

स्काट ने सहमति में सिर हिला दिया।

जौनी चला गया। स्काट अभी भी विज्ञापन को घूरे जा रहा था।

✦ ✦ ✦

अपने बिस्तर पर लेटा हुआ जौनी खिड़की द्वारा चन्द्रमा की निर्मल चांदनी को देखता हुआ सोचे जा रहा था। यदि फ्रैडा पर विश्वास कर लिया जाए तो ग्रेहाउंड बस स्टेशन से नोटों के थैले उसी के द्वारा निकालने अधिक उचित रहेंगे। मगर प्रश्न तो यह था कि वह उस पर विश्वास करे या नहीं।

फिर उसका दिमाग स्काट की ओर घूम गया क्या वह उसे विश्वास दिलाने में सफल हो गया कि उसका विज्ञापन से कोई संबंध नहीं था।

उसने जबरन आंखें बंद करके सोने का प्रयास किया। सहसा वह सतर्क हो गया।

उसने फ्रैडा की अपने बैडरूम में आने की आहट सुनी थी। लाजवाब औरत है। उसके जी में आया कि तुरन्त उसके कमरे में जाकर उसे पुनः बांहों में भर ले।

तभी एक अन्य आहट ने उसे चौंका दिया। उसके कमरे का द्वार

धीरे-धीरे खुल रहा था। वह शांत पड़ा रहा, मगर तकिए के नीचे रखी पिस्तौल पर हाथ अवश्य पहुंच गया।

खुली खिड़की से आती चांदनी ठीक दरवाजे पर पड़ रही थी, अपनी आंखों से उसने देखा - आधे खुले दरवाजे में खड़ा स्काट उसी की ओर देख रहा था।

स्काट पर नजरें जमाये वह धीरे-धीरे खर्राटे लेने लगा। कुछ देर तक उसे घूरने के बाद वह पीछे हटा और उसने बैगर कोई आवाज किये धीरे-से दरवाजा बंद कर दिया।

'क्या मतलब हुआ इसका ?' उसने स्वयं से प्रश्न किया, परन्तु इससे पहले कि वह कुछ सोच पाता, फ्रैडा के कमरे का दरवाजा खुला।

'चुपचाप डैक पर आ जाओ - चिन्ता मत करो - वह सोया पड़ा है।' स्काट की फुसफुसाती आवाज उसे सुनाई दी। फिर दबे पांव किसी के चलने का आभास-सा उसे हुआ। वह अपने पलंग से उतरा। दरवाजा खोलकर बाहर झांका। डैक पर मौजूद स्काट और फ्रैडा उसको खिड़की के द्वारा दिखाई दे गए।

धीरे-धीरे, ठीक किसी भूत की तरह दबे पांव रेंगता-सा वह लिविंग रूम में आ गया।

स्काट कह रहा था - 'यह देखो। हाथ में दबी...।'

टार्च की रोशनी उसने एक कागज पर फेंकी। जौनी को समझते देर नहीं लगी। वह कागज विज्ञापन वाला ही था। वह और आगे खिसक आया।

'देखो।' धीमे मगर उत्तेजनापूर्ण स्वर में स्काट बोला, 'मैंने उसके चेहरे पर पैंसिल से दाढ़ी बना दी है, यह एकदम जौनी लगता है।'

'क्या कह रहे हो तुम।' फ्रैडा उसी तरह फुसफुसाहट भरे स्वर में बोली - 'यह आदमी जौनी से करीब बीस साल छोटा लगता है।'

'फोटो पुराना भी तो हो सकता है।' डैक की रेलिंग के सहारे खड़ी फ्रैडा धीरे-से बोली।

'बैठो। मुझे तुमसे कुछ बातें करनी हैं।' स्काट ने कहा।

वे दोनों बांस की बनी कुर्सियों पर बैठ गए।

जौनी को खिड़की के द्वारा दोनों के वार्तालाप का एक-एक शब्द साफ-साफ सुनाई पड़ रहा था।

'मैं इसी के बारे में सोचता रहा हूं।' स्काट कह रहा था - 'गुमशुदा आदमी का नाम जौनी वियान्डा है और जो आदमी हमारे यहां ठहरा हुआ है स्वयं को जौनी बियान्को बताता है। हम जानते हैं कि वह अपनी याददाश्त खो चुका है - अत: वह वियान्डा है, वियान्को नहीं। जितना मैं इस फोटो को गौर से देखता हूं, उतना मेरा विश्वास पक्का हो जाता है। जरा समझने की चेष्टा करो, दस हजार डॉलर की भारी रकम खुद ही चलकर हमारे पास आ पहुंची है।'

जौनी दम साधे खड़ा रहा - फ्रैडा का जवाब स्वयं ही फैसला कर देगा कि वह उस पर विश्वास करे या नहीं।

'जिसकी स्मृति खो जाती है वह सामान्य व्यक्ति जैसा व्यवहार नहीं किया करता।' फ्रैडा शांत स्वर में कह रही थी, 'मैंने आज दोपहर बाद उससे बातें की थी। उसने अपने रैंट कलैक्शन के अनुभव सुनाए थे - तुम बेकार ही ख्याली पुलाव पका रहे हो।'

'यदि मैं डाइसन को फोन कर दूं तो क्या हर्ज है। वे अपने किसी आदमी को यहां भेजकर इसकी शिनाख्त करवा लेंगे। हो सकता है यही उनका इच्छित व्यक्ति हो।'

'लेकिन ऐसा करके हमें क्या मिलेगा?'

'दस हजार डॉलर!'

'हां। लेकिन पहले हम इसका पक्की तौर पर पता लगा लें-' फ्रैडा बोली - 'कल मैं इसे फिशिंग पर भेजकर इसके सामान की तलाशी लूंगी, क्योंकि सैंट क्रिस्टोफर वाला मैडल भी उसके पास होना चाहिए। यदि वह मिल गया तो फिर संदेह की कोई गुंजाइश ही बाकी नहीं रह जाएगी।'

'परन्तु कल टेलीफोन करने में क्या हर्ज है। वे खुद ही आकर देख लेंगे।'

कुछ देर मौन रहकर वह बोली - 'अक्ल से काम लो। अगर यह सही आदमी हुआ तो हम इस पर इससे भी ज्यादा रकम लेने के लिए जोर डाल सकते हैं। फिर हम इससे

पन्द्रह हजार डॉलर मांगेंगे। दस तुम्हारे और पांच मेरे।'

'चलो ठीक है ऐसा ही सही।'

फिर स्काट खड़ा हो गया और बोला - 'तुम इसके सामान की तलाशी लो। हमने इससे पन्द्रह हजार डॉलर अवश्य लेने ही हैं।'

जौनी सतर्कतापूर्वक दबे पांव अपने कमरे में लौट आया। दरवाजा बंद करके वह पलंग पर लेट गया।

इसका मतलब यह कि वह विश्वसनीय थी, चतुर थी - उसने सोचा कम से कम एक दिन का समय तो मिल ही गया था मगर... मगर इसके बाद क्या होगा?'

वह यही प्रश्न बार-बार स्वयं से करता रहा। उस सारी रात वह बिल्कुल सो नहीं सका।

✦ ✦ ✦

कार्लो तान्जा ने मसीनो के दफ्तर में प्रवेश किया। उसने अपने बूट की ठोकर मारकर दरवाजा बंद किया और कुर्सी पर बैठ गया।

'इस विज्ञापन ने खलबली मचा दी है।' वह खुश होता हुआ बोला - 'अब तक तीन सौ उनचास कॉलें प्राप्त हो चुकी हैं। डाइसन हर कॉल को चैक कर रहा है।'

मसीनो ने उसकी ओर देखा - बोला - 'यह तुम्हारे ही तो दिमाग की पैदावार थी।'

'हां। आइडिया तो जरूर शानदार था मेरा' - तान्जा बोला 'पर मुझे यह तो पता नहीं था कि तुम्हारे उस हरामखोर जौनी की शक्ल इतने आदमियों से मिलती है। इसीलिए हर एक को चैक करना जरूरी है और इसमें वक्त लगेगा।'

'यह सब देखना तुम्हारा काम है।' मसीनो बोला - 'मैं सिर्फ तुम्हें धन दे सकता हूं। उसे सही ढंग से इस्तेमाल करना तुम्हारी जिम्मेदारी है। मैं तो सिर्फ इतना जानता हूं कि अगर रकम सड़क पार के उन लॉकरों में हुई तो वह कुत्ते का बच्चा भी उसे नहीं ले जा सकता। यह बात मैं शत-प्रतिशत दावे के साथ कह सकता हूं।'

'ठीक है, तुम अपनी कोशिश जारी रखो और हम अपने ढंग से उसे खोजते हैं।'

यह कहकर तान्जा उठा और मसीनो से विदा लेकर बाहर आ गया।

✦ ✦ ✦

जैसे ही ट्रक के इंजन की घरघराहट आनी बंद हुई और स्काट चला गया तो उसके चंद क्षण बाद ही बैडरूम का दरवाजा खुला और फ्रैडा अंदर आ गई। वह उसके पलंग पर आ बैठी और बोली - 'कल रात उसने मुझसे बातें की थीं।'

'मैं जानता हूं' - जौनी बोला - 'बातचीत का एक-एक शब्द मैंने सुन लिया था। तुमने वास्तव में ही बहुत बुद्धिमानी का परिचय दिया था।' वह उसका हाथ अपने हाथ में लेता हुआ बोला, 'लेकिन आज रात जब वह वापस लौटेगा तो क्या होगा।'

'मैं उसे बता दूंगी कि मैंने तुम्हारे सामान की तलाशी ले ली है। तुम्हारा ड्राइविंग लाइसेंस भी देखा है। तुम वास्तव में ब्यिान्को हो, वियान्डा नहीं और तुम्हारे पास सैंट क्रिस्टोफर का कोई लॉकेट नहीं है।'

जौनी ने सिर हिलाया। बोला - 'इससे कोई फायदा नहीं होगा। वह बेहद लालची जीव है।'

'तो क्यों न हम यहां से भाग चलें। रकम निकालकर हम दुनिया के किसी भी कोने में जाकर बस सकते हैं। मैं गांव जाकर किराये की कार ले आऊंगी। फिर ईस्टी सिटी से उस धन को निकाल लेंगे। बोलो क्या कहते हो?'

वह तकिये पर सिर टिकाकर फ्रैडा की अज्ञानता पर मन ही मन हंसा।

'यह इतनी आसानी से होने वाला काम नहीं है, जितना तुम समझ रही हो।'

'लेकिन मुझे तो वहां उनमें से कोई जानता नहीं है।' फ्रैडा व्यंग्य स्वर में बोली - 'मुझे बता दो वह रकम कहां छुपी है। मैं चुपचाप वहां चली जाऊंगी और रकम निकाल लाऊंगी। तुम छिपे रहकर मेरा इंतजार कर सकते हो।'

'ईस्ट सिटी में चप्पे-चप्पे पर मसीनो के आदमी घूम रहे होंगे। नोटों के थैलों का हुलिया उन्हें भली-भांति समझा दिया गया होगा। काले हैंडिल वाले मटमैले से बैग दूर ही से पहचान लिए जाएंगे और उन्हें उठाने वाला व्यक्ति पांच मिनट भी जीवित नहीं रहने पाएगा।'

'तो हम एक बक्सा खरीदकर उन नोटों को उसमें भरकर ले आएंगे।'

जौनी ने महसूस किया कि अब उसे सच-सच बता देना ही उचित रहेगा। अत: वह

बोला-'वह थैले ग्रेहाउंड बस स्टेशन के बाएं लगेज लॉकर में बंद हैं और ग्रेहाउंड बस स्टेशन ठीक मसीनो के दफ्तर के सामने स्थित है। बिना किसी की जानकारी में आये तुम उन्हें बक्से में नहीं रख सकती हो।'

'मगर कोई न कोई तरीका तो होना चाहिए, ताकि मैं उन्हें निकाल लाऊं।'

'मसीनो बहुत मक्कार एवं धूर्त किस्म का इंसान है। हो सकता है लॉकरों का ख्याल उसे भी आ गया हो और वह उनकी निगरानी कर रहा हो। कोई भी कदम उठाने से पहले हमें चैक करना पड़ेगा।' वह कुछ क्षण रुका फिर फ्रैडा से पूछा -'यहां से सबसे ज्यादा नजदीक कौन-सा टेलीफोन बूथ है?'

'गांव में ही एक स्टोर के अंदर है।'

'ईस्ट सिटी में मेरा एक आदमी है। वह मुझे वर्तमान स्थिति की जानकारी देगा। स्टोर किस समय खुलता है?'

'साढ़े सात बजे'।

'क्या तुम अपने साथ मुझे बोट में ले चलोगी वहां?'

वह हिचकिचाई।

'अभी तक तो कोई तुम्हारी मौजूदगी के बारे में नहीं जानता, मगर जैसे ही सब लोग तुम्हें मेरे साथ देखेंगे-यह चर्चा का विषय बन जाएगा।'

'परन्तु फोन करना बेहद आवश्यक है।'

वह कुछ देर सोचती रही, फिर बोली - 'मैं साल्वेडर को कह दूंगी कि तुम मेरे सौतेल भाई हो। उसको बेवकूफ बनाया जा सकता है, बस तुम अपना व्यवहार मृदु बनाये रखना।'

'क्या वह इटैलियन है?' वह चौंका, 'कौन है वह?'

'उस स्टोर का मालिक है -तुम वहां से फोन करना चाहते हो न। ताकि सही स्थिति का पता चल सके।'

जौनी ने सहमति सूचक सिर हिला दिया।

'मैं कॉफी बनाकर लाती हूं। अभी तो वहां जाने के लिए बहुत वक्त पड़ा है।'

'कॉफी को झाड़ू मारो' जौनी उसे खींचकर अपने ऊपर डालता हुआ बोला -

‘कॉफी के लिए भी अभी बहुत वक्त पड़ा है।’

✦ ✦ ✦

फ्रैडा के साथ जौनी ठीक साढ़े सात बजे स्टोर में मौजूद था।

‘फोन उधर है।’ फ्रैडा ने अपनी उंगली के संकेत से उसे बताया। वह फोन की ओर बढ़ गया। तभी उसने देखा, परदे के पीछे से एक ठिगना, मोटा-सा आदमी प्रगट हो रहा था। बूथ का दरवाजा बंद करके उसने बक्से में सिक्के डाले और सैमी के अपार्टमेंट स्थित फोन का नम्बर घुमा दिया।

कुछ ही समय बाद सैमी का नींद भरा स्वर लाइन पर उभरा।

‘कौन बोल रहा है?’

‘सैमी। मैं जौनी बोल रहा हूं।’

सैमी के मुंह से नि:श्वास भरने का स्वर उसे स्पष्ट सुनाई दिया।

‘सैमी उधर क्या हो रहा है?’ जौनी ने पूछा।

‘मिस्टर जौनी।’ सैमी का डरा हुआ स्वर उभरा - ‘मैंने पहले भी आपसे कहा था और फिर कहना चाहता हूं कि मुझसे बात मत करो। वर्ना मैं भी मुसीबत में फंस जाऊंगा।’

‘बेकार की बातें मत करो सैमी-याद है न। तुम मेरे दोस्त हो। मुझे बताओ कि वे लोग क्या कर रहे हैं।’

‘मैं कसम खाकर कहता हूं मिस्टर जौनी कि मैं कुछ नहीं जानता’

‘मैं तुमसे कुछ काम कराना चाहता हूं सैमी।’

‘मैं पहले ही बहुत कुछ कर चुका हूं मिस्टर जौनी। तुम मेरी सारी रकम चुरा ले गये और यहां क्लोय मुझ पर पैसे देने के लिए दबाव डाल रही है। लेकिन उसे देने के लिए मेरे पास कुछ भी नहीं है - ‘मेरा भाई...।’

‘बकवास मत करो सैमी -मैं तुम्हारा धन लौटाने का वायदा कर चुका हूं, अब गौर से सुनो। ग्रेहाउंड बस स्टेशन देखा है न तुमने?’

‘हां!’

मसीनो के दफ्तर पहुंचने के बाद तुम वहां जाओ और एक अखबार खरीदकर आसपास ही घूमते रहो। मैं जानना चाहता हूं कि मसीनो के आदमी उसकी निगरानी तो नहीं कर रहे। समझ गये न सैमी।'

'वे अवश्य निगरानी कर रहे हैं मिस्टर जौनी। यह तो मुझे पता नहीं कि उनका इरादा क्या है मगर रात मैं वहां सिगरेट खरीदने के लिए गया था तब टोनी और अर्नी वहीं मंडरा रहे थे।

'इसका मतलब है' - जौनी ने सोचा -मसीनो को पूरा-पूरा संदेह हो चुका है कि रकम उन्हीं लॉकरों में है।

'ओ.के. सैमी। अब तुम अपनी रकम की चिन्ता मत करो। मैं जल्दी ही भिजवा दूंगा।'

जौनी ने संबंध विच्छेद कर दिया।

कुछ क्षण खड़ा-खड़ा वह टेलीफोन के बक्से को घूरता हुआ विभिन्न विचारों में फंसा रहा। फिर बूथ का दरवाजा खोलकर बाहर आ गया।

'जौनी। आओ - साल्वेडर से मिलो।' काउंटर पर खड़ी फ्रैडा ने चहकते हुए कहा।

काउंटर पर खड़े मोटे, ठिगने आदमी ने अपना हाथ आगे बढ़ा दिया।

'तुमसे मिलकर खुशी हुई।' वह मुस्कराते हुए बोला, 'आश्चर्य की बात है। मिसेज फ्रैडा ने आज से पहले कभी नहीं बताया कि उनका कोई सौतेला भाई भी है।'

हाथ मिलाते समय जौनी की तेज नजरों ने एकदम भांप लिया, लगभग साठ वर्षीय यह ठिगना देखने में भले ही सज्जन और हंसमुख हो, मगर असलियत में वह नम्बरी हरामी था।

जौनी ने कहा - 'मुझे मियामी में कुछ काम है। यहां से गुजर रहा था तो मैंने सोचा, क्यों न फ्रैडा से भी मिलता चलूं। स्टोर तो बहुत अच्छा है तुम्हारा।'

'थैंक्स मिस्टर जौनी।' उसने अपनी छोटी-छोटी चमकीली आंखों को इधर-उधर नचाते हुए कहा।

'मुझे दो पौंड बीकन और एक दर्जन अंडे दे दो।' फ्रैडा उनकी बातों में दखल देती हुई बोली।

‘अभी देता हूं’ साल्वेडर यह कहता हुआ दूसरे काउंटर की ओर बढ़ गया। जौनी और फ्रैडा की नजरें मिलीं किन्तु दोनों में से बोला कोई नहीं।

दस मिनट बाद वे स्टोर से बाहर निकल आये।

साल्वेडर उन्हें जाते देखता रहा। उसके चेहरे पर छाये नम्रता के भाव धीरे- धीरे विलुप्त होने लगे और छोटी-छोटी चमकीली आंखों में कठोरता उत्पन्न हो गई। काउंटर के नीचे से उसने फ्लोरिडा टाइम्स की कल की प्रति निकाली और विज्ञापन वाला कॉलम खोल लिया। ‘क्या तुमने इस आदमी को देखा है’ काफी देर तक वह विज्ञापन को घूरता रहा फिर एक पैंसिल से विज्ञापन में छपे जौनी के फोटो को देखता रहा और फिर संतुष्ट होकर टेलीफोन बूथ में जा घुसा। उसने सिक्के डाले और विज्ञापन में लिखे नम्बर को डायल कर दिया।

किसी का गुर्राता हुआ स्वर लाइन में उभरा।

‘ब्रूनो स्पीकिंग फ्रॉम लिटिल क्रीक।’

साल्वेडर फोन पर बोला -‘यहां एक आदमी आया हुआ है जो अपने आपको जौनी बताता है। उसकी शक्ल हू-ब-हू जौनी वियान्डा से मिलती है?’

‘कौन है वह?’ उधर से पूछा गया।

साल्वेडर ने विस्तार से उसे समझाया।

‘अगर वह उसे अपना सौतेला भाई बताती है तो क्या वह उसका सौतेला भाई नहीं हो सकता?’ उधर से पूछा गया।

साल्वेडर ने बताया - ‘दरअसल फ्रैडा का पति सही मायनों में मर्द नहीं है और वह अपनी काम वासना की पूर्ति के लिए उसे कुछ भी बता सकती है। मैं दावे से कह सकता हूं कि पति की कमी को वह इस आदमी द्वारा पूरा करती है।’

‘ठीक है - मैं किसी न किसी को अवश्य भेज दूंगा। सैकड़ों की तादाद में संदेहास्पद व्यक्ति हमारे सामने हैं जिन्हें हमने चैक करना है। फिर भी मैं किसी न किसी को उसे चैक करने के लिए अवश्य भेज दूंगा।’

‘कब भेजोगे?’

‘यह मैं कैसे बता सकता हूं। जब भी कोई आदमी फ्री हो जाएगा, उसे तुरंत रवाना

कर दूंगा'

'यदि यही शख्स आपका इच्छित व्यक्ति निकला, तो इनाम मुझे मिलेगा न।'

'हां श्योर। बशर्ते कि यही व्यक्ति हमारे विज्ञापन में प्रकाशित व्यक्ति हुआ तो।' उधर से उत्तर दिया गया और फोन का संबंध कट कर दिया गया।

✦ ✦ ✦

जौनी और फ्रैडा हाउस बोट में पहुंचे। बांस की बुनी एक कुर्सी पर बैठते हुए जौनी ने कहा - 'लॉकरों की निगरानी की जा रही है।'

फ्रैडा की आंखों में निराशा-सी दौड़ गई। बेचैनी-सी महसूस करते हुए वह उसके नजदीक पड़ी कुर्सी पर बैठ गई। जौनी समझ गया कि वह बेहद लालची औरत थी।

'अब क्या करेंगे हम ?' उसने बेचैन स्वर में पूछा।

जौनी ने उसकी ओर निगाहें डालीं और फिर झील की ओर आंखें घुमाता हुआ विचारपूर्ण ढंग से बोला - 'सुनो। जब मैंने इस चोरी की योजना बनाई थी तो मैं पक्का निश्चय कर चुका था कि अत्यंत धैर्य से काम लूंगा। मुझे अच्छी तरह से मालूम था कि लगभग दो वर्ष तक उस रकम को खर्च करना सुरक्षित नहीं होगा'

वह चौंक गई।

'क्या कह रहे हो - दो वर्ष!'

'हां। वह धन जब तक लॉकर में है, तभी तक सुरक्षित है। उसको वहां से निकलने की कोशिश करना, अपनी मौत को दावत देना है। हमारी जरा-सी चूक हमें मौत के मुंह में धकेल देगी और धन वापिस मसीनो के पास पहुंच जाएगा। कुछ दिनों बाद वह निगरानी करा-कराके जरूर ऊब जाएगा और फिर निगरानी खत्म करा देगा। इसमें वक्त जरूर लग सकता है। हो सकता है एक महीने का समय लग जाए और ये भी मुमकिन है कि छ: महीने गुजर जाएं।'

'तुम्हारा छ: महीने तक यहीं ठहरने का इरादा है क्या ?'

'नहीं। मैं कोई नौकरी खोज लूंगा। मुझे नावों के बारे में अच्छी जानकारी है - अत: टाम्पा जाकर कोई नौकरी कर लूंगा।'

'और मेरा क्या होगा?' उसके स्वर में कटुता थी।

जौनी ने उसकी ओर देखा। फ्रैडा चमकीली आंखों से उसे घूर रही थी।

'मेरे पास कुछ धन है।' जौनी ने कहा - 'परन्तु इस तरह यहां नहीं रहा जा सकता। यदि तुम चाहो तो मेरे साथ चल सकती हो।'

'तुमने कितने धन की चोरी की थी, ये तो मुझे नहीं बताया'

और जौनी उसे वास्तविक संख्या बताना भी नहीं चाहता था, अतः झूठ का सहारा लेते हुए वह बोला -'लगभग पचास हजार डॉलर।'

'सिर्फ पचास हजार डॉलर के लिए तुमने अपनी जान की बाजी लगा दी।' फ्रैडा ने आश्चर्य व्यक्त करते हुए पूछा।

'हां। क्योंकि इतनी ही रकम से मेरा सपना साकार हो जाएगा।'

फ्रैडा ने अविश्वास से उसे घूरा फिर बोली - 'तुम शायद मुझ पर यकीन नहीं कर पा रहे हो इसीलिए वास्तविक संख्या नहीं बताना चाहते। रकम इससे जरूर ज्यादा है। ज्यादा है न?'

'हो सकता है। मैंने उसे गिना तो था नहीं। कम भी हो सकते हैं और ज्यादा भी।'

वह विचारमग्न हो गई।

जौनी ने शांत स्वर में पूछा-'तुम शायद दस हजार डॉलर को लॉकर में रखे पचास हजार डालरों से ज्यादा अच्छा समझ रही हो।'

फ्रैडा चौंककर उसकी ओर देखने लगी। वह बोली -'नहीं, असल में मैं स्वयं भी तुम्हारे साथ बोट पर होने की कल्पना कर रही थी।'

मगर जौनी जानता था कि वह झूठ बोल रही थी। अतः वह बोला-'कोई ऐसा काम मत कर बैठना कि बाद में जिसके लिए तुम्हें पछताना पड़े।' जौनी का स्वर गंभीर था। 'मान लो तुमने इन अटार्नीज को फोन कर भी दिया तो जानती हो क्या होगा। पांच-छः आदमी यहां आएंगे और मुझे जीवित पकड़ने की कोशिश करेंगे, क्योंकि मेरे मर जाने के बाद तो उन्हें धन का पता चलने से रहा और एक बात मैं दावे के साथ कह सकता हूं कि मुझे जिन्दा पकड़ लेना उनके लिए असंभव होगा। मसीनो के साथ डबल क्रॉस करने वालों का अंत मैंने अपनी आंखों से देखा है। उन्हें कुर्सी से बांधकर बेस बाल के बैट द्वारा

पीटा जाता है और उल्टा लटका दिया जाता है, वे घोर यातनाएं सहते हुए तड़प-तड़पकर मर जाते हैं। मैं स्वयं को जिन्दा उनके हाथों नहीं पड़ने दूंगा - यहां गोलियों की वर्षा होगी - रक्तपात मचेगा और उसी में किसी न किसी की गोली का तुम भी निशाना बन जाओगी। मेरी बात का यकीन करो बेबी। दस हजार डॉलर का इनाम हासिल करने के लिए कोई जिन्दा नहीं रहेगा। यह तो मात्र उनकी चाल ही है। अत: मैं कहता हूं कि कोई ऐसा काम मत करना जिससे तुम्हें बाद में पछताना पड़े।'

फ्रैडा ने सिहरते हुए उसका हाथ थाम लिया- वह बोली -'मैं तुमसे दगा नहीं करूंगी जौनी -मैं कसम खाती हूं कि तुम्हें धोखा नहीं दूंगी, मगर एड का क्या होगा?'

'उसके बारे में मैंने सोच लिया है। तुम उससे कहोगी कि जब मैं मछली पकड़ने के लिए गया हुआ था तो तुमने मेरे सामान की तलाशी लेनी चाही, मगर सूटकेस में ताला लगा हुआ था। अत: जब मैं वापस लौटा तो डाक देखने और अखबार खरीदने चली गईं। स्टोर से तुमने अटार्नीज को फोन किया कि जिस आदमी की उन्हें तलाश थी वह लिटिल क्रीक में मौजूद है परन्तु जानती हो जवाब में उन्होंने क्या कहा - उन्होंने कहा कि वह आदमी मियामी में मिल चुका है। एड पर इसकी क्या प्रतिक्रिया होगी?'

फ्रैडा के मुंह से चैन की सांस निकल गई। वह बोली, 'तुम्हारी कहानी ठीक लगती है लाँग डिस्टेंस कॉल में दोबारा पैसे खर्च करना वह नहीं चाहेगा और बात खत्म हो जाएगी।'

'मैं इस सप्ताहांत तक यहीं ठहरूंगा। फिर उससे कह दूंगा कि मैं जा रहा हूं। जिस कार की बातें तुम कर रही थीं- उसे किराये पर लेकर हम टाम्पा चले जाएंगे।'

'इतने दिन इंतजार करने की क्या तुक है - हम कल ही क्यों नहीं चल पड़ें।'

'हर काम योजनानुसार ही ठीक रहता है। अगले पांच दिन में तुम मुझसे मुहब्बत करने लगोगी, फिर इसी आशय का पत्र लिखकर यहां छोड़ दोगी कि मुझसे मुहब्बत हो जाने के कारण तुम मेरे साथ जा रही हो। जल्दबाजी की तो सारा काम बिगड़ जाएगा। उसे शक हो जाएगा और वह इन अटार्नीज को फोन कर सकता है। गांव में पता करने पर उसे जानकारी मिल जाएगी और फिर हम अधिक दूर नहीं जा सकेंगे। मेरा यकीन करो, मौत का यह खेल बहुत ही धैर्यपूर्वक खेला जाएगा।'

'इंतजार...इंतजार आखिर कब तक।' फ्रैडा खड़ी हो गई।

'हे भगवान, मैं इस जिन्दगी से ऊब चुकी हूं।'

'ऊब भरी जिन्दगी से फिर भी मौत बेहतर है।' जौनी खड़ा होते हुए बोला - 'मैं शाम को खाने के लिए कुछ ढूंढने जा रहा हूं।'

उसे वहीं छोड़कर जौनी अपने कमरे में जा पहुंचा। अंदर से दरवाजा बंद करके उसने चटखनी लगा दी। अपनी दूसरी खाकी कमीज की जेब से उसने लॉकर की चाबी निकाली। कुछ क्षण तक उसे घूरता रहा। चाबी पर लॉकर का नम्बर 186 खुदा हुआ था। यह चाबी एक लाख छियासी हजार डॉलर की थी। उसकी किस्मत के ताले की थी, जिसमें उसका सपना साकार होना था।

पलंग पर बैठकर उसने अपने जूते के तस्मे खोले और चाबी जूते में

डालकर पुनः तस्मा बांध लिया। यद्यपि वह पैर में चुभ रही थी मगर सुरक्षित थी।

कुछ मिनट बाद वह डैक पर आ गया।

फ्रैडा लिविंग रूम में थी।

'मैं थोड़ी देर में आऊंगा।' उसने कहा और मोटरबोट की ओर बढ़ गया। कुछ ही देर बाद वह मोटरबोट को झील में दौड़ा रहा था।

✦ ✦ ✦

मसीनो ने अपनी कलाई पर बंधी घड़ी पर दृष्टि डाली और अपने डेस्क से उठ खड़ा हुआ। अभी दरवाजे के पास ही पहुंचा था कि टेलीफोन की घंटी बज उठी।

मसीनो वापस मुड़ा और बैरोली को आदेश दिया -'देखो कौन है?'

बैरोली ने झपटकर फोन उठाया और दूसरी ओर से आने वाली आवाज को सुनकर फोन का रिसीवर मसीनो को थमा दिया - 'कॉलो तान्जा का फोन है बॉस'

क्रोध से भुनभुनाते हुए मसीनो ने रिसीवर थामा और माउथ पीस में दहाड़ा - 'क्या है कार्लो - मैं घर जा रहा था।'

'अभी-अभी एक गर्मागर्म खबर मिली है'। तान्जा बोला - 'वियान्डा के हुलिए से मिलता हुआ एक आदमी लिटिल क्रीक के नजदीक हाउस बोट में रह रहा है। लिटिल

क्रीक न्यू साइमारा से पांच मील दूर है। वह आदमी दो दिन से एक पति-पत्नी के पास ठहरा हुआ है। औरत बहुत ही कामुक है उसका आदमी ट्रक ड्राइवर होने के कारण सारे दिन घर से बाहर रहता है। वह स्त्री स्वीडिश है और उस आदमी को अपना सौतेला भाई बतलाती है, जबकि वह आदमी तुम्हारी मेरी तरह से एक इटैलियन है। यह सूचना बड़े ही विश्वसनीय सूत्र द्वारा प्राप्त हुई है।'

'तो फिर जाकर उसे चैक करो, मेरा दिमाग क्यों चाट रहे हो।' मसीनो ने कहा।

'उसको पहचानने के लिए मुझे तुम्हारा कोई आदमी चाहिए। क्या तुम किसी को भेज सकते हो?'

'ठीक है मैं टोनी को भेज देता हूं।'

'राइट। उससे कहो कि प्लेन द्वारा वह न्यू साइमारा पहुंचे। फिर टैक्सी द्वारा वाटर फ्रंट बार चला जाये। हमारे आदमी का नाम ल्यूगी है और सभी टैक्सी ड्राइवर उसे जानते हैं। वहां टोनी को तीन-चार आदमी और मिलेंगे जो उसके साथ ही लिटिल क्रीक तक जाएंगे। ठीक है।'

'ठीक है।' मसीनो ने सब-कुछ एक पैड पर लिख लिया और फोन का संबंध-विच्छेद कर दिया।

फिर उसने ल्यू बैरोली को आवश्यक आदेश दे दिये।

मसीनो के सभी आदमी प्राय: एक ही बार में जाते थे। बैरोली उसी बार में जा पहुंचा।

टोनी अर्नी के साथ बैठा बीयर सिप कर रहा था। वे दोनों अभी-अभी लॉकरों की निगरानी के बोर काम से लौटे थे। बैरोली ने मसीनो का संदेश टोनी को देते हुए उसके हाथ का लिखा कागज भी उसे थमा दिया।

कागज को पढ़कर टोनी ने असमंजसतापूर्वक बैरोली की ओर देखा।

'यह सब क्या घपला है?' उसने पूछा।

'ल्यूगी नाम के इस शख्स का कहना है कि उसने जौनी को देखा है और उसकी पक्की शिनाख्त के लिए उसे किसी आदमी की जरूरत है।'

'जौनी।' टोनी का चेहरा फक्क पड़ गया।

'हां।' बैरोली ने फिर कहा-'बॉस ने कहा है कि तुम तुरन्त रवाना हो जाओ।'

'तुम्हें यकीन है कि बॉस ने उस काम के लिए मुझे ही चुना है।' मन ही मन उसे गालियां देते हुए टोनी ने अपने सूखे होंठों पर जुबान फिराई और उठ खड़ा हुआ। फिर मरे-मरे कदम उठाते बार से बाहर निकल आया।

✦ ✦ ✦

झील में फिशिंग के बाद दोपहर के समय जब जौनी वापिस हाउस बोट में लौटा तो उसके पास तीन बड़ी-बड़ी ब्लैक क्रेपी मछलियां थीं। हालांकि बुश जैकेट के कारण उसे बड़ी असुविधा हो रही थी, मगर पिस्तौल छुपाने के लिए उसे पहनना आवश्यक था।

उसकी छठी इन्द्री उसे बार-बार खतरे का संकेत कर चुकी थी, अतः उसने निश्चय किया कि वह किसी भी समय पिस्तौल स्वयं से जुदा नहीं करेगा। उसे रह-रहकर साल्वेडर का विचार हो उठता था। मिलनसार लगने के बावजूद वह व्यक्ति उसे अत्यंत धूर्त महसूस हुआ था।

मछलियां उसने किचन के सिंक में रख दीं, मगर फ्रैडा का कहीं पता न था। वह अपने कमरे में घुस गया और झुककर नीचे पलंग की ओर देखते हुए मुस्कराया।

अपना सूटकेस वह एक विशिष्ट कोण पर रखकर गया था जो अब उस जगह से खिसका हुआ था। इसका मतलब साफ था-फ्रैडा ने उसके साथ कुछ छेड़खानी की थी। उसने सूटकेस खोल लिया और सैमी के यहां से चुराये हुए दस-दस डालर के नोटों को गिना । उसने दो हजार आठ सौ सत्तावन डालर रखे थे। सूटकेस उसने पुनः बंद कर दिया और बाहर डेक पर आराम से धूप में बैठ गया।

लगभग आधा घंटे के बाद फ्रैडा वापिस लौटी।

'हैलो फ्रैडा।' जौनी ने उससे पूछा -'कहां चली गई थीं?'

'यूं ही घूमने निकल गई थी। तुमने कुछ मछली पकड़ी या नहीं?' वह निकट आते हुए बोली।

'हां।' मैंने तीन ब्लैक क्रेपी पकड़ी हैं।'

'ओह गॉड! फिर ब्लैक क्रेपी' -उसने कुछ मायूसी से कहा।

'हां। बस कोई फंसी ही नहीं कांटे में।'

वह रेलिंग के पास जाकर खड़ी हो गई। दोनों हाथ रेलिंग पर थे और वह थोड़ी झुकी हुई थी। जौनी उसको देखने लगा। फिर उठा और उसको अपने हाथों में दबाकर उसे अपने ऊपर सटा लिया।

फ्रैडा उसके हाथों से फिसलकर अलग जा खड़ी हुई।

'यह क्या बेहूदगी है?' उसने झिड़का-और उसके बाद तीन-चार ऐसे गंदे शब्द इस्तेमाल किए कि जौनी का मस्तिष्क झटका खाकर रह गया।

'बौखलाओ मत।' जौनी बोला - 'यह खेल ही धीरज का है।'

'मैं लंच तैयार करती हूं।' फ्रैडा ने कहा और चली गई।

जौनी सोचने लगा, 'यह चालाक औरत है।' बहुत देर सोचने के बाद उसने नतीजा निकाला कि इसे इस बात का अहसास कराना चाहिए कि बॉस मैं हूं, वह नहीं।'

वह उसके पास किचन में पहुंचा और उसके बाजुओं पर दबाव डालता हुआ जबरन धकेलते हुए अपने कमरे की ओर ले चला।

'छोड़ो मुझे।' फ्रैडा चिल्लाई।

यद्यपि फ्रैडा कमजोर नहीं थी किन्तु इतनी ताकतवर भी नहीं थी कि जौनी उस पर काबू पा सके। अपने कमरे में पहुंचकर जौनी ने ठोकर मारकर दरवाजा बंद कर दिया और फ्रैडा को छोड़ दिया।

'कपड़े उतारो, वरना मैं इनके चीथड़े उड़ा दूंगा।'

'फौरन बाहर निकल जाओ।' फ्रैड बिफर उठी। 'तुम अपने आपको समझते क्या हो? मैं जब चाहूंगी तभी तुम मेरे शरीर को छू सकते हो। उससे पहले नहीं, समझे। फौरन मेरे कमरे से निकल जाओ।'

जौनी अपने विगत जीवन में बड़ी-बड़ी खूंखार औरतों से निबट चुका था। फ्रैडा तो उनके मुकाबले कुछ भी नहीं थी। जैसे ही फ्रैडा ने आगे बढ़कर उसका मुंह नोंचना चाहा, वह एक ओर हट गया तथा फुर्ती से उसे उठाकर पीठ के बल पलंग पर पटक दिया। उसकी कलाई अब जौनी के हाथ में थी। यह सब कुछ पलक झपकते ही हो गया।

'आराम से पड़ी रहो बेबी।' वह बोला - 'नहीं तो मैं और भी सख्ती करना जानता

हूं।'

फ्रैडा ने घूरकर उसे देखा और शिथिल पड़ गई।

'ठीक है-तुम जैसा कहोगे, मैं करूंगी।'

जौनी ने बेल्ट खोल डाली तथा पैंट खींचकर अलग फेंक दी।

वह उसके ऊपर झुक गया।

जब वासना का तूफान गुजर गया तब वह बोली - 'मुझे जोर से भूख लग रही है।' फ्रैडा ने उसकी सख्त पीठ पर उंगलियां फिराते हुए कहा -'मैं तुमसे प्यार करती हूं जौनी। तुम सही मायने में सम्पूर्ण पुरुष हो। तुम जब भी चाहो, मेरे साथ कुछ भी कर सकते हो।'

वह उठी और किचन में चली गई।

लंच करते समय जौनी बोला -'आज से ठीक पांच दिन बाद हम दोनों नई जिन्दगी की डगर पर चल पड़ेंगे।'

फ्रेडा मुस्कराई और बोली -'तुम नहीं जानते जौनी। मैं कितनी बेसब्री से उस दिन का इंतजार कर रही हूं।'

दोपहर बाद का शेष समय उन्होंने धूप में बैठकर ही गुजार दिया। साढ़े छ: बजे के करीब फ्रैडा ने कहा - 'मैं शाम के खाने का इंतजाम करती हूं। तब तक तुम घूम आओ, किंतु एक घंटे से पहले मत लौटना। मैं एड को विश्वास दिलाना चाहती हूं।'

'मैं बोट ले जाऊंगा। हो सकता है कोई सास (एक प्रकार की मछली) ही हाथ लग जाये।'

हाउस बोट से काफी दूर मोटरबोट में बैठा जौनी उसी के विषय में सोच रहा था कि सहसा उसे मैलानी का ख्याल आ गया। क्या उसने मेरी जगह किसी ओर को ढूंढ लिया होगा। फिर उसके विचारों ने मसीनो की ओर पलटा खाया। वह क्या कर रहा होगा इस समय?

एक घंटे बाद जब वह डैस्क पर पहुंचा तो उसने देखा कि स्काट अपने कपड़े उतार रहा था। उसने स्काट का अभिनंदन किया। जवाब में स्काट भी हाथ हिलाकर रह गया।

जौनी किचन में पहुंचा।

'क्या हुआ?' उसने फ्रैडा की ओर देखकर पूछा।

फ्रैडा ने सिर हिलाते हुए उत्तर दिया - 'सब ठीक है। उसकी चिंता मत करो। उसने अपना इरादा बदल दिया है।'

जौनी ने धीमी-सी नि:श्वास भरी - फिर पूछा - 'तुम्हें पक्का विश्वास है कि उसने अपना इरादा बदल दिया है।'

'हां-हां। बिल्कुल पक्का।' फ्रैडा ने उत्तर दिया।

✦ ✦ ✦

उस समय ग्यारह बजकर पन्द्रह मिनट का समय था जब एक ऐयर टैक्सी न्यू साइमारा के एयरपोर्ट पर आकर खड़ी हुई।

टोनी केपिला एयर टैक्सी से बाहर निकला और एक दूसरी टैक्सी की ओर बढ़ गया। दस मिनट में ही टैक्सी कार ने उसे वाटर फ्रंट बार में पहुंचा दिया। उस भव्य और विशाल इमारत में प्रवेश करते समय टोनी को झिझक-सी महसूस हुई।

सफेद जैकेट और लाल पेंट पहने एक इटैलियन ने उसे टोका - 'क्या चाहिए तुम्हें?'

उसके लहजे में हिकारत का भाव महसूस करके टोनी का खून खौलने लगा।

'सुअर की औलाद।' वह गरजा, 'मुझे फौरन ल्यूगी के पास पहुंचा दो।'

आश्चर्य से वेटर की आंखें चौड़ी हो गईं। हडबड़ाये स्वर में बोला - 'सीनोर मोरो तो अभी व्यस्त है।'

'उससे कहो मसीनो आया है। वह मेरा ही इंतजार कर रहा होगा, टोनी ने रौब मारते हुए कहा।

वेटर की आंखों से नफरत के भाव विलुप्त हो गये - आदरपूर्ण स्वर में वह बोला - 'माफ कीजिये सर। बार के पीछे से चले जाइए। पहला दरवाजा उन्हीं के कमरे का है।'

'ल्यूगी मोरो, बिलियर्ड टेबल जैसे विशाल डेस्क के पीछे बैठा हुआ था। वह पैड पर कुछ लिख रहा था। टोनी को देखकर उसने सिर हिलाया और अपनी कुर्सी पर सीधा होकर बैठ गया।

ल्यूगी मोरो बहुत ही मोटा आदमी था। नाक थोड़ी पिचकी हुई थी और उसकी आंखें

किसी मरी हुई मछली जैसी सूनी और निर्जीव थीं।

'बैठो-लो सिगार पियो।' हवाना सिगारों का बॉक्स उसकी ओर खिसकाता हुआ वह बोला।

टोनी सिगार नहीं पीता था। वह खामोशी से कुर्सी पर बैठ गया। मोरो के विषय में उसने लोगों से सुना था कि इस आदमी की जबरन इज्जत करनी पड़ती है वरना वह किसी मुसीबत का शिकार हो सकते थे।

'हमें अभी तक सौ से भी ज्यादा सूचनाएं प्राप्त हो चुकी हैं।' मोरो बोला -'मगर इस सूचना में ज्यादा सत्यता दिखाई पड़ती है। मेरे आदमी विभिन्न जगहों पर सूचनाओं की पुष्टि करते फिर रहे हैं। इसलिए मेरे विचार से तुम अकेले ही लिटिल क्रीक जाकर एक नजर देख आओ। हो सकता है यह सूचना गलत हो। इस सूरत में मेरे आदमियों को व्यर्थ ही वह काम छोड़ना पड़ेगा जो वह कर रहे हैं। तुम जाकर देख आओ और हमें सूचित कर देना। यदि वह सूचना सही निकली तो हम उसे वहां जाकर दबोच लेंगे।'

डर की एक तेज लहर टोनी को अपनी रीढ़ की हड्डी से गुजरती महसूस हुई।

'आप अपना कोई आदमी क्यों नहीं भेज देते मेरे साथ? उसने कहा।

मोरो ने उसे घूरा। फिर अपने सिगार की राख को ऐश-ट्रे में झाड़ता हुआ बोला - 'मैंने तुम्हें बताया तो है कि मेरे आदमी व्यस्त हैं।'

'परन्तु...'

'तुम मसीनो के सबसे तेज गनमैन हो। हो न?' मोरो ने उसकी बात काटते हुए पूछा।

'हां।'

'फिर तो तुम उसे आसानी से संभाल लोगे - उसने अपने डेस्क का एक बटन दबाया। मुश्किल से एक ही मिनट बाद एक जवान लम्बे बालों वाले इटैलियन ने कमरे में प्रवेश किया। 'इसे लिटिल क्रीक ले जाओ लियो।' वह युवक टोनी की ओर संकेत करता हुआ बोला -'और उसे अब अच्छी तरह से समझा देना। साल्वेडर से भी इसका परिचय करा देना और उस बूढ़े से मेरा नमस्कार कहना भी मत भूलना।'

युवक ने घूरकर टोनी की ओर देखा और दरवाजे की ओर संकेत किया। टोनी

उसके पीछे-पीछे दरवाजे से बाहर आ गया। खामोशी से चलते हुए दोनों इमारत के पिछले दरवाजे के निकट खड़ी लिंकन तक जा पहुंचे।

लियो ड्राइविंग सीट पर बैठ गया और टोनी पीछे की सीट पर जा बैठा।

लियो ने ग्लोब कम्पार्टमेंट से शक्तिशाली लैंसों वाला वाइना क्यूलर

निकालकर उसे देते हुए कहा - 'इसे रखो, ये तुम्हारे लिए हैं।'

आधा घंटे के बाद उनकी कार ब्रूनो के स्टोर के आगे पहुंचकर रुकी।

'मेरा काम समाप्त हुआ' लियो कार से उतरता हुआ बोला - 'अब आगे तुम्हारा काम है जासूसी करके पता लगाओ कि यह वही आदमी है या कोई और है - अगर वही आदमी हुआ तो हमें सूचित कर देना। हम आकर पकड़ लेंगे उसे।'

लियो ने कार वापस मोड़ी और टोनी कुछ देर सड़क पर खड़ा कार को वापस जाते देखता रहा। फिर उसने अपना ध्यान स्टोर की ओर केन्द्रित किया।

इस समय ग्यारह बजकर पैंतालीस मिनट हुए थे। स्टोर के सामने वाटर फ्रंट पर मामूली-सी चहल-पहल थी। कार से उतरते समय टोनी ने नोट किया था कि लोग उसे उत्सुकतापूर्वक देख रहे थे। अतः उसने वाइनाक्यूलर गले में लटकाया और स्टोर में प्रवेश कर गया।

साल्वेडर उस समय ग्राहकों को निबटाने में लगा हुआ था। जैसे ही उसने टोनी को देखा - उसने अपनी पत्नी को आवाज देकर पास बुला लिया। उसकी पत्नी ग्राहकों को निबटाने लगी और साल्वेडर टोनी को लेकर लिविंग रूम में चला आया।

'तुम्हें ल्यूगी ने भेजा है?' उसने टोनी से पूछा।

'हां!'

साल्वेडर ने मेज की दराज खोलकर एक बड़ा-सा मानचित्र निकाला और उसे मेज पर फैलाता हुआ बोला - 'हम यहां हैं और वह इस जगह पर है।' पेंसिल से एक स्थान पर निशान बनाते हुए उसने कहा - 'चाहो तो मेरी मोटरबोट ले जा सकते हो या फिर कार द्वारा झील पर चले जाओ।'

टोनी ने अपने माथे पर आए पसीने को कमीज की आस्तीन से पोंछा और बोला - 'बोट ही ठीक रहेगी।'

वह जौनी के इतने नजदीक नहीं जाना चाहता था। यदि संदिग्ध व्यक्ति जौनी था तो...'

'हां-झील में आमतौर पर काफी लोग मछलियां पकड़ते रहते हैं।'

साल्वेडर वाइनाक्यूलर पर नजरें जमाते हुए बोला -'तुम भी उन्हीं में मिल जाओगे। किसी को तुम पर संदेह भी नहीं होगा। मछली पकड़ने का सामान भी मैं तुम्हें अपना दे दूंगा - समझ गये।'

'ठीक है।'

एक घंटे के बाद टोनी साल्वेडर की छोटी-सी फिशिंग बोट में था। फिशिंग रॉड और वाइनाक्यूलर लापरवाही से पड़े हुए थे। साल्वेडर ने उसे गहरी नीली कमीज, लेविस का एक जोड़ा तथा बुश हैट दे दिया था और बोट के इंजन के विषय में भी सब-कुछ समझा दिया था।

'रॉड को यहां डाल लेना।' बोट की साइड में लगे क्लिप की ओर इशारा करते हुए उसने बताया था। 'हाउस बोट के बिल्कुल नजदीक जाने की कोशिश मत कराना - अगर कोई मछेरा तुमसे पूछे तो कह देना तुम मेरे दोस्त हो - फिर वे तुमसे कुछ नहीं कहेंगे।'

झील के बीचो-बीच पहुंचकर टोनी ने बोट का इंजन बंद कर दिया। हाउस बोट से वह काफी दूर के फासले पर था। फिशिंग रॉड को क्लिप में फंसाकर उसने वाइनाक्यूलर हाउस बोट की ओर फोकस कर दिया।

लैंसों की पावर देखकर वह चकित रह गया। हाउस बोट इतना नजदीक दीख रहा था। जैसे वह हाथ बढ़ाकर उसे छू लेगा। डैक के छेद और रेलिंग पर लगा जंग तक साफ-साफ दिखाई पड़ रहे थे - परन्तु आदमी उसे कोई नहीं नजर आया। वह आराम से निगरानी करता रहा।

मोटरबोट स्थिर खड़ी रही।

यह महज एक इत्तफाक ही था।

✦ ✦ ✦

जौनी ने कुछ देर स्वीमिंग की - फिर स्काट की शाटगन लेकर जंगल में शिकार खेलने निकल गया - ताकि कोई पक्षी या खरगोश वगैरह शाम के भोज के लिए ला सके। इस तरह से उसका मनोरंजन भी हो गया और शाम को जब वह वापस लौटा तो उसके हाथों में चार कबूतर तथा चार जंगली बतखें थीं।

फ्रैडा किचन में स्टीक पका रही थी। तुम तो वाकई काम के आदमी हो। फ्रैडा खुशगवार लहजे में बोली - 'आज दोपहर तुम एक काम करो। मैंने एड से चार टांड लगाने को कहे थे।

बहुत बार उसे याद करा चुकी हूं - मगर कोई असर नहीं हुआ। लकड़ी तैयार पड़ी है - बस उन्हें ठोंकना बाकी है।'

'जरूर।' जौनी ने सहमति जताई - 'मैं लगा दूंगा।'

लंच करने के बाद वे दोनों एक ही बैड पर जा लेटे। तीन बजे के आसपास फ्रैडा डाक तथा अखबार लेने चली गई और जौनी टांड लगाने में व्यस्त हो गया।

महज इसी इत्तफाक के कारण चिलचिलाती धूप में बोट में बैठा हुआ टोनी उसको नहीं देख सका था। अलबत्ता मोटरबोट लेकर जाती हुई फ्रैडा को उसने जरूर देख लिया था।

फ्रैडा की मोटरबोट उससे सौ गज के फासले से गुजर गई। टोनी ने कनखियों से उसकी ओर देखा। वह भांप गया कि फ्रैडा भी उसकी ओर एक नजर भरती हुई मोटरबोट दौड़ा ले गई थी।

चिलचिलाती धूप पड़ रही थी और झील में सिवाय टोनी के उस वक्त अन्य कोई मछेरा नजर नहीं आ रहा था। गर्मी से परेशान टोनी ने एक बार फिर फोकस हाउस बोट की ओर केन्द्रित किया और वहां कुछ न देखकर लौटने का निश्चय किया। जैसे ही सूरज की किरणें कुछ मद्धिम पड़ जाएंगी और गर्मी कुछ कम हो जाएगी -वह फिर आकर हाउस बोट की निगरानी करेगा - यह सोचकर।

उसने मोटरबोट को स्टार्ट करने का प्रयास किया - मगर बेसुध इंजन स्टार्ट ही न हो सका। उसने कई बार कोशिश की किन्तु वह सफल न हो सका। मन ही मन कुढ़ता और इंजन को कोसता हुआ वह धूप में बैठा रहा। और यह उसकी बदकिस्मती थी कि उसे

तैरना भी नहीं आता था कि तैरकर किनारे पर जा लगता - हसरत भरी नजर झील के ठंडे पानी पर डालकर वह आह भरकर रह गया।

पिस्तौल का लोहा भी काफी तेज धूप के कारण तपकर गर्म हो चुका था और अब वह कमीज के अंदर उसके बदन को झुलसा रहा था। अत: उसने पिस्तौल बाहर निकाल ली और उसे फिशिंग रॉड के पास रख दिया। टोनी की समझ में बिल्कुल नहीं आ रहा था कि वह इस बिन बुलाई मुसीबत से कैसे निपटे। अपनी असहाय अवस्था पर मन ही मन खीझते हुए उसने एक बार फिर इंजन को स्टार्ट करने का प्रयत्न किया परन्तु इंजन अजीब-सी आवाज करते हुए तुरंत बंद हो गया।

तभी फ्रैडा की मोटरबोट की फट-फट की आवाज ने उसका ध्यान

आकर्षित किया। उसने देखा -फ्रैडा लिटिल क्रीक से वापस लौट रही थी। उसने फ्रैडा की ओर अपना हाथ हिलाया और संकेत करके उसे अपने पास आने का इशारा किया। फ्रैडा अपनी मोटरबोट घुमाकर उसके नजदीक आ पहुंची।

'क्या परेशानी है?' फ्रैडा ने पूछा।

खोई-खोई सी आवाज उसके मुंह से निकली -'इंजन स्टार्ट नहीं हो रहा है।'

'तो इसमें परेशानी वाली क्या बात है - तेज गर्मी की वजह से तेल

ओवरफ्लो हो गया है - प्लग निकालकर साफ कर लो - इंजन स्टार्ट हो जाएगा।'

'लेकिन मेरे पास तो औजार भी नहीं है।' वह अपनी नजरें इधर-उधर घुमाते हुए बोला।

'मैं ठीक किये देती हूं - तुम दोनों नावों को थामे रखो।'

फ्रैडा ने अपनी बोट से टूलकिट उठाया और टोनी की नाव में पहुंच गई - परन्तु पिस्तौल में ठोकर लग जाने के कारण उसका संतुलन बिगड़ गया और बोट डगमगा उठी। टोनी ने उसे संभालने का प्रयत्न करते हुए अपनी बांहों में भर लिया। पल-भर के इस स्पर्श ने उसकी रग-रग में बिजली-सी दौड़ा दी। उसने पिस्तौल को ठोकर लगाकर सीट के नीचे खिसका दिया।

टोनी की ओर पीठ किये वह झुककर टूल किट खोल रही थी।

'तुम शायद यहां पहली बार ही आये हो?' स्पैनर निकालते हुए उसने पूछा।

'हां!' मैं ब्रूनो का दोस्त हूं - उसी के आग्रह पर यहां आया हूं।' फ्रैडा पर ललचाई हुई दृष्टि डालते हुए उसने उत्तर दिया।

'मुझे लगता है जैसे मैंने तुम्हें कहीं पहले भी देखा है।' प्लग निकालकर वह बोली -'अब जरा तेल देखना।'

प्लग निकालकर वह मुड़ी।

'मुझे इंजन की बाबत कोई जानकारी नहीं है।' हांफते हुए टोनी बोला -'मैं तो यहां छुट्टियां बिताने आया था - किन्तु इंजन की इस खराबी ने सारा मजा किरकिरा कर दिया।'

'साल्वेडर मेरा भी अच्छा दोस्त है।' प्लग को कपड़े से रगड़ते हुए वह बोली - 'नये-नये व्यक्तियों से मिलकर मुझे खुशी होती है।'

टोनी आश्चर्य से उसका मुंह देखने लगा। वह उसका मन्तव्य समझने की चेष्टा करने लगा।

'इस जगह कोई मछली नहीं फंसेगी तुम्हारे कांटे में।' प्लग को वापस लगाकर उसे कसते हुए वह बोली - 'और इस समय तो हर्गिज भी नहीं - क्योंकि गर्मी बहुत तेज है। दो घंटे बाद मुमकिन है तुम कुछ पकड़ सको।'

टोनी ने उसकी नीली आंखों में झांकते हुए कहा - 'ब्रूनो कह रहा था कि तुम्हारा भाई भी तुम्हारे साथ रह रहा है?'

'वह तो आज सुबह ही चला गया। उसे मियामी में कुछ काम था। उसके जाने के बाद मैं घर में बिल्कुल अकेली रह गई हूं। मेरा पति भी शाम को देर से घर लौटता है। ओ.के.! बोट ठीक हो गई है तुम्हारी। मैं चलती हूं।'

फ्रैडा मुस्कराई और अपनी बोट में चली गई।

इससे पहले कि टोनी उसे कुछ उत्तर दे पाता - फ्रैडा बोट दौड़ा ले गई। टोनी असमंजस में पड़ा रह गया। वह समर्पण का साफ-साफ इशारा कर गई थी - किन्तु जौनी अथवा जो कोई भी अन्य उसके यहां ठहरा हुआ था - यदि न गया हो तब हो सकता है वह किसी जाल में ही फंस जाये, लेकिन वह उसे फंसाना क्यों चाहेगी? कामवासना से पीड़ित इस किस्म की औरतों को वह भली-भांति समझता था। मुमकिन है वह आदमी

उसका सौतेला भाई न हो - साथ ही यह भी मुमकिन है कि वह वियान्डा भी न हो, इसलिए उसके जाते ही उसके मन में वासना की भूख भड़क उठी थी। मन ही मन उत्तेजना-सी महसूस करते हुए उसने बोट का इंजन स्टार्ट किया और लिटिल क्रीक की ओर लौट पड़ा।

जब वह साल्वेडर के पास पहुंचा तो उसने सबसे पहला प्रश्न यही पूछा -

'वह आदमी दिखाई दिया?'

'नहीं-लेकिन उस औरत से जरूर मुलाकात हो गई, जिसके यहां वह टिका हुआ है। बोट का इंजन खराब हो गया था - उसी औरत ने ठीक किया। वह कहती थी कि उसका सौतेला भाई आज सुबह ही मियामी चला गया और आज साढ़े पांच बजे उसने मुझे बुलाया है।' अपने हाथ के पीछे के हिस्से से पसीना पोंछते हुए टोनी ने पूछा -'तुम्हारा क्या ख्याल है?'

साल्वेडर ने सिर हिलाया - 'अगर वह वहीं हुआ तो तुम संकट में पड़ सकते हो।'

'परन्तु अगर वह वहां होता - तो उसकी उपस्थिति में उसे मुझे वहां बुलाने की क्या जरूरत थी। टोनी कुटिलता से हंसा - 'मेरा दावा है कि वह कुत्ते की औलाद जो भी था - अब जा चुका है और वह औरत अपनी वासना की पूर्ति के लिए ही मुझे वहां आमंत्रित कर रही है - इसलिए मैं वहां जाऊंगा। सावधानी से हाउस बोट की तलाशी लेकर उसकी वासना की आग बुझाकर वापस लौट आऊंगा तथा बॉस को सूचित कर दूंगा कि वहां कोई नहीं है। यह ठीक रहेगा।'

साल्वेडर देर तक उसे घूरता रहा। फिर बोला - 'यह तुम्हारा व्यक्तिगत मामला है। अगर जाना ही चाहते हो तो शौक से जाओ - मगर सावधान रहना। ऐसा न हो कि कहीं लेने के देने पड़ जाएं।

✦ ✦ ✦

काफी देर तक टांड लगाने के काम में व्यस्त जौनी ने आखिरी कील ठोंकी और हथौड़ी नीचे रख दी। उसने देखा फ्रैडा तेजी से मोटरबोट दौड़ाये चली आ रही थी। जौनी ने डेक पर जाने के लिए कदम उठाए परन्तु दूसरे ही क्षण ठिठककर रुक गया। दूर झील

में एक और भी मोटरबोट दिखाई दे रही थी। उसे तुरंत खतरे का आभास हो गया। दूसरी बोट में सिर्फ एक आदमी था और बोट लिटिल क्रीक की ओर जा रही थी।

फ्रैडा ने खिड़की के नीचे मोटरबोट रोकते हुए कहा - 'बाहर मत निकलना।'

उसके स्वर में छुपी व्याकुलता से साफ जाहिर था कि कुछ गड़बड़ी थी। वह लिविंग रूम में आ गया। कुछ ही क्षण बाद फ्रैडा भी अंदर आ पहुंची।

'क्या बात है?' जौनी ने पूछा।

फ्रैडा ने टोनी से हुई मुलाकात की सारी दास्तान सुनाकर कहा - 'उसके पास पिस्तौल थी और वह स्वयं को साल्वेडर का दोस्त बता रहा था।'

जौनी बैठ गया। उसने चारों ओर जाल फैलता-सा महसूस किया।

'मुझे उसका हुलिया बताओ।' उसने फ्रैडा से पूछा।

उम्र तीस साल के करीब - छरहरा बदन - रंग गहरा - देखने में ठीक- ठाक और दायीं बाजू पर औरत का गुदना गुदा हुआ।' फ्रैडा ने बताया।

जौनी सहम गया। गुदने से स्पष्ट था कि वह टोनी केपिलो था।

उसकी ओर देखते हुए फ्रैडा ने पूछा - 'क्या वह भी उन्हीं लोगों में से है?'

'हां! उन लोगों को मेरा पता चल चुका है बेबी।'

दोनों की आपस में निगाहें मिलीं। फ्रैडा झुककर बोली - 'वह मेरे सौतेले भाई के विषय में कुछ पूछ रहा था। मैंने कह दिया कि तुम मियामी चले गये हो।'

'मुझे वास्तव में ही चले जाना चाहिए।' जौनी बुदबुदाया।

'नहीं।' उसे चेहरे को अपने दोनों हाथों से दबाते हुए फ्रैडा बोली -'हम उसे गलतफहमी में डाल सकते हैं जौनी। मैंने उसे पांच बजे आने के लिए कहा है और मुझे यकीन है कि वह अवश्य आएगा। तुम जंगल में जाकर इंतजार करो - मैं उसे विश्वास दिला दूंगी कि तुम जा चुके हो - उसके बाद वे तुम्हारी कहीं और जगह तलाश करने लगेंगे परन्तु अब से तुम्हें ज्यादा सतर्क रहना पड़ेगा। किसी की नजरों में आने की आवश्यकता नहीं है।'

जौनी ने उसे घूरा-फिर पूछा-'तुमने उसे यहां बुलाया है?'

'हां!' फ्रैडा भावुक स्वर में बोली - 'जौनी, मैं तुम्हें अपनी जान से भी ज्यादा प्यार

करती हूं। मैं हर हालत में तुम्हें सुरक्षित रखना चाहती हूं। मैं उसे यहां की तलाशी देकर आसानी से टरका दूंगी। एक बार जब उसे विश्वास हो जाएगा तो वह खुद ही वापस लौट जाएगा।'

जौनी ने उत्तर दिया-'तुम नहीं जानती हो फ्रैडा। तुम आग से खेलने की कोशिश कर रही हो। वह आदमी बेहद खतरनाक है। अकेले में उस व्यक्ति से तुम्हारा मिलना उचित नहीं होगा।'

फ्रैडा मुस्कराई - फिर बोली -'आज तक कोई ऐसा आदमी पैदा नहीं हुआ जिसे मैं बेवकूफ न बना सकूं। तुम बेफिक्र होकर जंगल में जाओ। स्काट के आने से पहले ही मैं उसे टरका दूंगी।'

जौनी के जेहन में स्काट के कहे हुए शब्द घूम गए - उसने अपनी जिन्दगी में इतने पुरुष देखे हैं - जितनी कि मैंने श्रिम्पस भी नहीं देखीं। उस समय वह उसके कहे गए शब्दों को एक मूर्ख आदमी की बकवास ही समझ रहा था - लेकिन अब वही शब्द सत्यता के रूप में प्रगट हो रहे थे।

उसने फ्रैडा को एक अजीब-सी दृष्टि से देखा और कहा - मेरे विचार में उसे टरकाकर वापस भेजने का ये तरीका भी उचित है - मैं जंगल में चला जाऊंगा - लेकिन तुम बेहद सतर्क रहना। वह आदमी सांप से भी ज्यादा फुर्तीला और जहरीला है।'

'इस तरह से मत देखो।' फ्रैडा उसकी ओर देखकर बोली -'मैं जो कुछ भी कर रही हूं - सिर्फ तुम्हारी सलामती के लिए कर रही हूं जौनी।'

वह उससे अलग हट गया और मन ही मन कहने लगा - 'मेरे लिये कर रही हो या मेरे धन के लिए।

'मैंने होशियारी से काम लिया न ?' उससे कह दिया कि तुम चले गए हो।'

वह नोट कर रहा था कि फ्रैडा अपनी प्रशंसा कराना चाहती थी उसके मुख से, मगर वह खामोश रहा। कुछ क्षण रुककर वह फिर बोली -'तुम्हें अब सब लोगों की निगाहों से बचकर रहना होगा। मात्र चार दिन की ही तो बात है - चार दिन बाद हमने यह जगह छोड़ ही देनी है।'

'तुम कहती हो तो ठीक है।' जौनी थके स्वर में बोला - 'मैं जा रहा हूं परन्तु मैं फिर

कहे जाता हूं - उससे बेहद सतर्क रहना।'

जौनी ने शाटगन उठाई और वह ठंडे पानी का फ्लास्क लेकर जंगल में चला गया। पेड़ की छांव में वह ऐसे कोण में बैठ गया - जहां से वह तो झील तथा हाउस बोट को देख सकता था, किंतु उस पर किसी की निगाह नहीं पड़ सकती थी।

उसे ज्यादा समय इंतजार नहीं करना पड़ा। ठीक साढ़े पांच बजे उसे झील में एक मोटरबोट आती दिखाई पड़ी। जिसे एक ही व्यक्ति चला रहा था। जौनी सतर्क होकर बैठ गया।

✦ ✦ ✦

एक तो गर्मी की आग और उस पर व्हिस्की का तेज नशा - टोनी का बदन दोनों के मिलेजुले प्रभाव से थरथरा रहा था।

फ्रैडा डैक पर उसके स्वागत के लिए उपस्थित थी। उसने टोनी के आगमन का तालियां बजाकर स्वागत किया। वह खुश होते हुए बोली-'मुझे पता था कि तुम जरूर आओगे।'

फ्रैडा ने आगे बढ़कर उसकी बोट को रस्सी द्वारा हाउस बोट से बांधने में सहायता की। टोनी बोट से उतरकर डैक पर पहुंच गया।

उसने सतर्कतापूर्वक चारों ओर दृष्टि दौड़ाई। उसकी पिस्तौल किसी भी क्षण प्रयोग करने के लिए उसके कोट के नीचे छुपी तैयार थी।

'अंदर आ जाओ।' लिविंग रूम की ओर बढ़ते हुए फ्रैडा ने कहा।

टोनी-किसी चीते की तरह दबे पांव तथा फ्रैडा के शरीर को ढाल के रूप में प्रयोग करते हुए कमरे में घुस गया। उसकी चौकन्नी निगाहों ने तुरंत भांप लिया कि कमरे में वे दोनों पूरी तरह अकेले थे।

'मैं नहीं चाहता कि ऐन वक्त पर कोई बाधा उपस्थित हो।' टोनी बोला -'अत: जरा आसपास घूमकर क्यों न देख लें कि हम दोनों पूर्ण एकांत में हैं या नहीं।'

फ्रैडा ने कमरों की तलाशी देते हुए बड़ी-सी अलमारी भी खोलकर दिखा दी -ताकि उसका शक बाकी न रहे। टोनी कुछ आश्वस्त नजर आने लगा।

'संतुष्ट हो न?' उसने अपनी नीली आंखों से उसकी ओर देखते हुए पूछा।

उत्तर में टोनी खुलकर हंस पड़ा - 'अवश्य, आओ थोड़ा-थोड़ा ड्रिंक लें। 'अब वह पूर्णतया निश्चिंत नजर आ रहा था।

फ्रैडा उसे लेकर लिविंग रूम में आ गई।

'सॉरी - यहां सिर्फ कोक मिल सकता है क्योंकि व्हिस्की का खर्च हम वहन नहीं कर सकते।'

कोका कोला पीते हुए टोनी ने फ्रैडा की ओर कनखियों से देखा।

'सचमुच लाजवाब औरत हो।' उसने फ्रैडा की प्रशंसा की।

'जौनी भी यही कहा करता था।'

'तुम्हारा सौतेला भाई?'

फ्रैडा हंसते हुए उससे कुछ दूर हटकर बैठ गई। वह रहस्यमय ढंग से बोली - 'सगा या सौतेला - मेरा कोई नहीं - तुम किसी से कहना भी नहीं। मैं नहीं चाहती कि यहां कोई भी शख्स मुझे निरादर की दृष्टि से देखे। दरअसल जौनी तो एक मुसाफिर था जो न जान कैसे मेरे पति से टकरा गया था और मेरा पति उसे यहां ले आया था।

टोनी सतर्क हो गया।

'फिर क्या हो गया उसे?'

फ्रैडा ने अनिच्छा से कंधे सिकोड़े-फिर बोली-'तीन रात यहां रुकने के बाद वह आज सुबह यहां से चला गया। दरअसल वह एक अंधविश्वासी व्यक्ति था। क्या तुम भी ऐसे ही हो?'

'मैं? नहीं तो, मैं क्यों होने लगा।'

'लेकिन वह तो हमेशा सैंट क्रिस्टोफर के एक लॉकेट के ही बारे में बात करता रहता था, जो शायद कहीं खो गया था।'

'अच्छा।' टोनी ने आगे झुककर पूछा -'जौनी ने बताया नहीं कि वह कहां जाने वाला था?'

'बताया था।' फ्रैडा बोली -'वह कह रहा था कि यहां से मियामी जाएगा। उसके पास काफी धन था। उसका प्रोग्राम किराए पर नाव हासिल करके हवाना (क्यूबा) जाने

का था।'

'उसके पास कुछ सामान भी था?' टोनी ने पूछा।

'हां।' फ्रैडा ने उत्तर दिया - 'उसके पास एक बहुत बड़ा तथा भारी सूटकेस था, जिसे वह मुश्किल से ही उठा पा रहा था।'

सूचना काफी महत्त्वपूर्ण थी। टोनी शांत बैठकर सोचने लगा। उसे तुरंत जाकर ल्यूगी को सूचित कर देना चाहिए। शायद किराये पर नाव लेने से पहले ही उसे दबोचा जा सके।

वह खड़ा हो गया और फ्रैडा से बोला -'आओ, जरा जौनी जैसी कलाबाजियां मेरे साथ भी करके दिखाओ। मैं भी तो देखूं, तुम कितनी गर्म हो।'

फ्रैडा हंस पड़ी-बोली-'अच्छा तो तुम इसी काम के लिए यहां आए थे, है न यही बात?'

अपने बूट की ठोकर से उसने दरवाजा बंद कर दिया।

फिर उसने फ्रैडा को अपनी बांहों में उठाया और बिस्तर की ओर बढ़ गया।

✦ ✦ ✦

पेड़ की घनी छांव में बैठा जौनी वियान्डा मन ही मन में उन मच्छरों को कोस रहा था जो जगह-जगह उसे काट रहे थे। उसने टोनी को डैक पर और फिर मोटरबोट में बैठते देख लिया था।

जब टोनी हाउस बोट से निकलकर बोट में बैठ गया और बोट वापिस लौट गई तो वह तेजी से चलकर हाउस बोट में आ गया। फ्रैडा किचन में पेस्ट्री बना रही थी। टोनी से हुई समस्त बातें बताने के बाद वह बोली - 'मैं उसे विश्वास दिला देने में सफल हो गई हूं।'

जौनी ने निश्चिंतता की सांस ली - यदि टोनी को इस कहानी पर विश्वास आ गया तो निश्चित ही मसीनो भी यकीन कर लेगा और उसकी खोजबीन की सरगर्मी लगभग समाप्त हो जाएगी। मसीनो जानता था कि एक बार हवाना पहुंच जाने के बाद वह उसकी पहुंच से बहुत दूर हो जाएगा।

'मैंने उसे बताया था।' फ्रैडा बोली - 'कि तुम्हारे पास एक भारी सूटकेस भी था। क्यों, ठीक किया था न मैंने।'

मगर जो कुछ उसने जौनी को बचाने के लिए किया था या जिस होशियारी से उसने टोनी को यकीन दिलाया था, उसके विषय में यह सोचकर जौनी एक घंटे के उस समय को याद करके खीझ रहा था जो फ्रैडा ने टोनी के साथ गुजारा था। अत: उसने कड़वे स्वर में पूछा -'उसका साथ मनोरंजक रहा था न ?'

'हां!'

जौनी के दिल में आया कि उसके मुंह पर एक जोर का थप्पड़ जमा दे, किन्तु स्वयं पर काबू पाकर चुभती हुई आवाज में बोला -'तुम सिर्फ एक रंडी हो और कुछ नहीं।

उसने कोई जवाब नहीं दिया।

'बोलो। हो या नहीं ?'

'हां।' फ्रैडा उसकी ओर पलटकर बोली, 'एड से शादी करने से पहले मैं एक मशहूर कॉलगर्ल थी। एड इस बात को जानता था और अब तुम भी जान गये हो।' उस पर नजरें डाले बगैर फ्रैडा ने हाथ धोये और उसके बराबर से गुजरती हुई लिविंग रूम में आ गई। पराजित-सा जौनी भी उसके पीछे चल दिया।

'मुझे अफसोस है।' विचलित स्वर में वह बोला -'मुझे जो कुछ नहीं कहना चाहिए था वह तुमसे कह गया। तुमने जो कुछ मेरे लिए किया, उसके लिए मैं सचमुच तुम्हारा शुक्रगुजार हूं।'

वह बैठ गई और शांत स्वर में बोली - 'मेरे लिए वह आदमी उन व्यक्तियों से अलग नहीं था जो मेरे शरीर को कीमत चुकाकर हासिल किया करते थे। जब वह शारीरिक संसर्ग की अपनी घिनौनी वासना की प्यास बुझा रहा था, तो यकीन करो, मैं तुम्हारे ही बारे में सोच रही थी। सिर्फ तुम्हीं एकमात्र वह व्यक्ति हो जौनी, जिसने मुझे शारीरिक सुख प्रदान किया है।' उसने अपने कंधों को झटका दिया - 'अगर तुम इस मूर्खतापूर्ण ईर्ष्या की बजाय, यह सोचो कि मैं ऐसा करने पर मजबूर थी तो अधिक उपयुक्त होगा। मैंने उसे यहां बुलाया था, यह विश्वास दिलाने के लिए कि तुम यहां से जा चुके हो और क्यूबा पहुंचना चाहते हो। उस स्थिति में अगर मैं स्वयं को बचाने का प्रयास

करती तो क्या उसे विश्वास आ जाता। अब तुम बिल्कुल सुरक्षित हो, यह क्यों नहीं समझते?'

जौनी ने आगे बढ़कर उसे अपनी बांहों के घेरे में ले लिया। खेद भरे स्वर में वह बोला -'मुझे अफसोस है बेबी, वाकई में तुम लाजवाब हो।'

'अब इसे भूल जाओ।' फ्रैडा ने उसे मीठी झिड़की दी और उठकर खिड़की द्वारा झील की ओर देखने लगी-'अब यह जरूरी हो गया है कि तुम पर किसी की नजर न पड़े। सुनो जौनी, क्या हम कल ही यहां से कूच नहीं कर सकते?'

जौनी ने इंकार में सिर हिलाया - 'नहीं, अभी नहीं' हालांकि तुमने बड़ी कुशलता से परिस्थिति को सुलझाने की कोशिश की है और इससे पहले के मुकाबले हम सुरक्षित तो हो गये, पर साथ ही पेचीदगी भी बढ़ गई है।'

'क्या मतलब?' फ्रैडा ने पूछा।

'मतलब यह कि यदि हम कल ही चल देते हैं तो एड हमारे विषय में पूछताछ अवश्य करेगा। वह साल्वेडर से भी इस बारे में पूछताछ करेगा और टोनी से बोला गया तुम्हारा झूठ पकड़ में आ जायेगा। फिर पूरे जोर-शोर से तलाश जारी हो जाएगी। न सिर्फ मेरी ही, बल्कि तुम्हारी भी। इसलिए अगले चार दिनों की प्रतीक्षा तो हमें करनी ही पड़ेगी।'

उसने निराश भाव से अपने हाथ मले। फिर झल्लाहट भरे स्वर में बोली -'प्रतीक्षा-प्रतीक्षा-आज तक यही तो करती आई हूं मैं।'

तभी ट्रक की आवाज उन्हें सुनाई पड़ी - फ्रैडा तेजी से किचन में पहुंच गई। जौनी ने सोचा -शायद स्काट वापस आ रहा है।

✦ ✦ ✦

जोय मसीनो साप्ताहिक नम्बरों की उस लिस्ट को चैक कर रहा था जो उसे एन्डी ने लाकर दी थी। तभी फोन की घंटी बज उठी।

'हैलो कौन?'

'बॉस मैं टोनी बोल रहा हूं लिटिल क्रीक से।'

मसीनो ने एन्डी की ओर देखा और बोला -'टोनी है। तुम एक्सटेंशन वाला रिसीवर उठा लो और जो कुछ वह कहे उसे पैड पर नोट कर लो।' फिर उसने गुर्राहट भरे स्वर में टोनी से पूछा - 'क्या तुम्हें वह मिल गया?'

'नहीं बॉस। मैं छः घंटे देर से पहुंचा। वह तब तक वहां से जा चुका था। उस औरत ने बताया है कि वह मियामी गया है ओर वहां से नौका हासिल करके हवाना चला जायेगा।'

'हवाना!' मसीनो को झटका-सा लगा।

'हां।'

'ठीक है, तुम जरा तफ्सील से रिपोर्ट बयान करो।'

टोनी ने फ्रैडा से हुई सारी बातें दोहरा दीं।

फिर पूछा-'अब मेरे लिए क्या आदेश है बॉस?'

मसीनो का दिमाग तेजी से दौड़ने लगा। 'तुम वहीं ठहरो।'

तभी वह बोला-'मैं तुम्हें फोन करूंगा।'

उसने साल्वेडर का फोन नम्बर नोट किया और टोनी से संबंध-विच्छेद कर दिया।

'अगर वह हवाना पहुंच गया तो सारी मेहनत पर पानी फिर जाएगा।' मसीनो एन्डी की ओर मुखातिब होकर बोला - 'क्योंकि सारी रकम भी उसी के पास है।'

एन्डी शांत स्वर में बोला - 'यह उस औरत ने ही तो कहा है।'

'क्या मतलब?' मसीनो ने पूछा।

'मतलब यह है मिस्टर जोय कि मेरी राय में उस औरत की कहानी को चैक किया जाये, उसने हमें भटकाने के लिए टोनी की कोई काल्पनिक स्टोरी सुना दी है और टोनी ने उस पर यकीन करके यह मैसेज हमें भेज दिया है।'

मसीनो ने कुछ देर सोचा, फिर बोला - 'मैं इस बारे में ल्यूगी से बात करता हूं।' उसने ल्यूगी का फोन नम्बर मिलाया, संबंध स्थापित होते ही वह बोला-

'हैलो ल्यूगी! क्या हालचाल है, हां चोरी वास्तव में बड़ी हुई है। सुनो ल्यूगी, मैं कुछ मदद चाहता हूं। वह औरत...' और उसने एन्डी की ओर देखा। एन्डी ने बताया, 'फ्रैडा स्काट लिटिल क्रीक -हां फ्रैडा स्काट लिटिल क्रीक में रहती है। साल्वेडर उसके बारे में

सब-कुछ जानता है - वह औरत कहती है कि वियान्डा आज सवेरे वहां से चला गया है और वह मियामी होता हुआ हवाना को रवाना होगा। मैं चाहता हूं कि तुम किसी को भेजकर उससे सच्चाई उगलवाने की कोशिश करो, समझ गये।'

'किसी भी तरह से।' दूसरी ओर से पूछा गया।

'हां किसी भी तरह।' मसीनो ने कहा, 'और यह काम फौरन करना है बिल्कुल फुर्ती से, किसी तीर की तरह।'

'अवश्य हो जाएगा, जोय।' ल्यूगी जोश भरे स्वर में बोला - 'मेरे पास इस तरह के काम करने वाले स्पेशलिस्ट हैं, मगर तुम्हें इसका खर्चा उठाना पड़ेगा, ज्यादा नहीं सिर्फ हजार डॉलर और खर्च हो जाएंगे तुम्हारे, परन्तु काम बिल्कुल गारंटीशुदा होगा। सूचना शत-प्रतिशत प्राप्त होगी तुम्हें।'

मसीनो मन ही मन कुढ़कर रह गया, परन्तु मजबूरी थी अतः ल्यूगी का कहना मानना ही पड़ा। लाइन पर दूसरी ओर ल्यूगी सिगार की राख ऐश-ट्रे में झाड़ता हुआ धूर्ततापूर्वक मुस्करा रहा था। अभी शाम के सवा आठ बजे थे, इस काम की कोई जल्दबाजी नहीं, क्योंकि उसे अपने रेस्टोरेंट की देखभाल भी करनी थी, अतः उसने साल्वेडर को फोन करके कह दिया - 'टोनी को वापस फ्रंट बार में भेज दो।'

टोनी जब ल्यूगी के दफ्तर में पहुंचा तो उसने देखा - दो आदमी दीवार का सहारा लिए खड़े हुए थे। ल्यूगी सिगार दांतों में दबाये, अपनी विशाल डेस्क के पीछे बैठा रेस्टोरेंट का हिसाब चैक कर रहा था। उन दोनों आदमियों को देखकर टोनी चौंक गया। उसने अपनी जिन्दगी में बहुत से पेशेवर बदमाश देखे थे, मगर ये दोनों तो सर्वथा भिन्न थे। ऐसे जैसे चिड़ियाघर तोड़कर जबर्दस्ती भाग आये हों। शारीरिक अनुपात और आयु में अलग होने के बावजूद भी वे हिंसा और क्रूरता की जीती-जागती तस्वीर थे।

'आओ टोनी!' ल्यूगी बोला -'इन दोनों व्यक्तियों को देख रहे हो न तुम।' दीवार के साथ सटे खड़े दोनों व्यक्तियों की ओर इशारा करके वह बोला, 'इनमें से बड़े का नाम बर्नी है और छोटे का नाम क्लीव है। ये दोनों तुम्हारे साथ जाएंगे और उस औरत से सच कबूलवाएंगे-क्योंकि मसीनो के विचार में उसने तुम्हें सच्ची बात नहीं बताई है, बल्कि तुम्हें बहकाने की कोशिश की है।' कुछ क्षण वह चुप रहा - फिर मुस्कुराकर टोनी से

पूछा, 'वैसे स्वभाव कैसा था उस औरत का?'

'ठीक ही था।' टोनी बोला।

'तुम भाग्यशाली हो टोनी, क्योंकि इन दोनों से मिलने के बाद वह वैसी नहीं रहेगी।' ल्यूगी ने दोनों व्यक्तियों को आदेश देते हुए कहा -'तुम लोग सुबह छह बजे ही वहां पहुंच जाओ और ध्यान रहे, तुमने हर हालत में उस औरत से सच्ची बात जाननी है - किसी तरीके से भी - मुझे हर हाल में वास्तविकता की खबर मिलनी ही चाहिए। वैसे भी चिन्ता की कोई बात नहीं है। नजदीक ही कहीं काफी गहरी झील है।'

दोनों बदमाशों ने सहमति सूचक सिर हिलाया और बाहर निकल आए।

✦ ✦ ✦

स्काट के ट्रक की घरघराहट से जौनी जाग उठा। स्काट ट्रक स्टार्ट कर रहा था। उसने कलाई घड़ी पर दृष्टि डाली - साढ़े पांच बजे थे। स्काट के ट्रक की घरघराहट धीरे-धीरे कम होती जा रही थी। जौनी ट्रक को अपनी आंखों से ओझल होते हुए देखता रहा।

उसका मस्तिष्क विचारों में उलझा हुआ था। वह सोचने लगा -यदि फ्रैडा की कहानी पर मसीनो ने विश्वास कर लिया तो उसकी खोजबीन की सरगर्मी लगभग समाप्त-सी ही हो जाएगी - लेकिन यदि उसने विश्वास कर भी लिया फिर भी अगले चार दिन उसे स्वयं को और लोगों की निगाहों से छुपाकर रखना पड़ेगा - फिर वह सैमी को फोन करेगा। यदि सैमी ने उसे विश्वास दिला दिया कि मामला ठंडा पड़ चुका है तो फ्रैडा के साथ ईस्ट सिटी जाकर लॉकर में रखे धन को निकाल लायेगा। मसीनो के विचार में तो मैं हवाना पहुंच चुका होऊंगा - अत: फिर साउथ की ओर जाने में भी कोई खतरा नहीं होगा। समस्या सिर्फ टेलीफोन करने और किराये की कार हासिल करने की है, क्योंकि ऐसी हालत में फ्रैडा का लिटिल क्रीक से किराए की कार प्राप्त करना मुसीबत में डाल सकता था। अत: कार न्यू साइमारा से प्राप्त करनी पड़ेगी, मगर इस कदर तेज गर्मी में न्यू साइमारा तक की पैदल यात्रा भी स्वयं में एक मुसीबत थी।

वह चादर उतारकर पलंग से उठ गया।

'जौनी!' कमरे से बाहर निकलकर उसे फ्रैडा का स्वर सुनाई दिया।

उसने पलटकर देखा। वह अपने बैडरूम से निकल चुकी थी। सोकर उठने के बावजूद भी वह खूबसूरत नजर आ रही थी।

मैं कॉफी लेने जा रहा हूं, पियोगी?' जौनी ने पूछा।

'हां...हां जरूर!' वह बोली और गुनगुनाती हुई बाथरूम में घुस गई।

कॉफी बनाते समय जौनी फ्रैडा के बारे में सोचता रहा - वह एक वेश्या थी - मगर इससे क्या होता है? फ्रैडा उससे प्यार करती थी। वह खुद भी तो कोई विशेषता लिए हुए नहीं था। एक बिल्कुल साधारण-सा आदमी था। यही सोचते हुए उसने एक प्याले में कॉफी डाली-अभी वह दूसरे प्याले में कॉफी डालने ही जा रहा था कि किसी कार की आवाज सुनकर चौंक उठा। दूसरे कप को फौरन एक ओर रखकर वह तेजी से अपने बैडरूम में पहुंचा और झपटकर पिस्तौल उठा ली। चादर को पलंग पर फैला कर वह स्काट के बैडरूम में पहुंचा - जिसकी खिड़की से जेटी साफ दिखाई पड़ रही थी।

उसने देखा - धूल से अटी हुई एक लिंकन आकर रुकी। उससे दो व्यक्ति उतरकर नीचे खड़े हो गये। दोनों काले सूट-सफेद कमीज-सफेद टाई पहने हुए थे। उन्होंने कुछ क्षण इधर-उधर देखा और फिर जेटी (पानी के जहाज अथवा मोटरबोट उतरने-चढ़ने का प्लेटफार्म) पर चल दिये।

फ्रैडा अपनी नाइट ड्रेस पहने अभी तक बाथरूम के दरवाजे में खड़ी थी।

'मुझे कुछ गड़बड़ नजर आ रही है।' उसके निकट पहुंचकर जौनी ने कहा - 'मगर तुम घबराना नहीं - मैं स्वयं ही निपट लूंगा।'

'नहीं, तुम छिप जाओ।' फ्रैडा ने सहमकर फुसफुसाते हुए कहा - 'मैं सब देख लूंगी। तुम बड़ी वाली अलमारी में घुसकर इंतजार करो।'

फ्रैडा उसका हाथ पकड़कर अलमारी की ओर खींच ले गई। वह

हिचकिचाया -परन्तु उसी क्षण दरवाजा खटखटाने की आवाज हुई और उसने खिसककर स्वयं को अलमारी में बंद कर लिया।

फ्रैडा अपने बैडरूम की ओर दौड़ गई। उसने एक चादर से अपने जिस्म को ढांप लिया। तभी दरवाजा दोबारा खटखटाया गया।

फ्रैडा ने जाकर दरवाजा खोल दिया - किन्तु जैसे ही उसकी दृष्टि बर्नी तथा क्लीव पर पड़ी - उसका रोम-रोम कांप उठा। परन्तु स्वयं पर काबू पाते हुए वह बोली-

'क्या चाहते हो?'

गुरिल्ले जैसी शक्ल वाले बर्नी ने उसे पीछे की ओर धकेल दिया और गुर्राते हुए बोला, 'तुमसे जौनी के बारे में बातें करनी हैं बेबी।'

परन्तु फ्रैडा उसके पीछे वाले दूसरे युवक से भयभीत थी - जिसकी सूरत पर शैतानियत झलक रही थी और आंखों में छाई क्रूरता उसके परपीड़ा प्रेमी (सैडिस्ट) होने का स्पष्ट प्रमाण दे रही थी।'

'वह चला गया है।' फ्रैडा ने कंपित स्वर में उत्तर दिया।

वे तीनों लिविंग रूम में थे और फ्रैडा दूर दीवार से सटी खड़ी थी।

'हमें उसके बारे में बताओ।' बर्नी फुंफकारा - 'क्योंकि हमें उसकी तलाश है।'

'वह कल चला गया है।' फ्रैडा ने पुनः उत्तर दिया।

'यह तो हम भी सुन चुके हैं। बर्नी ने कहा और फ्रैडा के मुंह पर इतनी जोर से थप्पड़ मारा कि उसका सिर दीवार से टकरा गया और वह नीचे जा गिरी। बर्नी ने नीचे झुककर एक ही झटके में उसकी नाइट ड्रेस फाड़ डाली - 'हम इस कहानी पर यकीन नहीं करते बेबी - हमें तो सच्ची बात क्या है, यह मालूम होना चाहिए।'

फर्श पर पड़ी फ्रैडा उसे घूर रही थी। वह स्थिर स्वर में बोली - 'वह कल मियामी चला गया और अब तुम भी फौरन यहां से दफा हो जाओ मरदूद।'

बर्नी एक ओर हट गया। वह क्लीव की ओर इशारा करते हुए बोला-

'क्लीव, जरा इसे समझाओ - जब तुम थक जाओगे तो मैं कोशिश करूंगा।'

अलमारी में खड़े जौनी ने एक-एक शब्द साफ-साफ सुना। उसने धीरे से अलमारी का दरवाजा खोला - पिस्तौल हाथ में लिए वह बाहर निकला। उसने सिर्फ पायजामा पहना हुआ था - पैर नंगे थे। निःशब्द चलते हुए वह गलियारे से गुजरकर लिविंग रूम में जा पहुंचा।

क्वील फ्रैडा को पैरों पर खड़ा करके उसे थप्पड़ मारने ही वाला था कि जौनी ने फायर कर दिया।

फायर की आवाज सुनकर फ्रैडा चीख पड़ी और हाथों में अपना चेहरा छुपाकर घुटनों के बल नीचे जा पड़ी।

जौनी के पिस्तौल की गोली क्लीव के सिर के पिछली ओर लगी थी - वह लहराया और फर्श पर ढेर हो गया।

बर्नी अपनी पिस्तौल निकालकर जौनी की ओर पलटा - किन्तु इससे पहले कि वह फायर कर पाता - जौनी के पिस्तौल से निकली गोली उसके चेहरे से आ टकराई। बर्नी एकदम से तड़पा और बेजार होकर क्लीव के शरीर पर ढह गया।

जौनी ने पिस्तौल नीचे फेंका और फ्रैडा को थाम लिया - वह उसे लेकर बैडरूम में पहुंचा और आराम से पलंग पर लिटा दिया - फिर वह दौड़कर अपने बैडरूम में पहुंचा और अपने जूते तथा कपड़े पहने और पुनः लिविंग रूम में आ पहुंचा।

काफी देर तक वह यूं ही पड़ी रही यद्यपि उसकी सिसकियां बंद हो चुकी थीं। सहसा उसने अपने चेहरे पर एक हाथ का हल्का सा स्पर्श महसूस किया। उसने आंखें खोल दीं। जौनी उस पर झुका कह रहा था।

'उठो बेबी! अब यहां रुकना बेकार है। आओ चलते हैं।'

'चलें-मगर कहां?' फ्रैडा ने अपनी खोई-खोई आंखों से उसे देखते हुए पूछा।

'सौभाग्य से उनकी कार यहीं है। मौका गंवाना बेवकूफी होगी। यहां ठहरना अब और नई मुसीबतों को दावत देना है।'

मगर वह हिली तक नहीं -बस अपलक हतप्रभ-सी उसे देखती रही।

'जल्दी करो बेबी।' जौनी ने कुछ तेज आवाज में कहा - 'कपड़े पहनो और अपना सामान बांध लो।'

'तुमने उन्हें कत्ल कर दिया - तुम खूनी हो - मैं तुम्हारे साथ नहीं जा सकती।'

'ठीक है - नहीं जाना चाहतीं तो न सही।' जौनी ने तीखी आवाज में कहा - 'परन्तु कपड़े तो पहन लो।'

जौनी इन शब्दों ने उस पर जबरदस्त प्रहार का काम किया-वह कांपती हुई उठी और अलमारी की ओर दौड़ गई। अलमारी से उसने एक मर्दानी पतलून और कमीज निकाली और पहन ली। जौनी ने देखा - उसकी अलमारी में एक सस्ती ड्रेस-एक जोड़ा

पुरानी लेविस तथा मात्र एक जोड़ी-जूते ही थे।

'इस कबाड़ में से और भी कुछ साथ ले जाना चाहती हो तुम?' जौनी ने पूछा।

'नहीं। फ्रैडा ने उत्तर दिया।

दोनों लिविंग रूम में आ पहुंचे। जौनी बोला - 'अब तुम्हें एड के नाम एक चिट्ठी लिखनी है। लिखने के लिए कोई कागज है?'

वह कांपती हुई मेज पर बैठ गई और बोली - 'उस ड्रॉअर में है।'

जौनी ने ड्रॉअर खोली-एक घटिया-सा कागज तथा लिफाफा निकाला-फिर पैंसिल उसके हाथ में पकड़ाकर बोला - लिखो -

डीयर एड, मैं यहां रहते-रहते ऊब चुकी हूं। मैं जौनी के साथ जा रही हूं क्योंकि हम एक-दूसरे से प्रेम करते हैं।

फ्रैडा।

कंपित हाथों से फ्रैडा मुश्किल से ही लिख सकी। जौनी ने वह चिट्ठी लिफाफे में बंद करके मेज पर रख दी।

'आओ चलें।' वह बोला।

जौनी ने एक हाथ से अपना सूटकेस उठाया तथा दूसरे से उसकी बांह थामकर तेजी से जेटी पार की। वे दोनों लिंकन में जा बैठे। इंजन स्टार्ट करते समय उसने अपनी रिस्टवॉच पर नजर डाली। छह बजकर चालीस मिनट हो चुके थे।

उसने सोचा-कम से कम तीन घंटे के बाद ल्यूगी को अपने भेजे आदमियों की चिन्ता होनी आरंभ हो जाएगी। अभी तीन घंटे का समय बाकी था और तीन घंटों में तो यह कार हमें दूर पहुंचा देगी।

✦ ✦ ✦

विचारमग्न जौनी फ्री वे पर लिंकन दौड़ाता रहा - उसके बराबर में बैठी फ्रैडा सहमी-सी विंड स्क्रीन की ओर देखती रही।

जौनी सतर्क निगाहों से सामने की ओर देखता हुआ कार दौड़ा रहा था। जौनी का दिमाग कार की तेज रफ्तार से भी ज्यादा तेज गति से दौड़ रहा था।

डेटोना बीच पहुंचकर उसने बाई पास द्वारा कम ट्रैफिक वाली सड़क पर मुड़कर उत्तर की ओर यात्रा जारी रखी। वह रह-रहकर फ्रैडा पर भी नजरें डाल लेता था - जो अभी तक भावशून्य-सी खामोश बैठी थी।

इतनी समस्याओं के बाद भी वह आतंकित नहीं था। अत्यधिक आत्मविश्वास की वजह से उसका क्रियाशील मस्तिष्क सुचारू रूप से काम कर रहा था - क्योंकि उसकी दाढ़ी का सब लोगों को पता चल चुका था - अत: अब इसे साफ करा देना ही उचित था। खाकी ड्रिल की जगह अब नये कपड़े भी बदलने होंगे। साल्वेडर-क्योंकि फ्रैडा को पहचानता था - अत: अब फ्रैडा का भी हुलिया बदलना जरूरी था।

सहसा फ्रैडा के स्वर ने उसकी विचार-तन्द्रा भंग कर दी।

'हम कहां जा रहे हैं?' उसने पूछा।

जौनी ने राहत की सांस ली।

'अब कैसा महसूस कर रही हो बेबी?' जौनी ने पूछा।

'मैं बिल्कुल ठीक हूं।' वह कांपते हुए बोली - 'किन्तु हम लोग जा कहां रहे हैं?'

'हम लोग उत्तर की ओर जा रहे हैं।' जौनी ने कहा - 'उन्हें सचेत होने में अभी दो घंटे का समय और लग जाएगा। इस तरह हमारे पास अभी दो घंटे का समय बचा है। इसी बीच हम सैंट डेविस पहुंच लेंगे। सैंट डेविस एक पर्यटक स्थल है। वहां हमेशा ही सैलानियों की कारों का आना-जाना लगा रहता है। वहां की भीड़-भाड़ में पहुंचकर हम इस कार से छुटकारा पा लेंगे।'

'ओह जौनी-मुझे अभी तक डर लग रहा है।' उसकी जांघ पर हाथ रखकर वह बोली-

'क्या उन्हें शूट करना जरूरी था?'

जौनी शांत स्वर में बोला - 'मैं तुम्हें पहले ही सचेत कर चुका हूं फ्रैडा - हमारा मुकाबला माफिया संगठन से है। इसका सीधा उसूल है - मारो, वरना मर जाओगे।' वह थोड़ा रुका, फिर कहने लगा-'मैं सोचता हूं अभी चांस है-मैं तुम्हें सच बताता हूं-उन थैलों में एक लाख बयासी हजार डालर की रकम है।'

'एक लाख बयासी हजार!' फ्रैडा ऊंची आश्चर्यमिश्रित आवाज में बोली - 'यह तो

बहुत बड़ी रकम होती है जौनी।'

'हां और यह भी समझ लो कि यह जुआ है। इसके एक दांव पर धन है और दूसरे पर हमारी जिन्दगियां। मेरा मतलब है अगर यह रकम हमें मिल गई है तो हम इसे मिल-बांटकर इस्तेमाल करेंगे।'

'परन्तु इस समय क्या करना है हमने?'

'सैंट डेविस पहुंचकर तुम किसी ब्यूटी सैलून में जाकर अपने बालों का रंग बदलवा लेना - क्योंकि उन्हें तो किसी सुनहरी बालों वाली लड़की की तलाश होगी और मैं भी दाढ़ी से छुटकारा पा लूंगा। हमें कपड़े भी खरीदने पड़ेंगे - पर तुम चिन्ता मत करो - मेरे पास काफी पैसे हैं। फिर इस कार से पीछा छुड़ाकर हम ग्रेहाउंड बस द्वारा ब्रुन्सविक पहुंच जाएंगे और वहां रहकर धैर्य से इंतजार करेंगे। चाहे इसमें दो महीने का वक्त ही क्यों न लग जाए -फिर जब ईस्ट सिटी में मौजूद मेरा आदमी ऑल क्लीयर का संकेत देगा तो हम वहां जाकर रकम निकाल लाएंगे।'

'क्या हम वास्तव में ऐसा कर सकेंगे? मेरा मतलब है हमें वह धन प्राप्त हो सकेगा?'

'अगर नहीं प्राप्त कर सके तो मर जाएंगे।' जौनी ने सच्चाई प्रगट कर दी।

इसी तरह बातें करते-करते वे सैंट डैविस तक पहुंच गए। उस समय तक नौ बजकर पचास मिनट हो चुके थे। टूरिस्टों तथा कारों की भारी वहां लगी हुई थी।

'यहां हम इस कार से छुटकारा पा लेंगे।' जौनी ने एक पार्क की ओर कार मोड़ते हुए कहा और कई मिनट बाद वह कार पार्क करने लायक स्थान पा सका - 'अब हमें पैदल चलना होगा।'

उसने अपना सूटकेस खोला और सैमी की यहां से चुराई गई शेष रकम अपनी जेब के हवाले की। यह रकम कुल दो हजार आठ सौ सत्तावन डालर की थी। जौनी बोला -

'मैं तुम्हें बताता हूं फ्रैंडा, कि अब से हम दोनों पार्टनर हैं।' उसने अपनी जेब से हजार डालर निकाले और उन्हें गिनकर उसे देते हुए कहा - 'ये रख लो, इमरजेंसी में काम आएंगे। इमरजेंसी हम लोगों के सामने कभी भी आ सकती है। हेयर ड्रैसर के पास जाओ और अपने बाल ठीक करवा लो - कुछ कपड़े भी खरीद लो - ज्यादा खर्च करने

की जरूरत नहीं है और खरीदते समय ध्यान रखना कि कपड़ों का रंग ज्यादा शोख और गहरा न हो। हम अपने आपको पति-पत्नी के रूप में प्रस्तुत करेंगे - जो छुट्टियां बिताने के लिए ग्रेहाउंड बस द्वारा देश-भर का भ्रमण कर रहे हैं। मैं तुम्हें पृष्ठभूमि समझाए देता हूं। ब्रुन्सविक के किसी छोटे-से होटल में हम कमरा ले लेंगे। तुम होटल वालों से कहोगी कि मैं दिल का मरीज हूं और मुझे आराम की जरूरत है। इससे हम ज्यादा बाहर निकलने से बचे रहेंगे। तुम यह जाहिर करोगी कि इतनी दूर आकर हमने भारी भूल की है। मुझे आराम की सख्त जरूरत है। हमारे नाम मिस्टर एण्ड मिसेज हैनरी जैक्सन होंगे और इन्हीं नामों से हम होटल के रजिस्टर पर दस्तखत करेंगे। यह अभी पृष्ठभूमि है - आगे चलकर हम इसमें सुधार कर लेंगे।'

फ्रैडा ने सहमति में सिर हिलाया और नोटों को अपने पर्स में डालकर जौनी की ओर देखा। वह बोली - 'जब मैं अपने बालों को ठीक करा रही होऊंगी तो उस समय तुम मुझे छोड़कर तो नहीं चले जाओगे जौनी?'

यह सुनकर जौनी को धक्का-सा लगा। वह काफी देर तक उसे घूरता रहा। फिर मुस्कराया और बोला - 'यह तो तुम स्वयं के ही दिल से पूछो बेबी।'

सूटकेस बंद करके वह कार से बाहर निकल आया।

'मुझे दुःख है जौनी।' कार से उतरकर उसकी बांह थामती हुई फ्रैडा बोली - 'मेरी जिन्दगी में बहुत से आदमी आये हैं और सभी ने मुझे धोखा दिया है - इस कारण मैं तुम पर भी अविश्वास कर बैठी।'

'अगर तुम्हें मुझ पर अभी तक भी यकीन नहीं हुआ।' जौनी ने ठंडे स्वर में उत्तर दिया - 'तो तुम सचमुच मुसीबत में पड़ जाओगी बेबी। आओ चलते हैं।'

वे दोनों कस्बे में पहुंच गए। रास्ते में ग्रेहाउंड बस स्टेशन की ओर इशारा करते हुए जौनी ने कहा - 'हम यहां मिलेंगे - जल्दी लौटने की कोशिश करना। हममें से जो भी पहले पहुंच जाएगा वह एक-दूसरे का इंतजार करेगा।'

'मुझे डर है जौनी।' वह अनिच्छा से बोली - 'कि कहीं मैं फिर अकेली न रह जाऊं।'

जौनी मुस्कराया और बोला - 'लेकिन बेबी, हम हमेशा से अकेले ही तो रह रहे हैं

- इसलिए डरो मत और जैसा मैं कह रहा हूं वैसा ही करो।'

'अच्छा!' फ्रैडा जबरदस्ती अपने होंठों पर मुस्कान लाती हुई बोली - 'फिर मिलेंगे जौनी।'

'अवश्य।' जौनी बोला।

फ्रैडा चली गई - और जौनी ने भी कुछ देर ठहरने के बाद कस्बे का रुख किया।

✦ ✦ ✦

ल्यूगी अपनी सीट पर बैठा हैडकुक द्वारा पेश किये मेन्यू पर विचार-विमर्श कर रहा था। तभी फोन की घंटी बज उठी। उसने रिसीवर उठाया और पूछा - 'कौन है?' दूसरी ओर से लाइन पर मसीनो का क्रोधित स्वर उभरा - 'क्या हो रहा है ल्यूगी - तुमने मुझे अभी तक उस औरत के बारे में कुछ क्यों नहीं बताया - मैं इंतजार करते-करते परेशान हो गया। उस रंडी ने कुछ उगला या नहीं?'

'मैं खुद भी प्रतीक्षा कर रहा हूं जोय।' ल्यूगी ने उत्तर दिया - 'मुझे किसी भी क्षण सूचना प्राप्त हो सकती है। जैसे ही मुझे खबर मिलेगी, मैं तुम्हें फौरन सूचित कर दूंगा।'

'तुम्हारे आदमी क्या मक्खियां मार रहे हैं?' - मसीनो दहाड़ा - मैं फौरन एक्शन चाहता हूं।' फोन का संबंध जैसे ही विच्छेद हुआ, ल्यूगी चिन्ता में डूब गया - उन दोनों को भेजे हुए पांच घंटे से भी ज्यादा गुजर गये थे - वापस क्यों नहीं लौटे वे लोग अभी तक?

उसने जल्दी से फोन उठाया और एक नम्बर मिलाया - नम्बर मिलते ही वह बोला - 'केपिलो को भेजो फौरन।'

दूसरा फोन उसने साल्वेडर को किया - 'वहां क्या हो रहा हैं - मैंने बर्नी और क्लीव को सुबह छ: बजे ही उस औरत से मिलने भेजा था।'

'पता नहीं।' साल्वेडर ने उत्तर दिया - 'मैंने तो उन्हें देखा तक नहीं है।'

'मैं केपिलो को भेज रहा हूं।' - ल्यूगी गुर्राया - 'तुम फौरन उसके साथ जाकर पता करो कि क्या माजरा है और मुझे फौरन सूचना दो।'

ठीक एक घंटे बाद टोनी कार द्वारा स्टोर के आगे उतरा - वह धड़धड़ाता हुआ स्टोर

में घुस गया - साल्वेडर उसका ही इंतजार कर रहा था।

'क्या गड़बड़ है?' टोनी ने उसके सामने पहुंचते ही प्रश्न किया।

'पता नहीं, यह तो वहीं जाने पर पता चलेगा।' साल्वेडर बोला।

दोनों स्टोर से बाहर निकले। साल्वेडर की मोटरबोट पर सवार हुए और हाउसबोट की ओर रवाना हो गये।

पहले टोनी डैक पर पहुंचा। पिस्तौल हाथ में रहने के बावजूद भी उसके पसीने छूट रहे थे। साल्वेडर ने बोट बांध दी और वह भी डैक पर आ गया। दोनों सुनसान हाउसबोट में घूमते रहे, किन्तु उन्हें वहां कोई दिखाई न दिया। तभी टोनी की नजर मेज पर रखे लिफाफे पर पड़ गई। उसने झपटकर लिफाफा उठा लिया, लिफाफे के अंदर से कागज निकाला और आश्चर्य-मिश्रित आवाज में बोला - 'लो देखो इसे। वह कुत्ते की औलाद पूरे समय यहीं मौजूद था और अब दोनों भाग गये हैं।'

'लेकिन क्लीब और बर्नी का क्या हुआ? वे दोनों कहां गये?' साल्वेडर ने चारों ओर दृष्टिपात किया।

दोनों ने एक-दूसरे की आंखों में देखा, फिर वे बाहर निकल आये और डैक पर पहुंचकर झील के शांत एवं स्वच्छ जल को घूरने लगे -

'तुम्हारे विचार में क्या उसने दोनों को मार डाला है?' टोनी ने पूछा।

'यह मैं कैसे कह सकता हूं।' साल्वेडर पुनः लिविंग रूम में पहुंचा और मेज को एक ओर खिसका दिया। सूखे खून का जमा हुआ एक धब्बा जो कि जौनी की सतर्क दृष्टि से बच गया था, उसे दिखाई दे गया।

'यह देखो।'

टोनी ने झुककर देखा और फंसी-फंसी आवाज में बोला - 'उसने जरूर मार डाला है उन दोनों को।'

'हां। और उनकी कार लेकर भाग गया है। तुम फौरन मिस्टर ल्यूगी को खबर कर दो।'

पच्चीस मिनट बाद टोनी ल्यूगी को रिपोर्ट दे रहा था और उसके पांच मिनट बाद ल्यूगी मसीनो को सूचित कर रहा था।

रिपोर्ट सुनकर मसीनो स्तंभित रह गया। उसके मुंह से आवाज तक नहीं निकली, फिर जैसे ही वह सचेत हुआ तो चिल्लाया - 'तुम सब किसी काम के आदमी नहीं हो, मैं तुम लोगों को फूटी कौड़ी भी नहीं दूंगा।'

'धैर्य से काम लो जोय। मैंने पुलिस को सूचित कर दिया है और उन्हें कार के बारे में सचेत कर दिया है।' - ल्यूगी के पसीने छूट रहे थे - 'मेरे दो बेहतरीन व्यक्ति मारे गये हैं और तुम इस तरह से पेश आ रहे हो।'

'नहीं। मैं तुम्हें छत्तीस घंटे का वक्त दे रहा हूं उसके बाद तुम्हारे बिगबॉस से बात करूंगा।' इससे पहले कि ल्यूगी उसे कुछ उत्तर देता, मसीनो रिसीवर पटक चुका था।

ल्यूगी काफी देर तक सोचता रहा, फिर उसने डॉन को फोन किया।

डॉन फ्लोरिडा के अंडरग्राउंड वर्ल्ड का बादशाह था - उसने परिस्थिति समझते हुए ल्यूगी से कहा - 'जैसे ही पुलिस को कार का पता लगे, तो मुझे बता देना, ढूंढ देंगे उन्हें।'

उसके बाद उसके फोन का संबंध-विच्छेद कर दिया।

✦ ✦ ✦

फ्रैडा ग्रेहाउंड बस स्टेशन लौटी।

जौनी उसे कहीं नहीं दिखाई दिया। उसे इंतजार करते हुए बीस मिनट का समय बीत गया था, किन्तु जौनी अभी तक भी नहीं लौटा था। वह व्याकुल भाव से सीट से उठी और बस स्टेशन से बाहर आ गई। उसने हाथ में एक छोटा-सा होल्डाल पकड़ा हुआ था।

ज्यों-ज्यों समय बीतने लगा, उसकी बेचैनी बढ़ने लगी। तभी वह चौंक पड़ी। पीछे से एक हाथ ने हल्के-से उसके कंधे का स्पर्श किया -

'सॉरी बेबी। मैं तो तुम्हें पहचान ही न सका। तुम्हारी तो हुलिया ही बदल गई है। बेहद खूबसूरत लग रही हो।'

फ्रैडा घूम गई - उसने अपने कंधे का स्पर्श करने वाले की ओर देखा - पल भर के लिए वह ठिगने कद, भारी जिस्म वाले व्यक्ति को पहचान न सकी - दाढ़ी के साथ सिर के भी बाल सफाचट थे - होंठों के ऊपर सिर्फ घनी मूंछें थीं।

'ओह जौनी!' पहचानने के बाद वह खुशी से चीखी। वह तुरन्त उसकी ओर

लपकी। परन्तु जौनी पीछे हट गया और ठोस आवाज में बोला - 'यहां नहीं बेबी। मैं टिकटें ले आया हूं। आओ चलते हैं।'

वे दोनों बस में जा चढ़े।

बस की सबसे पिछली सीट पर बैठा हुआ जौनी हरेक चढ़ने वाले व्यक्ति का निरीक्षण कर रहा था, पर अभी तक उसे कोई संदिग्ध व्यक्ति दिखाई नहीं दिया। जैसे ही बस स्टार्ट हो गई - उसने फ्रैडा का हाथ अपने हाथ में ले लिया। उसे सहलाते हुए बोला, 'तुम्हारी तो काया ही पलट हो गई बेबी। अपनी जरूरत का हर सामान ले आई हो न?'

'हां।'

जौनी कुछ देर खामोश रहा, फिर बोला - 'देखा बेबी। जिस मंजिल की ओर हम बढ़ चले हैं उसमें सरासर मौत का खतरा है। अब भी समय है, खूब अच्छी तरह से सोच लो। हालांकि देर हो चुकी हैं, फिर भी कुछ नहीं बिगड़ा है तुम चाहो तो...'

'मेरी समझ में कुछ नहीं आ रहा।' फ्रैडा उसकी ओर घूरते हुए, उसकी बात काटते हुए बोली।

'मैंने हालात पर गंभीरता से सोचा है।' - जौनी बोला - 'तुम्हें अपने साथ इस झंझट में फंसाने का मैं ही जिम्मेदार हूं।' देर-सबेर वे लोग मुझे पकड़ ही लेंगे, क्योंकि माफिया के हाथों से बच पाना असंभव है। अगर हम दोनों साथ-साथ पकड़े गये तो मैं जरूर ही मार दिया जाऊंगा, साथ में तुम्हें भी अपनी जान गंवानी पड़ जायेगी। यह मत समझना कि मुझे पकड़ने के बाद वे तुम्हें भूल जाएंगे। वे हर्गिज भी तुम्हारा पीछा नहीं छोड़ेंगे और जिस दिन उन्होंने तुम्हें पकड़ लिया, वही तुम्हारी जिन्दगी का आखिरी दिन होगा। मैं तुम्हें साथ तो रखना चाहता हूं पर तुम सारी स्थिति पर गंभीरता से सोच लो। रिस्क बेहद जानलेवा है। हमारे पास मौके तो जरूर है परन्तु अधिक नहीं। धन यदि मेरे हाथ आ गया तो मैं तुमसे वायदा करता हूं कि उसमें से अच्छी-खासी रकम तुम्हें दे दूंगा। अत: पैसों की चिन्ता तो तुम भूल ही जाओ। आधा घंटे में हम जैक्सन विले पहुंच जाएंगे, चाहो तो वहां उतरकर तुम आसानी से गायब हो सकती हो। मुझे खोजने के चक्कर में उन्हें तुम्हारा तो ख्याल ही नहीं आयेगा।'

फ्रैडा ने सोचने की कोशिश की, किन्तु एक लाख बयासी हजार डॉलरों की

कल्पना ने उसकी सारी सोचें काफूर की मानिंद उड़ा दीं।

धन की चकाचौंध ने उसको अच्छा-बुरा सोचने की पहचान भुला दी।

'मैं तुम्हारे साथ ही रहूंगी जौनी।' काफी अरसे तक सोचने-विचारने के बाद उसने फैसला दिया।

✦ ✦ ✦

सैमी ठीक साढ़े सात बजे उठ गया। परेशान और उनींदी-सी हालत में टॉयलेट में दाखिल हो गया। पन्द्रह मिनट के बाद बाहर निकला, शेव की, नहाया और परकोलेटर चालू करके कॉफी बनाने लगा।

कॉफी तैयार हो गई थी। अत: उसने वर्दी पहनी और बेमन से कॉफी पीने लगा।

तभी फोन घनघना उठा।

सैमी हिचकिचाया - 'क्लोय का तो फोन नहीं है-सुबह ही सुबह चीखना - चिल्लाना न आरंभ कर दे कहीं।'

सैमी ने डरते-डरते रिसीवर उठाया।

'सैमी।'

उसका समूचा बदन कांप उठा। आवाज जौनी की थी।

'हां। सैमी बोल रहा हूं।' वह हकलाता हुआ बोला।

'सुनो सैमी। मैं चाहता हूं कि तुम ग्रेहाउंड बस स्टेशन पर जाकर यह पता लगाओ कि उसकी निगरानी की जा रही है या नहीं।'

'मैं ऐसा नहीं कर सकता मिस्टर जौनी।' सैमी लगभग रो देने वाली आवाज में बोला - 'मैं पहले ही बहुत दु:खी हूं। ईश्वर के लिए मेरा पीछा छोड़ दो। मेरे हाल पर तरस खाओ।'

'यह बहुत जरूरी है प्रेमी।' जौनी के स्वर में कठोरता थी - 'तुम्हें वहां जाना ही पड़ेगा। मैं वायदा करता हूं तुम्हारी रकम लौटाने के अलावा भी तुम्हें तीन हजार डॉलर और दे दूंगा।'

सैमी के शरीर में तनाव-सा पैदा हो गया। उसने पूछा - 'सच कह रहे हो न मिस्टर

जौनी?'

'क्या मैंने तुमसे पहले कभी झूठ बोला है?' - जौनी ने कहा - 'जो कुछ मैंने कहा है उसे करो, बदले में तुम्हें छः हजार डॉलर का देने का वायद करता हूं।'

'मान लो उसकी निगरानी की जा रही हो तब?' सैमी ने आशका व्यक्त की।

'उस हालत में तुम रोज चैक करते रहो। जब भी लाइन क्लीयर हो मुझे बता देना।'

सैमी चाहते हुए भी इंकार न कर सका, क्योंकि छः हजार डालर में उसकी कई परेशानियां दूर हो जाने वाली थीं।

'ठीक है मिस्टर जौनी।' वह बोला - 'मैं ऐसा ही करूंगा।'

'दैट्स राइट। मैं कल इसी समय फिर फोन करूंगा।'

जौनी ने संबंध-विच्छेद कर दिया।

हालांकि सैमी डर रहा था, फिर भी उसे यह बात अच्छी तरह से पता थी कि जौनी का वायदा कभी झूठा नहीं होता।

पी कैप पहनकर वह अपने अपार्टमेंट से बाहर निकला और तेजी से गैराज की ओर जाते हुए सोचने लगा - मिस्टर जौनी बस स्टेशन की निगरानी के बारे में क्यों इतने बेचैन थे। इसका सिर्फ एक ही मतलब हो सकता था, मगर सैमी ने उस मतलब को अपने दिमाग में पनपने ही नहीं दिया।

वह कार द्वारा मसीनो को उसके ऑफिस ले गया।

'तुरन्त घर जाओ।' मसीनो ने उसे दफ्तर के बाहर पहुंचकर आदेश दिया - 'मिसेज मसीनो को शॉपिंग के लिए जाना है। फिर आज रात हमने कहीं जाना है। उसके बारे में तुम्हें वही बतायेंगी।' मसीनो ने रुककर गौर से उसके चेहरे को देखते हुए पूछा - 'क्या बात है, तुम कुछ परेशान-से दिख रहे हो?'

'कुछ नहीं बॉस। मैं एकदम ठीक हूं।' सैमी जल्दी से बोला।

मसीनो ने फिर उससे कुछ नहीं पूछा। वह कार से उतरा और धड़धड़ाता हुआ अपने दफ्तर की इमारत में प्रवेश कर गया।

सैमी ने ग्रेहाउंड बस स्टेशन की ओर देखा। फिर काफी हिचकिचाहट के बाद कार से बाहर निकल आया।

ज्योंही मसीनो ने अपने दफ्तर में प्रवेश किया तो देखा - एन्डी खिड़की से बाहर की ओर झांक रहा था।

'अब हमें फौरन इसे कर ही डालना चाहिए।' मसीनो ने झल्लाते हुए कहा - 'तुम सुन रहे हो न...।'

परन्तु उसका वाक्य अधूरा ही रह गया। एन्डी ने उसे हाथ के इशारे से अपने नजदीक बुला लिया। मन ही मन कुढ़ते हुए वह खिड़की के नजदीक जा पहुंचा।

उसने देखा - सैमी सड़क पार कर रहा था। वह सतर्क दृष्टि से दाएं-बाएं, इधर-उधर देखता जा रहा था। फिर वह ठिठकता हुआ बस स्टेशन में प्रवेश कर गया।

'यह कलुआ क्या कर रहा है वहां?' मसीनो गुर्राया - 'मैंने इसे फौरन वापिस घर पहुंचने के लिए कहा था।'

'देखते रहो।' एन्डी ने शांत भाव में उत्तर दिया।

काफी देर बाद सैमी बस स्टेशन से बाहर निकला था। पहले की तरह चोरों की भांति इधर-उधर देखता हुआ सड़क पार करके कार में आ बैठा। उसने कार स्टार्ट की और उसे लेकर चला गया।

'क्या मतलब हुआ इसका?' मसीनो ने पूछा।

लेकिन एन्डी के चेहरे के भावों से साफ जाहिर हो रहा था कि वह इस दृश्य से कुछ समझ चुका था।

'लगता है - मिस्टर जोय जैसे वह जासूसी कर रहा था।' एन्डी ने उत्तर दिया - 'साथ ही सहमा हुआ था।'

'ठीक कहते हो। मैंने भी कुछ देर पहले ऐसा ही महसूस किया था जैसे वह कुछ परेशान हो। साथ ही डरा हुआ भी लगता था।'

एन्डी मसीनो के डेस्क पर आ बैठा और बोला - 'मेरा शुरू से ही यह विचार था कि जौनी ने यह काम अकेले ही नहीं किया होगा - मेरा ध्यान फ्यूजैली पर तो चला गया परन्तु सैमी के बारे में तो मैंने सोचा तक भी नहीं।'

मसीनो खामोश खड़ा रहा था। उसकी आंखें चमक रही थीं।

'वियान्डा और सैमी वर्षों तक साथ-साथ काम करते रहे हैं।' एन्डी ने कहना आरंभ

किया। हालांकि बात कुछ अजीब-सी लगती है मगर मेरा दावा है कि सैमी, जौनी से सम्पर्क स्थापित किये हुए है। धन निश्चित रूप से इन्हीं लॉकरों में है मिस्टर जोय। मेरा विचार है कि सैमी इन थैलों को उन लॉकरों में रख आया होगा, जबकि जौनी अपनी शहादतों (एलीबी) के चक्कर में पड़ा हुआ था।'

मसीनो बैठ गया। उसका चेहरा क्रोध से विकृत होने लगा। गुस्से भरी आवाज में वह बोला - 'अर्नी और टोनी को भेजकर इस कलुए को यहां पेश करो - मैं स्वयं इससे बात करूंगा और इसकी वो गत बनाऊंगा कि इसकी मां भी इसे न पहचान सकेगी।'

'नहीं' एन्डी ने शांत स्वर में कहा - 'हम वियान्डा तथा रकम दोनों चीजों को हासिल करना चाहते हैं। इसलिए क्यों न एक जाल फैला दें। आज मैं और आप दोपहर के बाद सैमी के साथ यूं ही रॉल्स में बैठकर चलेंगे। आप उसे सुनाते हुए मुझसे यह कहना कि ल्यूगी ने समाचार भिजवाया है, वियान्डा हवाना पहुंच चुका है और आप धन प्राप्त होने की आशा छोड़ बैठे हैं, फिर हम लॉकरों की निगरानी करने वाले अपने आदमियों को वहां से हटा देंगे ताकि अगली बार जब सैमी उन्हें चैक करे तो उसे लाइन क्लीयर ही नजर आये। वह जौनी को इसकी सूचना दे देगा और जौनी रकम निकालने के लिए यहां वापस आयेगा।' एन्डी ने मसीनो की ओर देखा और फिर कहना आरंभ किया - 'उस सूरत में हमने सिर्फ एक काम करना है - हम टोनी को टेलिस्कॉपिक साइलेंसर लगी रायफल लेकर यहां बिठा देंगे।'

'लेकिन मैं उस हरामजादे को जिन्दा पकड़ना चाहता हूं।' मसीनो ने कहा।

'यदि रकम वापस हाथ आ रही हो तो उसे मुर्दा हासिल करना ही बेहतर है मिस्टर जोय।'

मसीनो ने कुछ क्षणों तक सोचा - फिर बोला - 'शायद तुम ठीक ही कहते हो।'

'शायद नहीं मिस्टर जोय, मैं बिल्कुल ठीक कह रहा हूं। हमें बिगबॉस को भी कुछ देना नहीं पड़ेगा, क्योंकि सब-कुछ हम स्वयं ही कर लेंगे।'

मसीनो के चेहरे पर भेड़िये जैसी हंसी उभरी। दांत चमकाकर वह बोला -

'आज तुम्हारा दिमाग सही दिशा में दौड़ रहा है। इस हरामजादे को ठिकाने लगाकर हम उस वेश्या की भी खबर लेंगे, जो उसकी सहायता कर रही है।'

✦ ✦ ✦

जौनी, फ्रैडा सहित ब्रुन्सविक पहुंचा और होटल वेलकम में जाकर ठहर गया।

उसने डबल बैड वाला कमरा, जिसका किराया तीस डॉलर प्रतिदिन था, किराये पर ले लिया। आरंभ में इतने ज्यादा किराये वाले कमरे के कारण जौनी को चिन्ता हुई थी।

'क्या पता, कितने दिन रुकना पड़ जाये मगर कमरा देखकर उसकी तबियत खुश हो गई।

उन्होंने पहले स्नान किया और फिर दोनों बिस्तर में जा घुसे। दोपहर का सारा समय एक-दूसरे की बांहों में गुजार दिया। समय को जैसे पंख लग गये थे। शाम साढ़े सात बजे के करीब जब उन्हें भूख महसूस हुई तो नीचे रेस्टोरेंट में जाकर भोजन कर लिया।

फ्रैडा को खुश देखकर जौनी भी प्रसन्नता महसूस कर रहा था। आधी रात तक टेलीविजन का कार्यक्रम देखने के पश्चात् वे बिस्तर में पहुंच गये। इस दौरान दोनों में से किसी ने भी माफिया अथवा धन का जिक्र तक नहीं किया। हर तरह की चिन्ता से दूर, वे सिर्फ खाने, सोने और जवानी की आग को ठंडा करने मे मग्न् रहे। अगले दिन सुबह जौनी ने सैमी को फोन किया। फ्रैडा पलंग पर बैठी वार्तालाप सुनती रही। रिसीवर रखने के पश्चात दोनों की निगाहें मिलीं।

'कल सुबह पता चलेगा' - जौनी ने कहा।

'तुम्हारा क्या विचार है, क्या हम अपने उद्देश्य में सफल हो जाएंगे?'

'यह तो स्वयं भी अच्छी तरह से समझ सकती हो' - जौनी पलंग पर बैठते हुए बोला - 'बेबी मैं फिशिंग बोट खरीदने का सपना साकार करना चाहता हूं। तुम्हें कोई ऐतराज है?'

'बिल्कुल नहीं, बल्कि मैं तो खुद चाहती हूं। जानते हो क्यों?' फ्रैडा ने अपने हाथ को उसके बाजू पर रखते हुए कहा - 'क्योंकि मैं तुम्हें प्यार करती हूं जौनी।'

जौनी को नींद आ रही थी, अत: वे दोनों बिस्तर में घुस गए।

अगले दिन सुबह साढ़े सात बजे उसने सैमी को फोन किया।

‘क्या समाचार है सैमी?’ उसने पूछा।

‘एकदम ताजी तथा गरमा-गरम खबर है मिस्टर जौनी।’ सैमी उत्तेजित स्वर में बोला - ‘मिस्टर मसीनो को यकीन है कि तुम हवाना में हो। उसने कहा है कि तुम्हारा तो विचार तक छोड़ चुका है वह।’

जौनी के शरीर में खुशी की लहर-सी दौड़ गई। उसने पूछा, ‘तुम्हें कैसे पता चला?’

‘इस तरह मिस्टर जौनी कि मैं मिस्टर जोय तथा मिस्टर एन्डी को कार में बिठाकर शहर से बाहर ले जा रहा था। मिस्टर जोय बहुत गुस्से में प्रतीत होते थे। उन्होंने मिस्टर एन्डी से कहा कि ल्यूगी ने फोन द्वारा सूचित किया था, तुम हवाना पहुंच चुके हो और अब कुछ नहीं किया जा सकता। धन हाथ से निकल ही गया आखिर।’ पलभर रुककर सैमी ने पूछा - ‘तुम हवाना में तो नहीं हो न मिस्टर जौनी।’

‘तुम मेरी फिक्र मत करो कि मैं कहां हूं - सुनो सैमी, तुम सिर्फ स्टेशन को चैक करो। मैं जानना चाहता हूं कि स्टेशन की अब भी निगरानी हो रही है या नहीं। बताओ तुम कर सकोगे यह काम?’

‘जरूर।’

‘आज मैं तुम्हें फिर फोन करूंगा। बोलो किस समय करूं?’

‘आज मेरा नाइट ऑफ है मिस्टर जौनी। ठीक पांच बजे मैं यहां आ जाऊंगा।’

‘ठीक है, तो फिर मैं पांच के फौरन बाद ही तुम्हें फोन करूंगा।’

‘हां और मिस्टर जौनी - आपको अपनी छह हजार डॉलर वाली बात भी याद है न? मुझे उनकी बहुत चिन्ता है।’

‘वह तुम्हें अवश्य मिलेंगे सैमी - मैं तुमसे वायदा कर चुका हूं।’

फोन का संबंध - विच्छेद करने के बाद उसने सैमी से हुई बातचीत का ब्यौरा फ्रैडा को सुना दिया। अनायास ही दोनों एक-दूसरे की आंखों में झांकने लगे।

फिर जौनी मुस्कराकर बोला - ‘एक बात जानती हो बेबी - मेरे विचार में तुम्हारी ही वजह से हम दोनों की जान बची हुई है, क्योंकि तुम्हीं ने उन लोगों से कहा था कि मैं हवाना की ओर चला गया हूं। ऐसा आइडिया तो कभी मेरे दिमाग में भी पैदा नहीं हुआ

था। हमारी कामयाबी का राज भी यही होगा। आज शाम तक मुझे पता लग जाएगा कि लॉकरों की निगरानी हो रही है अथवा नहीं - यदि निगरानी खत्म कर दी होगी तो हम धन निकालने में कामयाब हो जाएंगे।'

'ओह गॉड! मैंने वर्षों से कभी ईश्वर से प्रार्थना नहीं की थी जौनी मगर पिछली रात से ईश्वर से दुआएं मांगती रही हूं। फिर अब क्या करना है हमें?'

जौनी ने उसे बताना शुरू किया - 'सुनो बेबी-आज शाम लाइन क्लीयर का संदेश मिलने के बाद हम किसी रेंटल एजेंसी से किराये की कार लेकर यहां से चल देंगे। यहां से चलकर तीन घंटे में ईस्ट सिटी पहुंच लेंगे - क्योंकि कार द्वारा इतनी ही देर का रास्ता है वहां तक का। ग्यारह बजे के आसपास हम स्टेशन पर पहुंच जाएंगे - क्योंकि वही समय सर्वथा उपयुक्त है। एक तो अंधेरा हो जाता है और दूसरे भीड़-भाड़ भी ज्यादा नहीं होगी उस समय। रकम निकालकर हम आसानी से बाहर आ सकते हैं।'

'मुझे यकीन नहीं होता।'

'यह इस बात पर निर्भर करता है कि बस स्टेशन की निगरानी की जा रही है अथवा नहीं। यदि उसे वॉच नहीं किया जा रहा होगा तभी हम आ सकते हैं।'

'और जौनी -यदि वे लोग सोचते हैं कि हम हवाना में हैं....' वह थोड़ा-सा रुकी और उसकी ओर देखते हुए बोली - 'तो कोई भी हमारा दरवाजा खटखटाने नहीं आएगा। साथ ही तुम्हारा चिर-संकलित सपना भी साकार होकर रहेगा।'

'हां बेबी!' उसे बांहों में समेटता हुआ जौनी बोला - 'कोई हमें परेशान भी नहीं करेगा और मेरा सपना भी साकार हो जाएगा।'

✦ ✦ ✦

ज्योंही एलीवेटर से निकलकर सैमी-मसीनो के दफ्तर की ओर बढ़ा, उसे रास्ते में एन्डी मिल गया। सैमी के काले रंग और पसीने से तरबतर चेहरे को देखते हुए उसने पूछा - 'कहां जा रहे हो?'

सैमी ने सिर झुकाकर जवाब दिया - 'मैं बॉस से पूछने जा रहा था कि मेरे लिए कोई और काम तो नहीं है। हालांकि आज मेरी नाइट ऑफ है - फिर भी यदि उन्हें कोई

काम हो तो... मैं यही मालूम करना चाहता था।'

एन्डी को पता था कि मसीनो सैमी को देखते ही क्रोधित हो उठेगा। एन्डी ने सैमी के फोन को टेप करा दिया था। सैमी तथा जौनी का वार्तालाप भी टेप हो चुका था और मसीनो उस टेप को सुन भी चुका था।

'कोई काम नहीं है।' एन्डी बोला - 'तुम घर जाओ - मिस्टर जोय बिजी हैं।'

सैमी गर्दन हिलाकर एलीवेटर में जा घुसा और एन्डी ने मसीनो के ऑफिस में प्रवेश करके दरवाजा अंदर से बंद कर लिया।

मसीनो अपने डेस्क पर बैठा था तथा अर्नी, टोनी, ल्यू बैरोली एवं बैन्नो दीवार के साथ खड़े थे।

बाइस बोर की रायफल, जिसमें पावरफुल लैंस लगा था, मसीनो के सामने डेस्क पर रखी हुई थी।

'सैमी घर जा रहा है।' खिड़की के समीप पहुंचकर एन्डी ने कहा - 'टोनी तुम रायफल लेकर यहां आओ।'

टोनी ने असमंजसतापूर्वक मसीनो की ओर देखा। मसीनो ने गर्दन हिलाकर स्वीकृति दे दी। रायफल थामे वह एन्डी के समीप जा पहुंचा। एन्डी ने खुली खिड़की के सामने एक कुर्सी घसीट ली और टोनी से बोला - 'यहां बैठो, सड़क पर नजरें डालते हुए बस स्टेशन के प्रवेश द्वार की ओर देखो।'

टोनी ने वैसा ही किया।

'रायफल के टेलिस्कोप द्वारा देखो।' एन्डी ने कहा - 'और किसी एक जगह पर लैंस द्वारा फोकस करो।'

लैंस को फोकस करते ही टोनी चकित रह गया। चमकती धूप में अपनी टैक्सी से टेक लगाये खड़े टैक्सी ड्राइवर को फोकस में देखकर टोनी को लगा कि वह हाथ बढ़ाकर उसका सिर छू लेगा।

'कमाल है!' टोनी का विस्मय से भरा स्वर निकला।

'इसी तरह देखते रहो - थोड़ी ही देर में सैमी वहां पहुंचने वाला है।'

'मैं चाहता हूं तुम सैमी को इसी फोकस में केन्द्रित करो।'

मसीनो भी उठकर उसके पास पहुंच गया। उन सबने देखा - सैमी सड़क पार करके - सतर्कतापूर्वक इधर-उधर चौकन्नी निगाहों से देखता हुआ आगे बढ़ रहा था।

'उस हरामजादे को देखा।' मसीनो गुर्राता हुआ बोला।

उनके देखते-देखते सैमी बस स्टेशन में घुसकर आंखों से ओझल हो गया। कुछ ही मिनट के बाद वह फिर बाहर निकला और पुन: चोरों की भांति

इधर-उधर देखता हुआ चला गया।

जैसे ही टोनी ने राइफल नीची की एन्डी ने उससे पूछा - 'क्या तुम इसे यहां से राइफल द्वारा गोली मार सकते थे?'

'बिल्कुल-बहुत आसानी से।' टोनी ने विश्वासपूर्वक उत्तर दिया - 'मेरी तो बात ही छोड़ो - उसे तो कोई छ: साल का बच्चा भी गोली मार सकता था।'

एन्डी ने मसीनो की ओर देखा और बोला - 'मैं इस काम को बखूबी अंजाम दे सकता हूं मिस्टर जोय - और मेरे विचार से बेहतर यही होगा कि तुम शहर से बाहर चले जाओ।'

मसीनो ने कुछ देर सोचा और फिर सहमति में सिर हिला दिया।

एन्डी दूसरे व्यक्तियों की ओर मुड़ा और बोला - 'तुम लोग इस मुहिम को अच्छी तरह समझ लो। थोड़ी-बहुत देर में वियान्डा यहां पहुंचेगा।' फिर वह टोनी की ओर उन्मुख हुआ और उसे संबोधित करके बोला - 'तुम और मैं उस (जौनी) के आने तक यहीं खिड़की के पास बैठेंगे। जैसे ही तुम्हें वह आता दिखाई पड़े-फरौन उसे शूट कर देना है।'

टोनी ने राहत की सांस ली - जौनी से आमने-सामने की लड़ाई की अपेक्षा टार्गेट राइफल द्वारा निबटना बिल्कुल बच्चों जैसा खेल था।

'मैं तैयार हूं।' वह बोला, 'ऐसा करके मुझे बेहद खुशी होगी।'

'तुम तीनों सीढ़ियों के पास छिपकर खड़े रहोगे - जैसे ही टोनी उस पर फायर करे तुम फौरन सड़क पार करके उसके थैले छीनकर यहां वापस आ जाना। यह काम बेहद चुस्ती और फुर्ती से करना होगा - मैंने यहां ड्यूटी पर नियुक्त पुलिस वालों से बातें कर ली है।' फिर मसीनो की राय जानने के लिए एन्डी ने उससे पूछा - 'आप इससे सहमत हैं

मिस्टर जोय?'

'हां! तुम वाकई होशियार व्यक्ति हो। ठीक है, मैं एक हफ्ते के लिए मियामी चला जाऊंगा परन्तु...' मसीनो ने एन्डी को घूरते हुए कहा - 'जब मैं यहां लौटकर वापस आऊं तो मुझे सारा धन सेफ में रखा हुआ मिलना चाहिए और वे तीनों (जौनी - सैमी और फ्रैडा) इस दुनिया से कूच कर चुके हों।'

'बिल्कुल ऐसा ही होगा मिस्टर जोय। मेरी खुद की भी यही प्लानिंग है।' एन्डी ने कहा।

अब मसीनो टोनी की ओर मुखातिब होता हुआ बोला - 'उस वेश्या को तुमने देखा है। उसे ढूंढकर उसका काम तमाम कर दो। मेरा कोई काम करने की जरूरत नहीं है। समझ गए।'

टोनी ने सहमति में सिर हिलाया - इसके बाद मसीनो चला गया।

मसीनो के चले जाने के बाद एन्डी ने कहना आरंभ किया - 'फिलहाल हमारे पास समय है। एक घंटे के अंदर-अंदर सैमी, वियान्डा को फोन द्वारा सूचित करेगा और उसके एक घंटे के बाद ही जौनी धन निकालने की कोशिश करेगा - परन्तु ऐसा भी हो सकता है कि वह तुरन्त ही न पहुंचे, बल्कि कुछ दिन इंतजार करे। ऐसी हालत में अगर वह एक हफ्ते भी इधर नहीं आया तो हमें भी एक हफ्ते लगातार यहीं बैठकर उसकी प्रतीक्षा करनी पड़ेगी।'

इंतजार करने में उन लोगों को कोई ऐतराज नहीं था। उनके जीवन का एक तिहाई हिस्सा अपने शिकारों की प्रतीक्षा में ही बीता था। अत: सबने अपनी स्वीकृति दे दी।

'जैसे ही वह (जौनी) तुम्हें दिखाई पड़े।' एन्डी टोनी का कंधा थपथपाते हुए बोला - 'तुम फौरन शूट कर देना। तुम्हारा निशाना अचूक है। इस बात का सबूत देते हुए उसकी खोपड़ी के चिथड़े उड़ा देना।'

टोनी ने अपनी राइफल थपथपाई और विश्वास भरे स्वर में बोला -

'बिल्कुल ऐसा ही होगा। आप विश्वास कर सकते हैं।'

'दैट्स गुड।' एन्डी बोला और अपने दफ्तर की ओर चला गया।

✦ ✦ ✦

होटल वेलकम के उस हवादार लम्बे-चौड़े कमरे का वातावरण उस समय बड़ा ही तनावपूर्ण था। अपनी आंखों को अपनी बांह से ढांपे हुए फ्रैडा पलंग पर लेटी हुई थी। जौनी फोन के पास बैठा और बार-बार व्याकुल नेत्रों से रिस्टवाच को देखे जा रहा था।

अचानक फ्रैडा ने पूछा - 'क्या तुम इसी वक्त फोन नहीं कर सकते उसको? इंतजार करते-करते मैं तो परेशान हो गई हूं।'

जौनी ने शांत स्वर में उत्तर दिया, 'मैंने तुम्हें पहले ही अच्छी तरह समझा दिया था बेबी कि इस मामले में धीरज रखना बड़ी चीज है और फिर अभी तो ज्यादा वक्त भी नहीं हुआ है। सिर्फ पांच ही तो बजे हैं।'

फ्रैडा ने फिर से बांह द्वारा आंखें ढक लीं वह बोली - 'सॉरी, जौनी डियर, पर अब मुझसे और इंतजार नहीं हो पा रहा है।'

जौनी दीर्घ नि:श्वास भरकर रह गया। कमरे का वातावरण ब्लेड की धार जैसा पैना था। घड़ी की सुइयां जैसे स्थिर हो गई थीं। एक-एक मिनट पहाड़ की तरह भारी महसूस हो रहा था।

'जौनी!' फ्रैडा व्याकुलतापूर्वक बोली - 'प्लीज, अब तो उसे फोन कर दो।'

'ओ. के. बेबी। मैं ट्राई करता हूं।' उसने रिसीवर उठाकर सैमी का नम्बर घुमा दिया।

चंद क्षणोपरांत ही उसे सैमी का स्वर सुनाई दिया - 'कौन बोल रहा है?'

'मैं जौनी बोल रहा हूं, सैमी। क्या तुमने बस स्टेशन को चैक किया था?'

'किया था मिस्टर जौनी - वहां कोई नहीं था।'

जौनी के दिल की धड़कन बढ़ गई।

'तुम्हें पूरा विश्वास है कि वहां कोई नहीं था?'

'हां! मैंने अच्छी तरह देखा था।'

'टोनी कहां है?' जौनी की निगाहों में वही आदमी सबसे ज्यादा खतरनाक था।

'बॉस ने उसे फ्लोरिडा भेजा था और मेरे विचार में वह अभी वहां से लौटा नहीं है - क्योंकि अगर वापिस लौट आया होता तो मुझे अवश्य दिखाई पड़ना चाहिए था।'

'ठीक है।' कुछ क्षण सोचकर जौनी बोला - 'सुनो सैमी, मैं आधी रात के आसपास

तुम्हारे पास पहुंचूंगा रकम लेकर, इसलिए वहीं रहना और मेरी प्रतीक्षा करना। कहीं जाना नहीं - समझे।'

'छह हजार डॉलर लेकर?'

'हां!'

जौनी ने फोन का संबंध विच्छेद कर दिया और फ्रैडा की ओर ताका जो बिस्तर से उठकर गौर से उसकी ही ओर देख रही थी।

'सब-कुछ ठीक है।' जौनी ने कहा - 'उसके विचार से हम लोग हवाना में हैं। साढ़े सात बजे हम लोग यहां से कूच कर देंगे। तब तक सामान पैक किए लेते हैं - फिर मैं कार का इंतजार करूंगा।'

उसके बाद जौनी ने टेलीफोन की डायरेक्टरी द्वारा नम्बर देखकर किराए की कार वाले गैरेज के मालिक से बात की। कार के मालिक ने आश्वासन दिया कि कार सुबह सात बजे होटल पहुंचा दी जाएगी।

जौनी ने रिसीवर रखा और फ्रैडा से बोला - 'कार का प्रबंध हो गया है।'

तब तक फ्रैडा भी अपना हरा पायजामा सूट पहनकर बालों को व्यवस्थित कर चुकी थी।

जौनी ने अपना सूटकेस खोला और पिस्तौल बाहर निकाल ली।

'यह क्या कर रहे हो?' फ्रैडा ने चौंककर पूछा।

'शायद इसके इस्तेमाल की जरूरत पड़ जाये - वैसे उम्मीद तो नहीं है - फिर भी सतर्कतावश इसे चैक करना जरूरी है। जौनी ने उत्तर दिया।

'ओह!' फ्रैडा राहत की सांस लेती हुई बोली - 'मैं तो डर ही गई थी।'

'आराम से अपना सामान पैक करो - यह डरने का समय नहीं है - अपने सुनहरे भविष्य की ओर देखो। कल इस समय तक हमारे पास एक लाख बियासी हजार डॉलर होंगे - ये तो सोचो।'

'हां!'

जब वह अपना सामान सूटकेस में रख रही थी तो जौनी खिड़की के द्वारा नीले आकाश को देख रहा था। अनायास ही उसकी उंगलियां कमीज के अंदर चली गयीं -

किन्तु दूसरे ही क्षण उसने हाथ वापस खींच लिया। झील में डूबते हुए लॉकेट का नजारा उसकी आंखों के सम्मुख नाच उठा। वह जानता था कि वह जाल में फंस सकता था। हो सकता है सैमी झूठ ही कह रहा हो परन्तु परिस्थिति ऐसी थी कि उसे सैमी पर विश्वास करना ही पड़ रहा था, यदि वह रकम निकालने की कोशिश नहीं करेगा तब भी देर - सवेर वे उसे ढूंढ ही लेंगे, मगर वह विश्वासपूर्वक कह सकता था कि वे उसे जिन्दा नहीं पकड़ पाएंगे। अत: प्रयत्न करना आवश्यक था। संभव है उसका मुकद्दर उसका साथ दे ही जाये और वह अपने चिर-संकलित सपने को साकार होते देख सके।

धीरे-धीरे वक्त गुजरता गया - मिनट घटों में तब्दील होते गये। बस स्टेशन की इमारत पूरी तरह बिजली के प्रकाश से आलोकित थी। भीड़ छंट चुकी थी और बस स्टेशन की दीवार पर लगी घड़ी रात्रि के ग्यारह बजने की घोषणा कर रही थी।

✦ ✦ ✦

टोनी बहुत देर से टाले जा रहा था। उसे लेट्रिन जाने की तीव्र इच्छा हो रही थी। जब उससे न रहा गया तो उसने एन्डी से कहा -

'मैं जरा बाथरूम जाना चाहता हूं।'

एन्डी ने क्रोधित नजरों से उसे देखा - 'ऐसे नाजुक मौके पर तुम्हें ... खैर जल्दी जाकर निबट आओ।' वह तीखे स्वर में बोला।

टोनी ने राइफल नीचे रख दी और तेजी से मसीनो के टायलेट की ओर लपका। ठीक उसी समय जौनी की कार बस स्टेशन की पार्किंग में जाकर रुकी।

'हम पहुंच गये हैं बेबी।' जौनी ने मुस्कराकर कहा - 'सुनो, अगर कोई दुर्घटना हो जाये तो तुम तुरन्त कार लेकर भाग जाना। एक क्षण भी यहां मत रुकना-समझ गईं।' उसने अपनी जेब से सैमी के यहां से चुराई गई शेष राशि सीट पर डाल दी - 'उम्मीद है सब ठीक हो जाएगा - फिर भी कोई हादसा हो जाने की हालत में तुम वापस होटल वैलकम में पहुंच जाना-समझ गयीं।'

फ्रैडा सिहर उठी। उसने अपना कंपित हाथ जौनी के हाथ पर रख दिया।

'तुम घबराना नहीं। मैं रकम हासिल करके सीधा यहीं वापस आऊंगा - जैसे ही मैं

अंदर पहुंचूं तुम चल देना। रास्ता देख ही लिया तुमने, इसलिए कोई परेशानी नहीं होगी परन्तु एक बात का विशेष ध्यान रखना - गाड़ी बहुत तेज मत चलाना।'

'ओह जौनी!'

जौनी ने खींचकर उसका मुख चूम लिया। वह बोला - 'हम कामयाब हो जाएंगे - हमारा सपना पूरा होकर रहेगा। मौत के इस खेल में जीत हमारी ही होगी।'

'मैं तुम्हें प्यार करती हूं।' वह आहत स्वर में बोली।

'मैं भी तुम्हें उतना ही जी-जान से चाहता हूं बेबी।' जौनी ने कहा तथा आलोकित बिजली के प्रकाश में लगेज लॉकरों की ओर बढ़ गया।

एन्डी ने उसे तुरन्त पहचान लिया - सफाचट घुटे सिर के जरिये उस जैसे घाघ को बेवकूफ नहीं बनाया जा सकता था। उसने जौनी के भारी शरीर और उसकी चाल के द्वारा उसे पहचान लिया था।

'टोनी!' एन्डी ने तेज स्वर में पुकारा। स्टेयरिंग व्हील पर बैठी फ्रैडा ने बेचैनी से पहलू बदला। कार के धूल से अटे विंड स्क्रीन से उसने जौनी को अंदर घुसकर गायब होते देखा। उसे न जाने कैसे खतरे का आभास हो गया था। उसका मस्तिष्क तेजी के साथ क्रियाशील हो उठा। उसकी उंगलियां स्टेयरिंग व्हील पर कस गईं।

जौनी ने लॉकर के नजदीक पहुंचकर दाएं-बाएं देखा, मगर वहां कोई नहीं था, उसने अपनी जेब से चाबी निकालकर लॉकर के ताले में फंसाई - ताला खुलते ही उसने दोनों बैग बाहर घसीट लिये। उन्हें फर्श पर रखते ही जौनी मुस्करा उठा। उसकी मनचाही मुराद उसके सामने थी - मौत के इस खेल में उसकी विजय निश्चित थी। उसने सोचा - अब मेरा सपना जरूर साकार होकर रहेगा।

परन्तु इस सीन में फ्रैडा के लिए कोई स्थान नहीं था - न जाने कब और कैसे वह इस दृश्यपट से विलीन हो गई थी।

उसने थैले उठाए और तेज रफ्तार से उस ओर लपक लिया जहां उसने कार पार्क की थी। कुछ दूर पहुंचने पर उसने स्टेयरिंग व्हील पर तैयार बैठी फ्रैडा को स्पष्ट रूप से देख लिया। उसके कदमों में और तेजी आ गई।

मगर तभी मौत के इस खेल में उसकी जीत हार में बदल गई। उसका सुहाना सपना

साकार होने की जगह खूनी आकार में तब्दील हो गय। मौत ने उसे अपनी बांहों में समेट लिया।

फ्रैडा ने उसे अपनी ओर आते देखा और वह सांसें रोककर उसकी प्रतीक्षा करने लगी। तभी उसने देखा - जौनी के घुटे सिर पर एक लाल धब्बा प्रगट हुआ। थैले उसके हाथ से छूटकर नीचे जा गिरे। उसका भारी जिस्म हवा में लहराया और फिर भरभराकर नीचे फर्श पर गिर गया।

जौनी के सिर से खून का फव्वारा छूटता देखकर फ्रैडा के होश फाख्ता हो गए। वह मूर्ति की तरह स्थिर होकर रह गई - उसका मस्तिष्क विचार-शून्य हो गया - तभी एक औरत की चीख ने उसके विचार-शून्य मस्तिष्क को क्रियाशील कर दिया। उसने देखा - तीन आदमी न जाने कहां से भूत की तरह प्रगट हुए - उन्होंने थैले उठाये और तुरन्त गायब हो गये।

सब-कुछ पलक झपकते ही हो गया।

फ्रैडा तुरन्त समझ गई कि क्या हो चुका था - उसने तुरन्त कार स्टार्ट की और बंदूक से छूटी गोली के समान स्टेशन से बाहर की ओर दौड़ा दी।

✦ ✦ ✦

रात्रि का डेढ़ बज रहा था। किन्तु नींद सैमी की आंखों से कोसों दूर थी। अपने छोटे-से कमरे में वह विचारमग्न-सा टहल रहा था। उसकी बेचैन नजरे थोड़ी-थोड़ी देर बाद मेज के समीप रखी सस्ती-सी घड़ी पर जा टिकती थी।

जौनी ने उसे छ: हजार डालर देने का वायदा किया था। उसने एक बार फिर घड़ी की ओर देखा - मिस्टर जौनी का वायदा तो हमेशा ही एकदम पक्का होता था फिर आज क्या हो गया?

अचानक सीढ़ियों पर कदमों की आहट सुनकर उसने राहत की सांस ली। जौनी रकम लेकर आ ही पहुंचा आखिर। वह व्यर्थ ही चिन्तित और परेशान हो रहा था।

दरवाजे पर थपथपाहट हुई।

छ: हजार डालर!

सैमी तेजी से आगे बढ़ा और दरवाजा खोल दिया।

✦ ✦ ✦

'नहीं - नहीं।'

फ्रैडा जोर से चिल्लाई -

'बाहर निकलो और किसी और जगह कोशिश करो।'

वह एक मोटा-सा बूढ़ा आदमी था। उसके जिस्म पर कीमती कपड़े थे - मगर उसने अपने सफेद बालों को डाई कराया हुआ था। उसके मुंह के दांतों का सैट भी नकली था। मोटा बूढ़ा मुस्कराता हुआ आगे बढ़ गया, जहां दूसरी लड़कियां खड़ी इंतजार कर रही थीं।

दीवार से टेक लगाए फ्रैडा अपने दुखते पैरों को आराम देने की कोशिश कर रही थी। जौनी को मरे हुए दो महीने का अरसा व्यतीत हो चुका था। उसकी दी हुई रकम समाप्त हो चुकी थी। फ्रैडा ने बड़ी फिजूलखर्ची से काम लिया था और बेदर्दी से अच्छे कपड़े खरीदने के चक्कर में सारी रकम उड़ा चुकी थी और अब वह अपने उसी पुराने धंधे को आरंभ कर चुकी थी - धंधा यानि शरीर का व्यापार परन्तु धंधे के हिसाब से ब्रुन्सविक अच्छी जगह नहीं थी, जबकि वह काफी पैसा एकत्र करना चाहती थी ताकि वह दक्षिण की ओर जा सके, जहां उसके शारीरिक गुणों की, उसकी मदमाती नजरों की, उसके उफनते यौवन की कद्र की जा सके अथवा वह फिर उत्तर में जाकर अपना वही पुराना कॉलगर्ल वाला पेशा अपना लेना चाहती थी।

दीवार से टेक लगाए, वहां खड़ी वह जौनी के विषय में सोच रही थी। वह अच्छा और सम्पूर्ण पुरुष था। वह उससे शादी भी कर सकती थी, परन्तु उसका सपना, उसका खूनी सपना स्वयं उसी को ले डूबा।

मौत के उस जानलेवा खेल में शिकस्त आखिर उसी की हुई। उसी को हारना पड़ा अंत में।

तभी उसकी सोच टूट गई - अचानक वर्षा आरंभ हो गई और सड़क की चहल-पहल धीरे-धीरे समाप्त होने लगी थी। दूसरी लड़कियां अपने - अपने ग्राहकों के

साथ जा चुकी थी। उनकी रात सचमुच शानदार बीतेगी।

उसने अपना पुराना-सा पर्स खोला और उसमें पड़ी रकम गिनी-पर्स में सिर्फ तेरह डॉलर पड़े थे।

दौलत बड़ी चीज है - उसने मन ही मन कहा और पर्स बंद करके चल पड़ी। लम्बी सुनसान सड़क उसके उस कमरे के निकट होकर गुजरती थी, जहां आजकल उसने अपना डेरा डाला हुआ था।

'उसकी दृष्टि में छुपे, टोनी केपिलो ने उसे पर्स बंद करके जाते देखा। वह अपने छुपने की जगह से बाहर निकल आया और उसके पीछे-पीछे चल दिया।

टोनी आधा घंटे से छुपा उसकी गतिविधियां नोट कर रहा था।

एक छोटे-से मोड़ पर पहुंचकर फ्रैडा ने पीछे की ओर मुड़कर देखा, टोनी तत्काल एक ओट में छुप गया, उसने अपने कोट की जेब में हाथ डाला और उसकी उंगलियां जेब में रखी तेजाब की बोतल कर कस गईं।

फ्रैडा पुन: आगे चल दी।

टोनी भी ओट से निकल आया और लुकता - छिपता उसका पीछा करने लगा। उसे मसीनो के शब्द याद आ गए - जब तक तुम उस वेश्या को उसके किए की सजा न दे दो, मेरा कोई काम करने की कोई जरूरत नहीं है।

फ्रैडा अपने कमरे पर पहुंची और अंदर घुसकर उसने दरवाजा बंद कर लिया।

उसका पीछा करता हुआ टोनी भी दरवाजे तक पहुंचा और कुछ देर ठहरकर इंतजार करने लगा।

ठीक उस समय जब फ्रैडा अपने कपड़े बदल रही थी, किसी ने उसके दरवाजे को थपथपाया।

'अब कौन आ मरा?' थके-मांदे शरीर को एक चद्दर से ढकती हुई फ्रैडा ने बढ़ते हुए पूछा।

तभी दरवाजा दोबारा थपथपाया गया।

'खोलती हूं - बाबा!' दरवाजे की ओर बढ़ती हुई फ्रैडा ने उत्तर दिया।

जैसे ही दरवाजा खुला - टोनी बगुले की तरह अंदर दाखिल हो गया। उसने लात

मारकर दरवाजा बंद कर दिया।

फ्रैडा चीखी - 'यह क्या बेहूदगी है?'

'मुझे पहचाना?' फ्रैडा के बालों को अपने दाएं हाथ की मुट्ठी में दबाए अपने चेहरे को उसकी करीब लाते हुए टोनी बोला।

'तुम....।'

'हां ... मैं।' टोनी के मुंह से एक हुंकार-सी निकली।

फ्रैडा ने चीखने के लिए मुंह खोलना चाहा, परन्तु तभी टोनी के दाएं हाथ में थमी बोतल से तेजाब के स्प्रे का एक तेज फव्वारा फूटा और तेजाब फ्रैडा के खुले मुंह, विस्फारित - सी आंखों तथा सांस लेती नाक में समाता चला गया।

✦ ✦ ✦

www.ingramcontent.com/pod-product-compliance
Lightning Source LLC
LaVergne TN
LVHW010927051026
849532LV00003B/877
* 9 7 8 9 3 5 2 7 8 0 2 2 8 *